2022年1月3日

ジミー・ハワードのジッポー

柴田哲孝

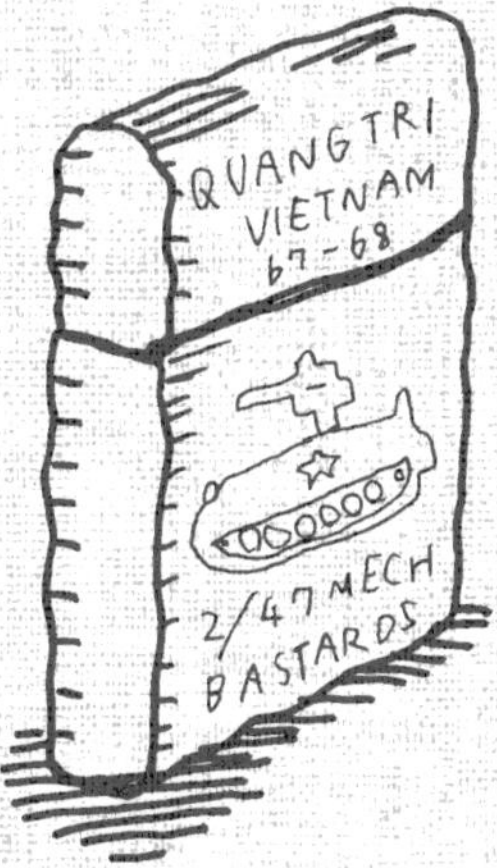

JIMMY HOWARD'S ZIPPO

TETSUTAKA SHIBATA

U-NEXT

ジミー・ハワードのジッポー

装画　竹田匡志
装丁　bookwall

CONTENTS

主な登場人物

ベトナム戦争当時

ジミー・ハワード……第二六小隊の二等軍曹　作戦行動中に行方不明
ロバート・コリンズ……曹長　第二六小隊の小隊長　後にアメリカ上院議員
ライアン・デイビス……第二六小隊の一等兵　後に牧場主
ダン・ムーア……第二六小隊の伍長　後に投資家として成功
アレックス・ケリー……第二六小隊の兵士　後に自動車ディーラー社長
セサル・ロドリゲス……第二六小隊の兵士　後にベトナムのイエズス会神父

2020年〜

桑島洋介……日本人の小説家
ホアン・タオ……ベトナム人女性　日刊紙『トイ・チェ』の編集部員
アライア・ウィリアムス……アメリカ陸軍第四七歩兵連隊　総務部員　OB会事務局担当
エイミー・キャメロン……アメリカ陸軍第四七歩兵連隊　総務部員
ジェイソン・ホナー……アメリカ陸軍少尉　第七五レンジャー連隊教官
マシュー・トンプソン……アメリカ陸軍大佐　第四七歩兵連隊　総務部室長
パトリック・モンゴメリ……在ホーチミン　アメリカ総領事館員の肩書を持つＣＩＡ局員

一九六八年一月　クアンチ

ジャングルは〝糞〟だ。

蒸し風呂に入っているような暑さと湿気……。

汗の臭いを嗅ぎ付けて集まってくる虫の羽音と痒み……。

毒々しいまでの緑の中に仕掛けられた〝まぬけ〟な罠と、パームツリーに同化して息を潜める〝我鬼〟の群……。

もしこの世に地獄と呼ぶに相応しい場所があるとするならば、このベトナムのジャングルをおいて他にない。

かつて詩人、ランボオはいった。

――地獄の責苦に終りはないとすれば。みずから不具を希《ねが》うとは、まさしく奈落の男じゃないか。俺は自分が地獄にいると信じている、だから俺は地獄にいる。

違う。奴は、本当の地獄など見ていない。

ジミー・ハワード二等軍曹はM113装甲兵員輸送車に揺られ、ケサン基地からジャングルの中を北西に向かっていた。すでに南北ベトナム間の非武装地帯から、五キロ近くデスゾーンに入っている。いつジャングルの中から北ベトナム軍の兵士が出てきても、おかしくない。

キャタピラーが〝たこつぼ〟(塹壕)を踏んで、鉄の箱が大きく揺れた。

「糞……。頭をぶつけたぜ……。お袋が産む時に歪めた俺の頭の形が、もっと悪くなる……。このポンコツめ……」

兵員輸送車に詰め込まれた小隊九人の中の一人、アレックス・ケリーが悪態をついた。

「そうか。元より形が良くなったように見えるぜ」

セサル・ロドリゲスがそういってからかうと、皆が笑った。

実際にこのポンコツ——M113装甲兵員輸送車——は、忌々しい代物だった。車内はオーブンの中のように暑く、狭苦しくて、それでいて装甲板は薄い。しかもエンジン音がやかましく、すぐに故障する。

いま、二台のM113に二一人の小隊が分乗し、連なって走っているが、北ベトナム軍の中隊には恰好の獲物だろう。襲われればひとたまりもない。グークどもは我々米軍より強力なソビエト製のＡＫ47アサルトライフルで武装し、ＲＰＧ２ロケットランチャー、Ｂ―10無反動砲など何でも持っている。

第四七歩兵連隊の命令は、きわめて端的だった。

――八八一高地（８８１Ａ）の東南東七・二キロの地点に、北ベトナム軍の補給基地らしき村を発見。第二六小隊はロバート・コリンズ曹長以下二一人をもってこの村を偵察し、事実関係を確認。北ベトナム軍の兵士がいればこれを殲滅し、村と物資を焼き払うこと――。

このような情報はガセネタであることが多い。指定された現場に行っても村などなかったり、あったとしても何年も前に廃村になっていたりする。北ベトナム軍ではなく、ただ何家族かの農民が住んでいるだけの普通の集落の場合もある。

「もうそろそろじゃないか。デスゾーンに入ってから、だいぶ来てるぜ……」

ジミーの正面に座るライアン・デイビス一等兵がハッチから首を出していった。

「そうだな……。あたりのジャングルが、デフォリアント（枯葉剤）でだいぶ焼けてきている……」

ジミーはそういって、愛用のＭ16自動小銃の弾倉を確認した。もしもの時に自分の命を救ってくれるのは、こいつから発射する２２３口径の小さな弾だけだ。

「とにかく〝仕事〟を早く終えて、基地に帰りてえや。生きて帰ったら今夜はビールを五本飲んで、カンボジアン・レッド（大麻）をたっぷり決めてハイになってやる……」

ライアンがそういって笑った。

そうだ。基地に帰ればビールでもカンボジアン・レッドでもヘロインでも、何でもござれだ。だが、すべての任務は、それを達成するよりも無事に生きて帰ることの方が難しい……。

Ｍ１１３装甲兵員輸送車が突然、咳き込むようにぎくしゃくして止まった。

「どうした。また壊れたのか」

兵員室の一番前に乗っているロバート・コリンズ曹長が、運転席に身を乗り出して訊いた。

「いえ……。曹長殿、前方のジャングルの中に、村のようなものが見えます……。あれじゃないですかね……」

運転手のトム・ベイリー一等兵が天井の丸いハッチの窓から外を眺めながらいった。

「距離は？」

コリンズ曹長が訊いた。

「距離七〇から八〇ヤード。椰子の葉の小屋のようなものが五つ。手前に〝たこつぼ〟らしきものがいくつか……」

ベイリーが答えた。

「人はいるか」

「いえ、見えません……」

「よし、ロドリゲス。お前はセンターハッチを開けて銃座に着け。ベイリー、あと三〇ヤード前に進めてそこで停めろ」

コリンズ曹長が命令した。

二人が、指示どおりに動いた。ロドリゲスはセンターハッチを開けて屋根の上に備え付けられたブローニングM2重機関銃のチャージングハンドルを引いた。ベイリーはいわれたとおりにM113装甲兵員輸送車を三〇ヤードほど前に進め、またぎくしゃくしてそこで止まった。

「よし、ここでいい。全員、外に出ろ」

コリンズの命令で後部のメインハッチが開けられ、残る全員が屋根の上に出た。ジミー・

ハワードも二番目にハッチを出て、ジャングルのぬかるみの上に飛び下りた。

ジミーは外に出てまずポケットの中のマールボロを一本銜《くわ》え、愛用のジッポーのライターで火をつけた。

煙を、胸に吸い込む。この魔術をかけたジッポーで火をつけたタバコを吸えば、敵の弾は体に当らない……。

「全員、前進!」

二台のM113から降り立った一二人の歩兵がジャングルに散開し、村へと進んだ。

だが、荒れた村だ。周囲のジャングルはデフォリアントで黒く腐っている。小屋は傾き、人の気配はない……。

だが、その時、〝たこつぼ〟の中で何かが動いた。

「北ベトナム軍だ! 撃て!」

ベイリーが叫ぶと同時に、ロドリゲスが兵員輸送車の上からM2重機関銃をぶっ放した。

他の兵も腐ったジャングルの中に身を伏せ、M16自動小銃を乱射した。

「やめろ! あれは北ベトナム軍じゃない! 農民だ!」

ジミーが叫んだ。

だが、その声は銃声の轟音に掻き消された。

ライアン・デイビスが銃弾の中を走り、〝たこつぼ〟の中にM26手榴弾を投げ込んだ。

次の瞬間、ジャングルにくぐもった爆発音が響いた。

椰子の葉を被せた穴の中で、女や子供の体が吹き飛ぶのが見えた。

やっちまった……。

「やめろ！　撃つのをやめるんだ！」

コリンズが止めた。やっと、銃声が止んだ。

「お前ら、何をやってんだ！　農民だといったじゃないか！」

ジミーが振り返り、銜えていたタバコを泥に叩きつけた。

「聞こえやしねえよ！　北ベトナム軍にだって、ビッチの兵隊はいるだろう！」

「子供がいたじゃないか！」

「わかるもんか！　グークを殺したくらいでガタつくんじゃねえよこのチキンが！」

「お前ら、やめろ！　この小隊の指揮官は俺だぞ！　勝手なことで揉めるな！」

コリンズ曹長が争うジミー・ハワードとアレックス・ケリーの間に入り、二人の胸を突き飛ばした。

そして、いった。

「ジミー、それにアレックス、あの〝たこつぼ〟に行って中を見てこい。他の奴らは、俺についてこい。後ろの小屋を確かめる」

「わかったよ。行くぞアレックス……」

ジミーはM16を腰に構え、〝たこつぼ〟に向かった。

「糞ったれめ……。何てこった……」

アレックスが悪態をつきながら、後ろからついてきた。

〝たこつぼ〟の前に手榴弾を投げ込んだライアンが立ち、中を覗き込んでいた。

「どんな具合だ」

ジミー・ハワードが訊いた。

ライアンが振り返り、自分の喉元を手で掻き切る仕種をした。

ジミーも〝たこつぼ〟の中を覗いた。

目を背けたくなった。泥の穴の中に生のハンバーガーのミンチをぶちまけたような、酷い有様だった。

女が三人に、子供が二人。老人が一人と、子豚が二匹……。

思ったとおりだ。大人の男は、一人もいない。武器もなかった。

まだ、生きている女がいた。飛び出した腸《はらわた》を手で押えながら、怯えた目で穴の外を見上げている。

M16の、乾いた銃声が二発。女の体が崩れるように泥水に沈んだ。

「アレックス！　何をしやがる！」

ジミーが、女を撃ったアレックスの胸ぐらを摑んだ。

その腕を、アレックスが払った。

「ジミー、冷静になれよ。その女は腸をぶちまけてるんだぜ。どうせ助かりゃしねえ。そうだろう」

アレックスがそういって、小屋の方に歩きだした。

小屋の方からも、銃声が聞こえた。

三発……M16の音だ。音のした方に行くと、アル（アルベルト・ゴンザレス）とチコ（フランチェス・ロメロ）、二人の新入りの二等兵が立っていた。

小屋の前に男が一人、倒れていた。まだ、少年だ。背中を撃たれ、死んでいる。

「誰が殺った？」

ジミーが二人に訊いた。

「俺だよ。こいつ、逃げようとしたんだ。だから、仕留めてやった……」

アルが自分のM16を軽く叩き、得意そうに顔を歪めた。

「アル、こいつはまだペニスに毛も生えてないようなガキだぞ。わからないのか！」

ジミーは小屋の中を覗き込んだ。

中に、人はいない。武器もない。ただ、豚が二頭、餌を食っていただけだ。

二号車から火炎放射器を持った工兵が二人、追い付いてきた。ジミーはアルとチコに少年の死体を小屋に放り込むように命じ、戸を閉じた。工兵が、その小屋に火炎放射器を向けた。

まるで生き物のような火が地を這い、瞬く間に小屋が炎に包まれた。黒煙が腐ったジャングルに立ち上る。小屋の中で、豚がけたたましく鳴き叫んだ。

ジミーは、耳を塞いだ。

やはりベトナムのジャングルは〝糞〟だ。ここには俺を含めて、正気の奴なんて誰もいない。

村の奥から、またM16の銃声が聞こえた。また、誰かが誰かを撃った。こんなことは、もう沢山だ……。

ジミーは愛用のジッポーでもう一本マールボロに火をつけ、それを銜えて村の奥へと向かった。コリンズ曹長を捜した。奴は、どこに行きやがった……。

コリンズは、村の一番奥のまだ真新しい小屋の前に立っていた。相棒のダン・ムーア伍長もいる。

奴らは、いつも一緒だ。二人は、デキているに違いない……。

だが、何か様子がおかしい。二人は銃も構えずに小屋を覗き込み、笑いながら中に入っていった。

ジミーは、小屋に向かった。後ろから、アレックスとライアンも付いてきた。

怒っていた。もう、お前らには、我慢できない――。

「コリンズ！　それにダン、貴様もだ！　こんなことは、もう沢山だ！」

ジミーは小屋に入るなり、捲し立てた。

二人が振り返った。

「ジミー、何を寝ぼけたことをいってるんだ。これを見てみろよ」

コリンズ曹長がいった。

ジミーは二人の背後、小屋の奥にある物を見た。

何だ、これは……。こんな物は、いままで一度も見たことがない……。

「こいつは、凄え……」

「神様、何てこった……」

後ろにいたアレックスとライアンも、感嘆の息を洩らした。

「〝本物〟なのか？」

ジミーが訊いた。

「ああ、〝本物〟だ。だからいっただろう。俺たちは皆、寝ぼけたことをいっている場合じゃないんだよ……」

コリンズが、笑っている。

だが、ジミーは首を横に振った。

「だめだ、コリンズ。この〝ブツ〟と村人を殺したことは、話が別だ。前にも一度、他の村でやっただろう。あの時は黙っていたが、もう我慢できない。俺は基地に帰ったら、この村で起きたことをすべて連隊に届け出る」

アレックスとライアン、ダンが、二人のやり取りを見守っている。

「おい、ジミー。お前、気でもおかしくなったのか。グークの女を殺したくらいで、何をいってんだよ……」

「女だけじゃない。子供もだ。俺は連隊に、報告する……」

ジミーは踵《きびす》を返した。

小屋を出ようとした時に、背後からM16のチャージングハンドルを引く小さな音が聞こえた。

振り返った。M16の銃口が、ジミーに向けられていた。

「ジミー、お前は基地に帰れない……」

コリンズ曹長がいった。

二〇一九年七月　ホーチミン

メーリン広場にあるホテルの一二階の部屋からは、眼下にサイゴン川の悠久の流れが見渡せた。

川沿いのトンドゥックタン通りには無数の車やホンダ、スズキのバイクがけたたましいクラクションを鳴らしながら走っている。

ホテルを出て広場のロータリーから脇道に逸れ、ドンコイ通りを歩く。

ここがホーチミン市の、中心街だ。右手に市民劇場の建物が見え、その背後にホテル・コンチネンタル・サイゴン、さらにその先にビンコム・センタービルが聳《そび》えている。道路の両側には最新のブランドショップやギフトショップ、カフェが並び、店の前を英語や中国語、日本語、韓国語を話す若い観光客たちがソフトクリームを片手に闊歩する。

桑島洋介は市民劇場の前でドンコイ通りを渡り、ユニオンスクエアの脇を抜けてグエンフエ通りに出た。

その広場のように広大な石畳の歩道の雑踏を、サイゴン川に背を向けて歩いていく。やがて通りは正面のコロニアル風建築の人民委員会庁舎の建物に行き当る。庁舎の前には伝説の革命家、ホー・チ・ミン（一八九〇〜一九六九年）の銅像が、右手を空に掲げて立っている。

ホー・チ・ミンは二〇世紀のベトナムの英雄であり、建国の父であり、生粋の社会主義者でもあった。

もし彼がいなければ、ベトナムがアメリカとの戦争に勝利し、その資本主義に毒された帝国主義から解放されることはなかっただろう。少なくとも表向きのベトナムの歴史は、そういうことになっている。

桑島は右手のバインミーを齧りながら、抜けるような青空に佇む銅像を見上げた。

ホー・チ・ミンは現代の繁栄したベトナムに、何を思うのだろう……。

平穏に暮らす自分の子供たちの姿を見て、満足しているのだろうか。それとも良くも悪くも西洋に感化され、次第に周囲の資本主義に毒されていくベトナムに失望しているのだろうか。

いずれにしろ、もしホー・チ・ミンが生き返ってこの風景を見たとしても、ここがかつてのサイゴンだとはとても信じられないに違いない。

桑島はバインミーを食べ終え、ガイドブックの地図を見ながらまた雑踏の中を歩きだした。

レタイントン通りで再びユニオンスクエアの脇を抜け、ドンコイ通りに戻る。正面に、まるでヨーロッパの風景を見るようなサイゴン聖母大聖堂の二本の尖塔と、白い巨大な聖母マリア像が聳えていた。

教会の周囲の広場は、スマートフォンで記念撮影をする観光客で溢れていた。

たまにはこんな観光名所を巡る旅も、悪くない。

旅に出ることに、特別な理由はいらなかった。ただ、遠くに行きたいという願望と、現実から逃避したいという欲望。それに、少しばかりの冒険心さえあれば、それだけで十分だった。

旅の目的地にベトナムのホーチミン市を選んだことについても、さしたる理由があったわけではない。ただ、東南アジアのねっとりとしたこの大気感が好きだったことと、食べ物が美味しいこと。あとは過去の戦争も含めて、この国の歴史に少し興味があったということくらいのものだ。

桑島の職業は、小説家だ。ここ数年、一応は小説を書くことで生活している。

ベトナムに行けば、何か作品を一本書けるかもしれない。そんな期待があったことも事実だった。

いや、もうひとつある。〝彼女〟の存在だ……。

桑島はポケットからアイフォーンを取り出して電話の履歴を開き、友人のホアン・タオの番号を探した。

タオは仕事帰りに、白いアオザイ姿でホテルのロビーにやってきた。

長い黒髪には花を一輪、挿している。ソファーに座る桑島を見つけ、小さく手を振りながらこちらに歩いてくる。

「やあ、タオ。久し振り。元気そうだな」

桑島はソファーを立って、タオを迎えた。

「洋介さんも、元気そう。とても会いたかった……」

タオがそういって、笑った。

彼女と会うのは何年振りだろう。

日本の早稲田大学の社会科学部を卒業したエリートで、ベトナム語の他に英語、フランス語、日本語を話す。帰国してからはベトナムの日刊紙『トイ・チェ』で編集部員として働いていると聞いていた。

桑島とタオは、彼女が日本にいたころに、二人が通っていた空手道場の練習生仲間として知り合った。とはいっても二人の腕前は、カラテマスターと呼ぶには程遠いものだったが。

年齢は、今年四七歳になる桑島よりも二〇歳近く若い。それでも二七か二八くらいにはなるはずだが、その笑顔はあいかわらず周囲の目を引くほど魅力的だった。

「さあ、タオ。食事に行こう。僕はとても腹が減っている」

「だいじょうぶ。とても美味しいレストランを予約してあるわ。行きましょう」

タオがいった。

そのベトナム料理のレストランは、表通りから狭い路地を入った奥にあった。

店名は『An《あん》』という。

古い煉瓦造りの建物で、外観はどこか怪しげだが、店内は清潔で静かだった。

店の主人なのか、ベトナム戦争を経験した世代の無愛想な男が予約した席に案内してくれた。テーブルクロスも清潔で、奥のキッチンからはココナッツオイルで焼いたジンジャーとガーリックの食欲をそそる匂いが漂ってくる。それだけで、この店がタオのいうとおり「とても美味しいレストラン」であることは疑う余地がなかった。

メニューを開き、タオに薦められるがままにこの店の名物のマングローブ蟹のジンジャーソースをメインに、揚げ春巻やバインベオ（小皿に米粉の生地を敷いて固め、干しエビや刻みネギを添えたフェの郷土料理）、スープ、ナマズの炒め揚げなどを適当に頼んだ。

桑島は333《バーバーバー》というビール、タオは少しだけワインを飲みながら、しばらくは出てくる料理に舌鼓を打った。

マングローブ蟹の料理は、確かに絶品だった。こいつの堅くて巨大な殻を割りながら中の豊満な身を掻き出し、それを絶妙な味のジンジャーソースと共にすすっていると、どんなに饒舌な人間でも言葉を失って無口になるだろう。

ひとしきり蟹が片付いたところで、あらためて会話が始まった。

「ところで、会うのは何年振りだ。もう三年か、四年か……」

桑島はビールを飲み干し、もう一本追加した。タオはワインは一杯だけで、あとは蓮茶に切り換えた。

「私がベトナムに帰ってきたのが二〇一五年の五月だから、四年と、二カ月……」

タオが指を折って月日を数えながら、懐かしそうにいった。

「あのころは楽しかったな。空手道場の飲み会に出たり、一緒に京都や奈良に旅行したり……」

「そう……伊豆や、新潟にもいった……。洋介さんは私を、いろいろな所に連れていってくれた……」

そうだった。

桑島は小説の取材だといいながら、タオと本当にいろいろな所に旅をした。

あのころの二人は、確かに恋人同士だった。桑島はタオが、そのまま日本で暮らすものと信じていた。

だが、タオは、大学を卒業するのを待っていたかのようにベトナムに帰るといいだした。引き止めることはできなかった。

「あれからお父さんは、どうしたの？」

桑島が訊いた。

「父は、助かりませんでした。私が帰国するのを待っていたように、全身の癌で死にました。まだ五三歳だったのに……」

タオがそういって、少し悲しそうに笑った。

桑島は、詳しい事情は知らない。だが、それが、あの時にタオがどうしても帰国しなくてはならない理由であったことは、わかっていた。

「お気の毒に……」

「仕方ありません……。父は、タイニン省の出身でしたから……。いつかこうなることは、覚悟していたのだと思います……」

ベトナムでは二一世紀になったいまも、国民の奇形発生率と若年性の癌の発症率が他国よりも高い。すべてベトナム戦争時に、アメリカ軍が撒布したオレンジ剤——枯葉剤——が原因であることがわかっている。

タオの父親の故郷、カンボジアとの国境に接するタイニン省は、ベトナム戦争時にベトコン（南ベトナム解放民族戦線）の重要拠点であり、アメリカ軍によるオレンジ剤の集中撒布地域のひとつだった。

だからだろうか。以前タオは、自分は一生結婚しないし、といっていたことがある。子供も作らない。

自分もいつ癌になるかわからない。子供を産んでも、それが幸せなことだとは限らないからだと。

「せっかく久しぶりの食事なのだから、楽しいお話にしましょう」

タオが、笑顔を取りつくろった。

「そうしよう。そして、もう少し料理を追加しよう」

このレストランの料理は、何を食べても美味しかった。

「ところで洋介さん、今回はいつまでベトナムにいられるの？」

タオが訊いた。

「それほど長くはいられない。仕事があるからね。明後日、月曜日の朝の便で、東京に戻る」

「そう……残念ですね。でも明日は日曜日だから、私の仕事は休み。どこにでも案内できます……」

「ありがたい。実はいま、ベトナムを舞台にして、何か小説を書けないかと思っている。できれば、ベトナム戦争を題材にして……」

桑島は思いきって、自分の考えていることを打ち明けてみた。

ベトナム戦争に関する小説を書くと聞いて、タオはどんな反応を示すのか……。

だが、心配をよそに、タオは好奇心で目を輝かせた。

「素晴しいわ。それなら〝取材〟なのね。洋介さんの小説を、また読んでみたい……」

タオは、日本語の本を読める。

日本にいた時に何冊か、桑島が書いた小説も読んでいる。

「まだ確かなことはわからない。何か、面白い題材があれば、書いてみようと思っているくらいなんだ。そうすればまた、ベトナムに取材に来ることもあるかもしれない……」

それは桑島の、漠然とした期待でもあった。

「それでも素晴しいわ。明日は、まず、統一会堂に行きましょう。そこに行けば、ベトナムの植民地時代の歴史がすべてわかる。それから戦争証跡博物館を見て、昼はどこか美味しいお店でフォーを食べましょう。午後はホー・チ・ミン博物館を見てもいいし、他にも面白い所がいろいろある。そして夜はサイゴン川のクルーズ船に乗って、夜景を眺めながら食事をするの。きっと、素晴しい一日になるわ……」

タオは、たった一日だけ桑島と過すプランを語りながら、とても嬉しそうだった。

彼女は、いつもそうだった。旅行に行く時には事前に下調べや資料集めを買って出て、取材の助手のような役割を果たしてきた。

結局、それらの取材旅行は、この三年で何ひとつとして作品に結実していないのだけれども。

翌日のスタートは早かった。

七時にホテルのレストランで食事を済ませ、ロビーに出ると、もうブルーのアオザイ姿のタオが迎えに来ていた。

少し待ってくれるように頼み、急いで部屋で着替えをしてまたロビーに下りた。ホテルの前でタオのスズキのバイクの後ろに乗り、最初の目的地に向かった。

統一会堂は前日に桑島が歩いたドンコイ通りの先のサイゴン聖母大聖堂の裏手にある広大な敷地の建物だった。

午前八時を過ぎたばかりだというのに、もう門は開いていた。二人分の入場券を買い、敷地に入る。

建物の前の森の中には、一九七五年四月三〇日のサイゴン陥落の際に、当時のズオン・バン・ミン米傀儡《かいらい》政権の大統領府だったこの建物に突入したT－54中戦車がそのままのかたちで展示されている。濃緑色に塗られたそのソ連製の戦車の砲塔には、北ベトナム軍の国旗、金星紅旗が誇らしげに輝いていた。それだけで、この統一会堂がベトナムにとって何を意味するのかが伝わってくる。

「今日、これから見るいくつかの物は、私たちベトナム人にとってとても深い意義を持っています。けっして面白い物ばかりではない。中には、見るのが辛い物もあります。もしかしたら、私はその時に少し涙を流すことがあるかもしれないけれど、あなたは気にしないで……」

タオが建物に向かって歩きながら、自分にいい聞かすようにいった。

統一会堂はフランス領インドシナ時代の一八七三年、フランス総督の行政府として建てられた宮殿である。当時はノロドン宮殿と呼ばれ、ベトナムの植民地支配の一方の象徴であった。

だが、一九五四年のジュネーブ協定の合意により第一次インドシナ戦争が休戦することにより、長らく続いたフランスの支配も終結。翌五五年にベトナム共和国が成立し、独立宮殿と改名された。

ところがその八年後の六三年一一月にクーデターが起き、当時のゴ・ディン・ジェム政権が転覆。その時にベトナム共和国空軍の二機の戦闘機により空爆を受け、大破して倒壊してしまった。

現在の統一会堂は、ベトナム戦争の真っただ中の一九六六年に共和国の大統領府として再建されたものだ。

最初の大統領はグエン・バン・チュー(一九六七年九月三日～一九七五年四月二一日)で、その後チャン・バン・フォン(一九七五年四月二一日～二八日)、ズオン・バン・ミン(一九七五年四月二八日～三〇日)と、ごく短期間の政権も含めて三代の大統領がここを官邸として使用した。

そしてサイゴン陥落により北ベトナム軍が占拠……。

その後、一九七六年七月二日に南北統一国家であるベトナム社会主義共和国が成立し、現在の統一会堂と改名された。いわばこの統一会堂は、ベトナムの植民地支配と戦火、南北統一の目撃者であったことになる。

「革命の英雄ホー・チ・ミンが亡くなったのは、一九六九年九月二日、不思議なことに共和国の国慶節（独立記念日）の当日でした。きっと彼も、その六年後のサイゴン陥落を、自分の目で見てみたかったことでしょう……」

タオの説明に耳を傾けながら、館内を回った。

日曜日だというのに、早朝のこの時間には桑島とタオ以外に観光客は誰もいない。二人の足音と、時折声を潜めて話すタオの声が閑散とした室内に響く。

館内にはかつてのグエン・バン・チュー大統領の豪華な寝室や、グエン・カオ・キー元副大統領の執務室、大統領の愛車のメルセデス・ベンツなどが当時のまま展示されていた。それらの部屋にはまだかつての主人の気配が確かに残っていて、どこからかそっと桑島とタオの二人の姿を見つめているような錯覚があった。

「実はグエン・バン・チューはサイゴン陥落の瞬間を自分の目で見ていなかったんです。

その直前に米軍の手引で飛行機に乗り、台湾に亡命していました。その後はアメリカに移住して、何不自由なく一生を過して二〇〇一年九月にボストンの病院のベッドの上で死にました」

「権力者なんて、所詮はそんなものさ。タオ、君はどう思う。ベトナムは北ベトナム軍が勝ってよかったのか。ベトナム社会主義共和国に統一されることが唯一の救われる道だったのか……」

南ベトナム軍の側にだって、国土を共産主義の脅威から守るという大義名分があったはずだ。

「私にはわかりません……。結果としてみれば、あの戦争がもたらしたものはアメリカの傀儡政権が倒れて、そのかわりに当時のソビエトと中国を後ろ楯とする新政権が取って代わっただけですから……」

「しかし、ベトナムはあの終戦を機に、南北統一された……」

「そうですね。確かにそれはベトナムにとって良いことでした。そして私たちベトナム人はフランスによる、長い植民地支配から解放された。でも、この国で、アメリカがやった数々の残虐な破壊行為を許せなかった。例えばB—52による北爆や、あのオレンジ剤の大量撤布を……」
「つまり、なるべくしてこうなったということか……」
「そう思います。さあ、次に行きましょう……」
桑島はタオと共に、ベトナムの歴史的遺物の出口へと向かった。

ホーチミン市の観光資源のひとつでもある戦争証跡博物館は、その名のとおりさらにベトナム戦争の残酷さと悲惨さを容赦なく伝えていた。

敷地に入ると、まずアメリカ軍から鹵獲《ろかく》したＭ48中戦車やＭ41軽戦車、Ｆ―5ジェット戦闘機、ＵＨ―1ヘリなどが誇らしげに展示されている。観光客の姿も多い。

だが、ここを訪れる多くの者は、館内の展示物を見た瞬間にそのあまりの凄惨さに血の気が引くだろう。ここは、過去の地獄を垣間見ることのできる入口だ。

北爆でバーベキューのように焼かれたベトナム人の死体の山……。

戦車のキャタピラーに轢《ひ》き潰されたミンチのような死体……。

ベトコンの女性兵士の引き千切られた死体をぶら下げて笑うアメリカ兵……。

大量の枯葉剤によりこの世に生まれた数多くの奇形児の悲惨な現実……。

ベトナム戦争時代、この国を訪れた世界各国の戦場カメラマンによる膨大な写真が、ベトナムで何が起きていたのかを目を背けることなく伝えてくれる。

中には、日本の報道カメラマンのコーナーもあった。ピューリッツァー賞を受賞した沢田教一の『安全への逃避』という作品も見ることができるし、石川文洋と中村梧郎の常設コーナーもある。『地雷を踏んだらサヨウナラ』で知られ、カンボジアで射殺された一ノ瀬泰造の、銃弾が貫通したニコンFの写真もある。

気が付くと、タオの様子がおかしかった。

彼女は少し離れた所から周囲の写真を見つめ、何かに堪えるように、目に涙をためていた。

以前、日本にいる時に、彼女は桑島にこういったことがある。

一度、ベトナムに来てほしい……。

あなたにどうしても、見てもらいたいものがあるの……。

桑島は、いつか必ずベトナムに行くと約束した。彼女が見せたかったものとは、おそらくここに展示されている数々の写真だったのだろう。

そしていま、桑島は、その時のタオとの約束を果たせたのだ――。

「タオ、もういい。ここを出よう」

桑島はタオの肩を抱き、出口へと向かった。


ランチは統一会堂の方まで戻り、『ニャーハンゴン』というベトナム料理の老舗に入った。雰囲気の良い落ち着いた店で、地元の客で混み合っていた。

桑島とタオは窓際の小さなテーブルに通され、ヌム・クオン（生春巻）やカイン・チュア・カー（雷魚の甘酸っぱいスープ）、ガー・サオ・サー（鶏肉の炒め物）など何種類かの料理を注文した。

だが、ミントの葉やパクチーの香りで騙しながら、例のごとく333ビールで腹に流し込んでも、せっかくの料理の味はよくわからなかった。タオも好物だというこの店のスープを前にして、あまり食が進まないようだった。

「午後はどうしますか。ベトナム歴史博物館を見てもいいし、ホー・チ・ミン博物館に行ってもいい……」

食事の途中で、タオがいった。

ベトナムは、伝統を重んじる国だ。それだけに、博物館の宝庫だった。だが、これ以上ベトナムの歴史を勉強するために、旅の大切な時間を費やす気にはなれなかった。

「どこか、他の場所はないかな。もっと、旅情……旅の風情を楽しめるような……」

桑島は、タオが理解できるように言葉を選んで話してみた。

「楽しくて、それでいて取材になるような場所？」

「そうだ。そんな場所……」

タオが、少し考えた。

「それならベンタイン市場はどうですか。洋服や、日用雑貨や、いろいろな食べ物が売っている大きな市場……」

「市場か。市場は好きだけど、日用雑貨や食べ物を見て歩いても仕方ない。もっと面白い物が売っているのなら別だけど……」

桑島がいうと、タオがまた少し考えた。そして何かを思いついたように、笑みを浮かべた。

「それならとてもいい場所がある。行きましょう」

タオが椅子を立った。


七月のホーチミンは、雨季に入っている。

抜けるような青空に灼熱の太陽が輝いていたかと思えば、俄《にわか》に掻き曇り、雷鳴と共にバケツをひっくり返したようなスコールが降ってくる。

タオは大雨の中で、街角のバイク置き場にスズキを駐めた。観光地の華やかさのない、市民の生活臭に満ちた、ベトナムのどこにでもあるような街角だった。

目の前に、バラックのような小さな商店をいくつも繋ぎ合わせたような市場があった。

桑島はタオと共に、その市場の通路の入口に逃げ込んだ。二人とも、全身びしょ濡れになっていた。

「ここがヤンシン市場です。さあ、奥に行きましょう……」

タオはスコールに馴れているのか、せっかくのアオザイが濡れて体に貼りついていることも気にしていない。

ヤンシン市場は、奇妙な空間だった。

狭く、薄暗い通路の両側に、雑貨や古着、訳のわからない古い機械やガラクタを山積にした小さな店が犇《ひしめ》くように軒を連ねている。中には米軍やベトナム軍の軍服、ロケットランチャーや銃弾、弾薬箱などの武器を扱っている店もある。いわゆるサープラス（軍払い下げ）ショップだ。

タオによると、ヤンシン市場がこのホーチミン市の一区に生まれたのはジュネーブ協定によりフランスの植民地支配が終わった一九五四年。それまでの賭博場が取り壊されて、その跡地が自然発生的に青空市場になり、現在に至っている。

ベトナム戦争時代の一九六〇年代に米軍の払い下げ品や闇商品などを扱うサープラスショップが急増し、ヤンシン市場は最盛期を迎えた。商品を売りに来るのもアメリカ人だし、買って行くのもアメリカ人が多かった。

各国からベトナムに集まる通信社の特派員などのジャーナリストや、いわゆる戦争カメラマンもヤンシン市場で軍服やヘルメットなどの装備を買い揃え、ベトナム各地の最前戦へと赴いた。日本の報道カメラマンの沢田教一や、カンボジアでクメール・ルージュに処刑された一ノ瀬泰造もこの市場で装備を揃えていったという話が残っている。

「いまこの市場にあるサープラスショップは、ベトナム戦争のころからのお店がほとんどです。売っている物は〝本物〟のアメリカ製は少なくて、軍服やジャングルブーツなどはベトナム製の新しい〝偽物〟の方が多いです……」

〝偽物〟といわれても、桑島には興味深い空間だった。

ここはどことなく、日本のアメ横に似ている。だが、どの店も、品数も量もアメ横とは比べ物にならない存在感で迫ってくる。

桑島は低いトタン屋根を打つ雨音も忘れて、軍装品が山積になった薄暗い通路を歩いた。まるで自分がベトナム戦争当時のサイゴンに迷い込んでしまったかのような、そんな錯覚があった。

頭の中で何かが閃き、自分が書こうとしている小説の後ろ姿が遠くに垣間見えたような気がした。

桑島は、一軒の店の前で足を止めた。

薄汚れたガラスの商品ケースの中に、戦車やミッキーマウスの稚拙な絵が彫られた古い

――少なくとも桑島にはそう見えた――ジッポーのライターがいくつも並んでいた。

「これは何？」

桑島がタオに訊いた。

「これ、そう……ベトナム・ジッポーといいます。ベトナム戦争のころにアメリカ兵がジッポーのライターを買って、街で自分の部隊のマークや好きな絵柄、言葉を彫らせて、お守りにしていた……」

桑島がジッポーに興味を持ったことがわかったのだろう。奥から店番の老婆が立ってきて商品ケースを開け、ジッポーのライターをいくつか出してその上に置いた。

「ホンモノ……。ホンモノ……」

老婆が日本語でいった。

桑島がその中の一つ、ミッキーマウスの絵の彫られたものを手に取った。絵の他に、年代を表わす数字や、ベトナムの地名、裏には意味のわからない何かの呪文のような英文が彫られていた。

「これ、本当に〝本物〟なの？」

桑島がタオに訊いた。

だが、タオは首を横に振った。

「違います。全部、ベトナム人が作った〝偽物〟です……」

すると店番の老婆が、怒ったようにタオに何かをいった。タオも、老婆にいい返した。

「行きましょう」

タオは桑島の手を引いて、先に歩き出した。

だが、桑島は、あの奇妙なジッポーのライターに興味を持った。

たとえ〝偽物〟であったとしても、あのライターには何かがある……。

「タオ、ちょっと待って。いまのベトナム・ジッポーがほしい……」

タオが、立ち止まった。

「どうして……。洋介さんはタバコを吸わない。それに、あれは〝偽物〟なのに……」

「もちろん、〝本物〟があればだよ。あのライターの裏に書いてあった、奇妙な言葉が気になるんだ。このヤンシン市場に、〝本物〟を売っている店はないかな……」

「〝本物〟ですか……」

タオが首を傾げて考える。

「そうだ。〝本物〟でなければ意味がないんだ」

もし戦争当時に米兵が使っていた〝本物〟が手に入ったら、何かの小説を起草する切っ掛けになるのではないか。桑島は小説家として本能的に、そう思った。

「〝本物〟……あるかもしれない。こっちです……」

タオが、何か当てがあるように歩き出した。

まるで迷路のような細い通路を、タオはどんどん奥へと進んでいく。

桑島は、ベトナムのジャングルに分け入っていくようにタオの後を追った。やがて、来た方向もわからなくなった時に、タオは一軒のサープラスショップの前で立ち止まった。

「ここです……」

およそ五〇〇〇平方メートルあるといわれるヤンシン市場の、最も奥の隅にある店だった。他のサープラスショップよりも少し広く、並んでいる商品もアメリカ軍の戦争当時の軍服やロケットランチャーの砲弾、ブローニングの重機関銃など〝本物〟っぽい物が多い。もちろんそれらの武器が、いまも使えるとは思えないが。

店の少し大きなガラスケースの中には、先程と同じような絵や文字が彫られたジッポーのライターが数十個、並んでいた。

「これは、〝本物〟？」

桑島はタオに訊いた。

「いえ、これは〝偽物〟だと思います……。でも、この店なら〝本物〟もあるかもしれません……」

奥から、安物のアロハシャツを着た若い男が出てきた。このような怪しげな店にはいかにもという風体の男だが、愛想は悪くない。

「コンチハ、ナニサガシテル。ベトナム・ジッポー、ホンモノ。ヤスイヨ」

男は桑島を日本人だと見抜いたのか、片言の日本語でそういった。

タオがベトナム語で、男に何かをいった。男は少し顔を顰《しか》め、ベトナム語でいい返した。それにまた、タオがいい返す。

そんなやり取りがしばらく続いた後で、タオが桑島にいった。

「やはりここにあるジッポーは、すべて〝偽物〟だそうです。でも、〝本物〟はあるそうです。少し待ってくれたら、ここに持って来るといってます……」

「あるなら、見せてほしい」

タオが、それを男に伝えた。男がタオに、何かをいった。

「持って来てもいいけど、〝本物〟は高いといっています。そう……ひとつ、三〇ドルから五〇ドルくらい……」

ベトナムの通貨はベトナムドンだが、男はアメリカドルで払えといっているらしい。

「かまわない。ドルなら持っている。見せてくれ」

タオがそれを伝えると、男は愛想良く笑い、店の奥に消えた。

男は五分ほどで戻ってきた。手には、擦り切れたセカンドバッグを持っていた。どうやら裏口から、外に出ていたらしい。

「ゼンブ、ホンモノ……」

男はそういって、ガラスケースの上でセカンドバッグを開いた。中には八個の四角い凹みがあり、そこに四個のベトナム・ジッポーが入っていた。どのジッポーも何十年も土の中に埋まっていたかのように薄汚れ、傷だらけで、メッキも剝げていた。

「これは〝本物〟だと思います……」

タオがいった。

桑島はその中のひとつを手に取った。

このガラスケースの中に並んでいる他の〝偽物〟とはオーラが違った。これは間違いなく〝本物〟だ……。

最初のジッポーには、これは墓石なのだろうか、四角い箱の上に横たわるスヌーピーの諷刺絵が彫られていた。ヒンジで開く蓋の部分には〈――VIETNAM TAYNINH 69-70――〉という文字が入っていた。つまりこのライターの持ち主だった兵士は、一九六九年から七〇年までベトナムのタイニン省の部隊に従軍していたという意味だろう。

ライターの裏には〝偽物〟と同じように、何やら訳のわからない呪文のような言葉が刻まれていた。ライターの底には〝ZIPPO〟のロゴが入り、〈――BRADFORD, PA.――〉の文字。このロゴとパテントマークが本物の証《あかし》だ。

さらにロゴの両側にはⅢとⅡの刻印が打たれている。これはこのライターが一九六九年に作られたことを表わすマークだと、男が指さしながら教えてくれた。

二つ目のジッポーは双発機を正面から見たような飛行機の絵と、その下に〈――LINE CHIEF MOHAWK――〉という文字が彫られていた。おそらくこのライターの持ち主は、モホークという飛行機のパイロットか何かだったのだろう。蓋には〈――VIETNAM BIENHOA 64-65――〉の文字が彫まれ、裏にはやはり呪文のような英文、底には〝ZIPPO〟のロゴとパテントマークが入っていた。

三つ目のジッポーは、少し変わっていた。本体の部分に〈――VIETNAM 68-69

KHESANH――〉と入り、蓋の部分に地球儀の上に羽を広げた鳥のマークのような図柄が彫られていた。どこかの部隊章か何からしい。

桑島がライターを手にして考えていると、店の男が棚からワッペンを一枚取ってそれを見せた。ジッポーでは小さくてわかりづらかったが、鳥のように見えたのは鷲だった。地球儀には、船の錨が突き刺っている。どうやら、海兵隊の部隊マークだったようだ。裏にはやはり、呪文のような言葉と、蓋に☆とライフル銃の絵が刻まれていた。

四つ目――。

実はこのジッポーが一番、興味深かった。

ライターの表面には、キャタピラーのある戦車のような乗り物の絵が彫られている。その下に〈――2/47 MECH BASTARDS――〉の文字。2/47 の意味はわからないが、〝メカバスターズ〟を直訳すれば〝機械化歩兵やろうども〟というようなことになるのだろう。

蓋には〈――QUANG TRI VIETNAM 67-68――〉と彫られていた。

「Quang Tri というのはベトナム中部のクアンチ省のことです。アメリカ軍の最前線の基地があった場所で、省内に流れるベンハイ川が南北ベトナムの軍事境界線になっていました。それに、よく知られるテト攻勢（一九六八年一月三〇日の正月休みを利用した北ベトナム軍、南ベトナム解放民族戦線による大攻勢）の激戦地でした……」
タオが桑島の手にしたジッポーを覗き込みながら、声を潜めて説明する。
裏を返す。そこにもやはり、呪文のような言葉が刻まれていた。

〈――OURS IS NOT
TO DO OR DIE
OURS IS TO SMOKE
AND STAY HIGH――〉

桑島はある程度の英語の読解力はあるが、この文章がどんな意味を持つのか正確にはわからない。
このジッポーに興味を持った理由は、他にあった。これらの言葉の他に、ライターの裏の蓋に持ち主の名前が刻まれていたのである。

〈――JIMMY HOWARD――〉

どうやらこのジミー・ハワードという人物が、このジッポーの持ち主であったらしい。

そしてもうひとつ、このジッポーには決定的な特徴があった。ライターの本体、ちょうど戦車の絵の後ろの右下の角に、まるで銃弾が当ったような丸く削れた傷があった。

「このライターの持ち主は、戦死したのかな……」

桑島が呟くと、タオがそれをベトナム語で男に伝えた。

男が首を傾げ、桑島に何かを説明した。それをタオが、また桑島に通訳した。

「持ち主が戦死したのかどうかはわからないそうです。他のライターも、みんな……」

ジッポーはPX（基地内の売店）などで簡単に買えたので、兵士はいくつも持っていたそうです。それを人にあげたり、売ったり、帰国する時にベトナム人の恋人に置いていったり、戦闘中に無くしたり……。

いまでもそのようなジッポーが、昔の米軍基地の跡地やジャングルの泥地で見つかることがあるという。そうして拾われたジッポーを各地のバイヤーが買い取り、ヤンシン市場などの専門店に持ち込んで売っていく。

いまここにある四つのベトナム・ジッポーも、すべてがバイヤーから買い取ったものだ。

だから持ち主の兵士がどうなったかは、わからないという。

「コレ、五〇ドル……。コレ、四〇ドル……。コレモ、四〇ドル……。コレ、三〇ドルでいい……」

店の男が四つのジッポーに、それぞれ値段を付けた。

「どれを買うかと訊いています。でも、どれも相場よりも高い……」

タオがいった。

だが、桑島は正直、この四つのジッポーの値段などどうでもよかった。特に、銃弾の痕のような傷のあるジッポーが、どうしても欲しくなった。

午前中に、戦争証跡博物館で銃弾の穴が開いた一ノ瀬泰造のニコンFの写真を見たばかりだった。もしこのジッポーの傷が本当に銃弾によるものだとしたら、その経緯に何か特別な物語があったに違いないのだ。

「四つとも買うから、全部で一〇〇ドルにしてくれといってくれないか」

「全部ですか？」

「そうだ、四つ全部だ」

「わかりました……」

タオがベトナム語で男に交渉した。だが、男が首を横に振る。またタオが交渉する。

そんなことを何回か繰り返した後に、タオが諦めたように溜息をついた。

「最近は〝本物〟のベトナム・ジッポーも少なくなったので、それほど安くはできないそうです。彼のいい値は、そう……四つで一二〇ドル……」

「わかった。それでいい。買うと伝えてくれ」

桑島が財布から二〇ドル札を六枚出して渡すと、男が満面の笑みを浮かべた。

そして先程の地球儀に鷲が乗った部隊章を、「プレゼント……」といって四つのライターと共に紙袋に入れた。

もう、ヤンシン市場に用はなかった。

外に出ると、いつの間にかスコールは上がり、路上の水溜りに熱い太陽が照り返していた。

夜のサイゴン川のクルーズ船は、この国での最後の晩餐を飾るのに相応しい余興だった。

船のレストランから眺めるホーチミン市の夜景は宝石をちりばめたように光り輝き、バイキング形式で大皿に盛られたフランス料理や、目の前でコックが作ってくれるフォーやバインセオもすべて絶品だった。

桑島は例のごとく333ビールを片手に、ベトナム人のジャズバンドの演奏に耳を傾けながら食事を楽しんだ。だが、実のところ最も素晴しかったのは、一度家に戻って真紅のアオザイと白いパンツに着替えてきたタオの美しさだった。

今夜のクルーズ船の一〇〇人近い乗客の中で、最も周囲の目を引いていたのは、間違いなくタオだろう。

「洋介さん、さっきのベトナム・ジッポーのこと……」

タオはこの料理と美しい夜景を前にして、あの古いジッポーのことを考えていたらしい。

「ジッポーがどうしたんだ?」

「はい、洋介さんはジッポーを四つ買ったけれど、一つしか持って帰れないかもしれない……」

「なぜ?」

「ジッポーは、ライターだから。いまのベトナム航空は、ライターは一つしか荷物に入れられない……」

そういうことか。

ライターくらい預ける荷物に隠せないことはないが、そんなことでつまらないリスクを負いたくはなかった。

「それならばタオ、帰りにホテルに寄ってくれないか。三個は君に預ける。後で東京の僕の住所にEMS（国際スピード郵便）か何かで送ってもらいたい」

オイルを完全に抜いて、中綿と芯を取り去れば何とかなるだろう。もし没収されたら、その時はその時だ。

「OK。だいじょうぶ」

タオが笑みを浮かべ、また料理を食べはじめた。

だが、桑島は、あの銃弾の痕のような傷があるジッポーのことが頭から離れなくなっていた。

「ところでタオ、あのジッポーのことだけど……」

桑島がいうと、タオが箸を止めた。

「あのジミー・ハワードのジッポーのことですね？」

その名前がすぐに出てくるということは、タオもやはりあのジッポーのことが気になっていたということだろう。

「あのジッポーのことを、調べることはできないかな」

だが、タオは首を傾げた。

「難しいです……。アメリカ兵は、五五万人もベトナムにいた。その兵士の数だけライターもあった。特にクアンチ省はケサン基地があったところで、テト攻勢があった一九六八年の一月からの数カ月でたくさんのアメリカ兵が死んだ。それにもう、五〇年以上も前のことです。いまはもう、何も調べることはできない……」

タオのいうことは、もっともだった。

「すまなかった。もうこの話はやめよう。食事を楽しむことにしよう」

桑島はこの旅ですっかり好物になったネムサン（揚げ春巻）をミントの葉と共に口に放り込み、333ビールを喉に流し込んだ。

楽しい夜だった。

クルーズが終わって桑島はタオと共に送迎バスでホテルに戻り、最上階のバーでまた少し飲んだ。いつもはあまり酒を飲まないタオも、この時はカクテルを付き合ってくれた。

タオにジッポーを三個預けてタクシーで帰した。次にタオに会えるのは、いつのことになるのだろう。

翌日、桑島は予定どおり、早朝のベトナム航空の成田行きの便に乗った。カウンターで預けた荷物の中には、ひとつだけ、あの〝ジミー・ハワードのジッポー〟が入っていた。

帰りのフライトも、何事もなく順調だった。桑島はワインを飲み、少し眠った。

この時はまだ、あの〝ジミー・ハワードのジッポー〟のために、自分が半世紀以上も前の事件の渦中に巻き込まれることになるとは思ってもいなかった。

二〇一九年一〇月～一二月　東京

灼熱のような残暑も終わり、東京にも本格的に秋風が吹く季節になった。

桑島洋介は中野区にある自宅マンションの書斎に籠り、朝からパソコンを前にして仕事に没頭していた。

デスクの上にはあのジミー・ハワードのベトナム・ジッポーが、専用のアクリルケースに入れて飾られていた。

桑島はパソコンのキーボードを打つ手を休め、体を伸ばした。冷めたコーヒーを飲み、デスクの上のジッポーをぼんやりと眺める。

ベトナムから帰国してからのこの三カ月間、桑島は書き下ろし長編小説の原稿執筆に追われていた。その間、ヤンシン市場で買った四つのベトナム・ジッポーについて、ゆっくり調べる時間もなかった。だが、その長編小説の原稿にも、間もなく区切りがつく。

それでも桑島は、原稿執筆の慌《あわただ》しい合間に、ベトナム・ジッポーについて基本的なことだけは調べていた。

ジッポー（ZIPPO）は一九三二年に創業したアメリカの『ジッポー・マニュファクチャリング・カンパニー』が、翌三三年より発売した金属製オイルライターの商標である。

シンプルな構造で扱いやすく、耐風性と耐久性が高いことで人気を得て、メーカーによる永久修理保証があることなどから世界的なヒット商品となった。

第二次世界大戦やベトナム戦争時には基地内の売店でも一ドル前後で売られ、兵士たちは争ってこれを買い求めた。彼らはタバコに火をつけるというライター本来の目的だけでなく、Cレーション（野戦食）やカップのコーヒー、ポップコーンを温めるために、ヒートタブ（可燃性固形燃料）やプラスチック爆弾の欠片で火を作るために、時には着火したライターをベトナムの村の家に投げ込んで火事を起こすためにも使った。

さらにベトナムではアメリカ兵だけでなく、南ベトナム軍の兵士や、従軍するジャーナリストやカメラマンもジッポーを持っていた。自分の分だけでなく、友人や故郷の恋人にオリジナルの刻印を施したベトナム・ジッポーを贈ったりもした。何かの作戦の後に、小隊や中隊の全員に記念として配られることもあった。

こうして売れに売れたジッポーは、一九六〇年に通算一億個を突破。八八年には二億個、九六年には三億個、二〇〇三年には四億個、二〇一二年には通算五一億個製造を達成している。

桑島はアクリルケースを開け、中から〝ジミー・ハワードのジッポー〟を取り出して手の平に置いた。

このメッキが剝がれかけ、汚れ、銃弾の痕のような大きな傷がある〝ジミー・ハワードのジッポー〟も、その数億個の中のひとつだ。だが、このベトナム・ジッポーには、何か特別なオーラのようなものがある……。

その秘密を知るまでには、もう少し時間が必要だ。いま取り掛かっている、この通俗的な小説を書き終えてしまうまでは。

桑島はしばらくジッポーを眺め、手の中で玩《もてあそ》んだ。

片手で握って親指で蓋を撥《は》ね上げると、ジッポー特有の心地好い金属音が響いた。フリントホイールを回すと、半世紀以上の眠りから目覚めたかのように火花が散った。

このジッポーは、まだ生きている。だが、深手を負い、いまはインサイドユニットを抜くこともできない。

桑島は、〝ジミー・ハワードのジッポー〟に話し掛けた。

もう少しだ。仕事に方が付いたら、お前にいくらでも付き合ってやろう。

桑島はジッポーをアクリルケースの中に戻し、それをまたデスクの上に置いた。

パソコンに向かい、キーボードを叩きはじめた。


一〇月の第三週の週末、長らく縛られていた長編小説をやっと脱稿した。

桑島はその原稿用紙およそ五〇〇枚分の原稿を、メールで担当編集者に送信した。

これでゲラが出るまでのおよそ一〇日間、自分の時間を取ることができる。

桑島はさっそくアクリルケースを開け、ジミー・ハワードのベトナム・ジッポーを手に取った。

まず、このライターに彫られている言葉のおさらいからだ。

蓋に彫られている〈――QUANG TRI VIETNAM 67-68――〉という部分は、このジッポーの持ち主だったジミー・ハワードというアメリカ軍の兵士が、一九六七年から六八年までベトナムのクアンチ省にいたということで間違いはないようだ。

このクアンチ省はインドシナ半島の東海岸線に沿った細長いベトナムの北中部に位置する省で、西はラオス、東は太平洋のバクボ湾に面している。ベトナムが南北分断国家だった時代には省内のベンハイ川に軍事境界線があり、省都のドンハが南ベトナムの最北端の街だった。いわば、最前線の街である。

このクアンチ省に、タオがいっていたケサン基地があった。

ケサン基地はアメリカ軍が南北ベトナム間のＤＭＺ（非武装地帯）から僅か二五キロの地点に設営した、〝北ベトナムに最も近い〟前戦基地である。約一平方キロメートルという広大な敷地に大型輸送機も離着陸できる一一八七メートルの滑走路を備え、Ｎ８８１高地、Ｓ８８１高地、８６１高地、５５８高地の四カ所の軍事的要衝に、前衛基地が設けられていた。

兵員は、最大で六六八〇名。このベトナム・ジッポーの持ち主、ジミー・ハワードも、このケサン基地に派遣された兵士である可能性が高い。

ケサン基地について調べてみると、いろいろな情報が引っ掛かってくる。

最も興味深いのが、ベトナム戦争の中でも最大の激戦として伝説化され、数多くの小説や映画にもなった〝ケサンの戦い〟(Battle of Khe Sanh) である。

ケサンの戦いの期間は一九六八年一月二一日から四月八日のおよそ三カ月間。北ベトナム軍が九日後に決行するテト攻勢を前に、正規軍二個師団を投入してケサン基地を包囲。アメリカ海兵隊二個連隊と南ベトナム軍のレンジャー部隊を相手に、一五年前のディエン・ビエン・フーの戦い（インドシナ戦争でフランス軍を敗北させた戦い）を再現するかのようなシンボリックな勝利を目指して作戦を決行した。

この時、六六八〇名の米軍側戦力に対し、北ベトナム軍側はその四倍以上の三万四一〇〇名。基地の東西から北ベトナム軍の三二五師団、三〇四師団に攻められた米軍側は補給路を断たれて孤立した。

その後、空路による補給のみで戦った米軍側はB―52戦略爆撃機を大量投入して航空作戦〝ナイアガラ〟により反撃。数日間に一一万四〇〇〇トンもの爆弾をばら撒いてケサン基地周辺の広大なジャングルを焼き払った。

さらに包囲された地上軍がケサン基地解放作戦〝ペガサス〟を決行し、からくも北ベトナム軍を撤退に追い込むことに成功した。

だが、この三カ月間に及ぶ米軍側の戦死者は三五四名、戦傷者は少なくとも二二五〇名――。

北ベトナム軍側は戦死者三五六一名――。

他にB―52による爆撃により、五〇〇〇名もの兵士と周囲の農民が死亡したといわれている。

桑島は、思う。

いまこの手の中にあるジッポーの持ち主、ジミー・ハワードも、一九六八年の一月にケサン基地の周辺にいたのだろうか。ケサンの戦いやテト攻勢の火中に身を投じたのだろうか。

そしてジミー・ハワードは戦いの中で負傷した一人だったのか。

もしくは、戦死したのか……。

桑島が次に興味を持ったのは、ジッポーの裏面に彫られている詩のような英文の言葉だった。

〈――OURS IS NOT
TO DO OR DIE
OURS IS TO SMOKE

AND STAY HIGH――〉

この奇妙な文をそのままグーグルに入力して検索すると、次のような日本語訳が出た。

〈――俺たちは生きることも死ぬこともできない。俺たちは煙になるのさ――〉

およそ、そのような意味になることはわかる。

だが、桑島は納得できなかった。さらに調べてみると、この謎の文章の由来と日本語訳について、詳しく解説しているサイトにぶつかった。

そのサイトによると、この言葉はイギリスの詩人テニスンがクリミア戦争のバラクラヴァの戦いについて詠んだ詩『軽騎兵旅団の突撃』(The Charge of the Light Brigade)の一節をもじったものではないかという。

〈――Theirs not to reason why
Theirs but to do and die――〉

これを和訳すると、〈――理由を問うこともなく、ただ死に行くのみ――〉という意味になる。おそらく泥沼の戦いといわれたベトナム戦争を、このジッポーの言葉の作者はクリミア戦争に喩えたかったのだろう。

ただ、テニスンの詩の〈――do and die――〉(ただ死に行くのみ)の部分が、このジッポーでは〈――DO OR DIE――〉(殺るか殺られるか)に変えられているところに、この解説者は注目している。その上で全文を和訳すると、だいたい以下のようになる。

〈――殺るか殺られるかなんて、どうでもいい。
　俺たちはただ煙を吸って、ハイになるだけさ――〉

これならば、意味は通じる。

おそらく文中の〝煙〟は、タバコではなくマリファナを意味しているのだろう。ベトナム戦争時代にアメリカ兵の間に大量のカンボジア産のマリファナや、中国産のヘロインが出回っていたことはもはや周知の事実だ。それらの薬物をアメリカ兵に供給していたのは、敵の北ベトナム軍だった。

ちなみにこのテニスンの詩をもじった四行詩は、〝ジミー・ハワードのジッポー〟だけのオリジナルではないようだった。

いわば、ベトナム戦争当時に兵士の間で流行した文句のひとつ、ということなのだろうか。ベトナム・ジッポーについて調べていると、同じ四行詩を彫ったライターの例をいくつか散見する。

ベトナム・ジッポーの図案には、街の加工屋によって絵にも言葉にもいくつかの決まったパターンがあった。兵士たちはその中から好みの絵や言葉を選んで組み合わせ、加工屋に彫らせて、自分だけのジッポーを作った。

例えば桑島がヤンシン市場で買った四つの内のひとつ、スヌーピーのベトナム・ジッポーに彫られていた〈——BLACK IS BEAUTY～——〉で始まる文もそうだ。これを全文和訳すると、次のような意味になるのだろうか。

〈——黒は美しい。
黒について考えよう。

黒を演じよう。
黒を愛そう。
俺たちははみ出し者だ――〉

おそらくこのジッポーの持ち主は、スヌーピーの好きな黒人兵だったのだろう。漫画の中に出てくるスヌーピーはシュールなキャラクターで、皮肉屋のナルシストだった。このジッポーの持ち主はスヌーピーが墓石の上に横たわる絵と黒人を称賛する言葉を組み合わせることにより、白人優遇主義の軍隊に対するアンチテーゼを表現したのかもしれない。この〈――BLACK IS BEAUTY～――〉で始まる言葉も、他のベトナム・ジッポーに複数存在することがわかった。

ちなみにベトナムで従軍記者としての経験がある作家の故・開高健は、自分が戦場で愛用したジッポーにこんな言葉を彫っていた。

〈――YEA THOUGH I WALK
THROUGH THE VALLEY

OF THE SHADOW OF
DEATH I WILL FEAR NO
EVIL FOR I AM THE
EVILEST SON OF A BITCH
IN THE VALLEY――〉

この言葉を、開高健はこう訳していた。

〈――そうヨ、たとえわれわれの死の影の谷を歩むとも、われ怖れるまじ
　なぜって、われは谷の最低のド畜生野郎だからよ――〉

この罰当りな言葉を彫ったベトナム・ジッポーも、インターネット上でいくつか見つかった。旧約聖書の詩篇第二三篇を、ベトナム戦争の戦場用にもじったものらしい。
こうした言葉や絵の図柄はジッポーの加工屋――ほとんどは屋台の小さな店だった――に真鍮や紙の型が置いてあり、兵士が好きな物を選ぶとそれを職人がライターに貼りつけ

てエングレービング・マシンで彫刻を施した。だから職人の腕や機械の性能によってベトナム・ジッポーの出来にも大きな差があった。

また、これらの呪文のような言葉には、戦場での弾避けの効果があると兵士たちに信じられていた。

なるほど、面白い……。

ベトナム・ジッポーは、調べれば調べるほど興味深い……。

こうなるとベトナム・ジッポーは戦時下におけるただの流行や現象に止《とど》まるものではなく、ひとつの文化、もしくは芸術といってもよいのではないかとさえ思えてくる。

呪文のような言葉以上に多様性に富んでいるのが、それぞれのジッポーに描かれている挿画だ。

これにも言葉以上に、種類があった。

代表的な物は各部隊の部隊章に始まり、ベトナムの地図、ピースサイン、女性のヌード、ミッキーマウスやスヌーピーなどのキャラクター物、自分が愛用したライフルなどの武器や戦車、ヘリコプター、飛行機、哨戒艇などモチーフは多岐にわたっている。

〝ジミー・ハワードのジッポー〟に刻まれた戦車のような乗り物も、比較的よく見掛けるモチーフのひとつだった。

この砲塔のない、角ばった奇妙な戦車には、挿画と共に〈――MECH BASTARDS――〉という言葉が添えられているものが多い。

桑島はこの〈――MECH BASTARDS――〉というキーワードを打ち込み、グーグルで検索してみた。だが、和訳が出てくるだけで、それらしきものはヒットしない。

次に〝ジミー・ハワードのジッポー〟に彫られているように、〈――2/47――〉を入れて検索してみた。すると、アマゾンやｅＢａｙ《イーベイ》などのサイトで、複数のベトナム・ジッポーの商品がヒットした。

すべて、このジッポーと同じ戦車の絵が入っている。だが、個々の商品に詳しい説明はついていない。

これで、ますますわからなくなった……。

他のやり方を試してみた。

桑島は次に、〈――ベトナム戦争　アメリカ軍　戦車――〉のキーワードで画像検索してみた。だが、出てくる写真は桑島がホーチミン市の戦争証跡博物館で見たＭ48中戦車や、それより新しい型のＭ５５１シェリダン空挺戦車ばかりだった。

いや、待てよ。

これだ——。

〝ジミー・ハワードのジッポー〟に彫られているものと同じような戦車の写真が見つかった。車体の横の同じ位置に、☆のマークも付いている。

それは実物ではなく、アマゾンで販売されているプラモデルの写真だった。桑島は、迷うことなくその写真をクリックした。

戦車の型式がわかった。

M113A1というのか……。

次に、この〈——M113——〉をキーワードにして検索した。ウィキペディアに、次のようなページが見つかった。

〈——M113装甲兵員輸送車

M113装甲兵員輸送車（M113 armored personnel carrier）は、アメリカ合衆国で開発された装甲兵員輸送車である。履帯を装備し、不整地・荒地の走破能力が高くなっている。整地では高速走行も可能である。また、限定的ではあるものの、沼や小川などでの浮行能力を備えている。

Ｍ１１３には多数の改造型・派生型が存在し、さまざまな戦闘や援護作戦に使用される。すべての派生型を含めると約８０，０００両以上が製造され、世界中でもっとも幅広く使用された装甲兵員輸送車の１つとなった――〉

さらに付け加えるならば、このＭ１１３装甲兵員輸送車がフォードとカイザー・アルミニウム・アンド・ケミカル・カンパニーにより共同開発されたのが一九五〇年代――。

米軍に正式採用されて配備されたのが一九六一年――。

製造は主にＦＭＣコーポレーションによって行なわれ、特にベトナム戦争で多用されたとある。

〝戦場のタクシー〟と呼ばれ、車長と操縦士の二人だけで運用が可能で、他に一一名の兵員を輸送することができた。主要火力は一二・七ミリ口径のブローニングＭ２重機関銃一丁のみで、それらしき物は〝ジミー・ハワードのジッポー〟のＭ１１３の屋根の上にも描かれている。

桑島はもう一度、パソコンのディスプレイに映し出されたウィキペディアの写真と、手の中のベトナム・ジッポーを見比べた。

間違いない。この〝ジミー・ハワードのジッポー〟に刻まれた戦車の絵は、間違いなくM113装甲兵員輸送車だ……。

八万台以上も製造されたのなら、このM113をモチーフにしたベトナム・ジッポーが多いのも当然だろう。

これで残る謎は〈——2/47——〉という数字と、銃弾の痕のような傷だけになった。

デスクの上のアイフォーンから、メールの着信音が聞こえた。

桑島は、アイフォーンを手にし、メールを開いた。ベトナムの、タオからのメールだった。

七月にホーチミン市に行って再会して以来、タオとはまた定期的に連絡を取るようになっていた。

〈——洋介さん、お元気ですか。

私は元気にしています。日本はそろそろ秋の気配が忍び寄る委節でしょう。

ところで、あの Jimmy Howard の Zippo のことはどうなりましたか。調べていますか。

私は最近、ドンコイ広場にたいへん面白い店を見つけました。ピ・ライターというお店です。

ここには本物のVietnam Zippoが何100個もあります。お店の主人はファイさんという人で、とても優しく、Zippoのことなら何でも知っています。

ファイさんに聞けば、Jimmy Howardのライターについても何かわかるかもしれません。それに、洋介さんがもっと気に入るVietnam Zippoが見つかるかもしれません。

またホーチミンに来てください。私はいつでも洋介さんを待っています。

ホアン・タオ——〉

洋介は思わず笑みを浮かべた。

日本語に英語を交えた、たどたどしいメールだった。だが、書き出しの部分などは、最近の日本人の手紙以上に情感に富んでいる。いかにも、タオらしい。

ところでドンコイ広場に、ベトナム・ジッポーの専門店などあっただろうか。あのあたりは一人でもよく歩いたのだが、気付かなかった。

だが、もしそのタオのいうピ・ライターという店が本当にあるのなら、ぜひ行ってみたいことは事実だ。もちろん、この〝ジミー・ハワードのジッポー〟について調べるために、わざわざまたベトナムに出向くというのも現実的な話ではないのだが……。

桑島はタオに返信を打った。


〈――やあ、タオ。

メールをありがとう。

例のジミー・ハワードのジッポーについては、いまもちょうど調べていたところだ。そして、いろいろなことがわかってきた。あのジッポーに彫られていた戦車のようなものはM113という装甲兵員輸送車で、裏の呪文のような文はイギリスの詩人テニスンがクリミア戦争のバラクラヴァの戦いについて詠んだ詩をもじったものらしい。

しかし、まだわからないことがある。あのライターに彫られていた「2/47」という数字の意味だ。

もしそのライター屋の主人のファイさんという人と話すことができたら、この数字のことを聞いてみてもらえないだろうか。

すぐには無理だけど、ホーチミンにはまた行きたい。タオにも、会いたい。

それまで体に気を付けて。

桑島洋介――〉

最後の言葉は、いまの桑島の正直な気持ちだった。
桑島は〝ジミー・ハワードのジッポー〟の写真を添付し、メールを送信した。

タオから返信があったのは、翌日だった。

〈――洋介さん、ピ・ライターに行ってきました。
ファイさんに話を聞くことができました。「2/47」というのは、アメリカ陸軍の「47th Infantry, 2nd Battalion」(アメリカ陸軍第四七歩兵連隊第二大隊)の意味だということです。この歩兵連隊では、戦地での兵員の輸送にM113というキャリアーをたくさん使っていました。
ちなみにその後の「MECH BASTARDS」というのは、機械化歩兵部隊のニックネームのようなものではないかということです。

またわからないことがあったら、何でもいってください。私はすぐに、ピ・ライターに行けます。

ホアン・タオ——〉

なるほど……。

この〈——2/47——〉という数字は、アメリカ陸軍の第四七歩兵連隊第二大隊という意味か……。

だが、なぜ〝陸軍〟なんだ?

記録によると一九六七〜六八年にケサン基地に駐屯していたのは、海兵隊の第三大隊だったはずだが……。

桑島はとりあえず、〈——47th Infantry, 2nd Battalion——〉というキーワードをグーグルに入力し、検索してみた。するとすぐに、アメリカ陸軍のジョージア州コロンバスの軍事基地内にある本部のホームページに繋がった。

〝第四七歩兵連隊〟は、現在も実在した……。

ホームページには現在の連隊長と副連隊長、各部署のリーダーの名前と写真の他、連隊の憲章と由緒ある歴史など。他にも第四七歩兵連隊にまつわる様々な記録やニュース、トピックス、活動やイベントなどの記事と写真が公開され、閲覧できるようになっていた。

ベトナム戦争に関しては、以下のような記述があった。


〈――第47歩兵連隊は、1967年1月に第9歩兵師団の一部としてベトナム共和国に配備され、メコンデルタで数多くの戦闘作戦を実施した。

連隊は河川戦争のための戦術を開発した。第2大隊は、第9師団の3つの最大の戦果に貢献した。

1967年10月のアクロン作戦中に、第2大隊は敵の最大の武器であるキャッシュを捕獲した。1968年1月のテト攻勢では、大隊は敵の大部隊によるロンビン、ビエンホア飛行場、サイゴン南部での第二波の侵攻を食い止め、勝利した。1970年5月、カンボジア侵攻作戦において、大隊は最初に同国に侵入した部隊となった――〉

これだけだ……。

さらにオンライン百科事典のウィキペディアの英語版にも、四七歩兵連隊に関するページが見つかった。
要約すると、以下のようになる。

〈――第47歩兵連隊は合衆国陸軍の歩兵連隊である。１９１７年にニューヨークのキャンプシラキュースで構成され、第一次世界大戦で実戦部隊となった。その後、１９２１年に実戦から外され、１９４０年に再度実戦配備。第二次世界大戦では北アフリカ、シチリア、西ヨーロッパで戦い、１９４６年に実戦配備を解かれた――〉

ベトナムに関しても、もう少し詳しい記述があった。日本語に自動翻訳されたものを要約すると、だいたい次のようになる。

〈――第47歩兵連隊はベトナム戦争においても再訓練されて、メコンデルタに実戦配備された。
第９師団に配属された他の部隊と共に、連隊は主にドンタム・ベースキャンプに駐屯し、河川作戦やヘリコプターを使った空中移動作戦を実施した。

ベトナム戦争中、連隊はアメリカ海軍との合同作戦を実施。兵士たちが艦艇内の宿舎に寝泊りしたこともあった。

1967年5月19日にはマイ・トー川の第2旅団本部がベトコンの攻撃を受け、第3大隊がこれを阻止した。その後、連隊はロンアン省のカンジュオク県に移動。8月から9月にかけて、南ベトナム軍の海兵師団を支援した。

1967年10月から1968年3月にかけて、南ベトナム軍海兵師団と合同でコロナドⅤ・Ⅸ・Ⅹ・Ⅺ作戦に参加した。この作戦の最中に北ベトナム軍及びベトコンによるテト攻勢が始まった。連隊はこのころ、最も激しい戦いを強いられることになる。

7月、連隊の第4大隊は南ベトナム陸軍第9師団との合同作戦を実施。10月には連隊の2個大隊がキエンホア州で沈静化作戦を実施した。

1969年8月、第3大隊がカンザス州フォート・ライリーにて実戦配備解除。70年10月には第2大隊が実戦配備解除。72年11月には第1大隊も実戦配備を解除された――〉

第47歩兵連隊のベトナム戦争に関する記述は、ここで終わっていた。

奇妙なことに、第四七歩兵連隊がクアンチ省に配備されたという記録は一行も出てこない。

　いずれにしても、アメリカ陸軍第四七歩兵連隊はきわめて大きなユニットだ。およそ一〇〇年の歴史の中で、隊員の数は延べ六万人以上……。

　しかも〝ジミー・ハワード〟という名前は、アメリカ人としてけっして珍しいものではない。むしろ、ありふれた名前だ。

　歴代の第二大隊の中には、ジミー・ハワードと同姓同名の隊員が何人かいたかもしれない。その内の何人かが、ベトナムに行った可能性もある。

　そうなると、このジッポーの持ち主のジミー・ハワードを特定するのは難しいかもしれない……。

　第四七歩兵連隊第二大隊のホームページには、メールアドレスとフェイスブックのアカウントも掲載されていた。連絡を取ることはできる。だが、ベトナムの市場でたまたま買った古いジッポーひとつのことで、わざわざアメリカ陸軍の歩兵連隊本部に問い合わせるというのも非常識なような気がした。

　そんなことを考えながら、ホームページを隅から隅まで見た。すると、この第四七歩兵連隊には、世代によるＯＢ会のようなものがあることに気が付いた。

——第四七歩兵連隊・ヨーロッパ／北アフリカA／A（Alumni Association）——。

——ベトナムA／A——。

OB会ならば、現役の連隊ではない。それならば、会員が当時の戦友の消息を知るための手掛りを提供するという意味で、気軽に連絡を取っても許されるように思えた。

一二月もクリスマスが近くなったある日、桑島は少し考えた末に、簡単なメール文を英語で作成した。

〈——To whom it may concern,（担当者様）
突然のメールを失礼します。
私はヨウスケ・クワシマという日本の小説家です。
実は、今年の7月にベトナムのホーチミン市に旅行をした時に、現地の市場で古いジッポーのライターを見つけ、買い求めました。よくあるベトナム・ジッポーの手合いですが、このライターには珍しい特徴があり、気になっています。ひとつはこのライターの持ち主らしき——JIMMY HOWARD——という名前が刻まれていること。もうひとつは、このライターに奇妙な傷があることです。

ライターに刻まれた他の文字が事実ならば、このジミー・ハワードという方は、アメリカ陸軍の第47歩兵連隊第２大隊に所属し、１９６７年から68年までクアンチ省にいたものと推察できます。

そのような方が実在したのかどうか、そちらで調べることは可能でしょうか。もしジミー・ハワードという方に連絡が取れ、このベトナム時代の思い出のジッポーが必要ならば、私は第47連隊を介して御家族にお返ししたいと願っています。

Sincerely,
Yousuke Kuwashima——〉

桑島はこれに自分の連絡先と〝ジミー・ハワードのジッポー〟の写真を添付し、メールを送信した。

そして、パソコンを閉じた。

二〇二〇年一月　ジョージア州コロンバス

道路の両側に、延々と高い金網が続いている。

金網の内側は広大な芝の緑地だ。道路から見渡す限り、遥か彼方まで兵舎や屋根の丸い倉庫、無数のM1エイブラムス戦車やM939トラック、M998ハンビーが整然と並んでいる。

アライア・ウィリアムスはカーオーディオからリアーナのアルバムを流しながら、二〇〇六年型の古いホンダのステアリングを握っていた。早朝のこの時間は、やはり彼女の歌声が落ち着く。

だが、この歌声は、やがてジェットエンジンの轟音に掻き消された。運転しながら東の空を見上げると、どんよりとした雲間からフラップを下げたC―17輸送機が姿を現わし、その巨体が頭上を掠めて基地内の滑走路に舞い降りていった。

アライアはアメリカ陸軍の迷彩服の上下を着て、二八〇号線を南東に向かっていた。

ジョージア州コロンバスのフォート・ベニングは、アメリカ陸軍の駐屯地だ。ここにはメインポスト、ケリーヒル、サンドヒル、ハーモニーチャーチの四つの主要基地があり、常に一〇万人以上の現役軍人、軍人家族、予備役、退役軍人、民間人従業員が生活している。一二歳の息子を持つシングルマザーのアライアも、この街で生活する陸軍の現役軍人の一人だ。

車はやがてなだらかな丘陵を上る。間もなく左手にサンドヒル基地の入口が見えてきた。アライアは車の速度を落としてステアリングを切り、基地のゲートへと向かった。

ゲートの前で車を停め、警備室の守衛に身分証を提示した。

「やあ、アライア。久し振りだな。クリスマス休暇はどうだった?」

守衛の当番は、顔見知りのエディ・サクソンという男だった。

「今年は息子と一緒にアトランタの実家に行って、のんびりしてきたわ。あなたはどうだったの?」

「俺は、あいかわらずさ。女房と一緒に七面鳥を食って、あとは仲間と鹿狩りさ。今年は、大きな雄が獲れたよ」

「それはよかった……」

いつもの気軽な挨拶を交わしてゲートを通り、街路樹のある道を基地の奥へと向かった。しばらく進むと、第四七歩兵連隊の本部が入る、二階建の白い大きな建物が見えてきた。アライアは裏の駐車場にホンダを駐め、建物に入っていった。階段で二階に上がり、連隊の総務のオフィスのドアを開けた。

「ハイ、アライア。お早よう」

「元気だった？」

「ハイ、久し振り」

一月六日、仕事始めの月曜日の朝八時だというのに、もう何人かの同僚がデスクに着いていた。

「ハイ、みんな、お早よう。ハッピー・ニュー・イヤー。今年もよろしくね」

アライアも仲間に挨拶をして、自分のデスクの椅子に座った。

現在のアライアの仕事は、第四七歩兵連隊の事務方だ。主に隊員の名簿管理や保険、福祉関連の手続き、隊のイベントの補助、各ＯＢ会や同好会の世話などを担当している。もう年齢は三四になるし、現場の兵士よりも、内勤の方が楽でいい。仕事はウィークデイだけだし、休みも定期的に取れる。軍で働いていれば、シングルマザーであっても息子のウォーリーとの生活に困ることはない。

ただ、内勤になってからは、少し体重が増えてしまったけれども……。

クリスマス休暇明けなので、いろいろと仕事が溜まっていた。アライアはまず新年から部署を異動になる隊員の傷害保険の変更手続きから手を付け、それが終わらないうちに午前中が過ぎた。ランチはいつもの連隊内のカフェテリアでハンバーガーを食べ、午後も保険の手続きと、年末に怪我や病気で入院した隊員のための福祉の申請代行に追われた。

気が付くと、午後五時の終業時刻まであと一時間ほどに迫っていた。このまま申請代行の業務を続けてもいいのだが、アライアはもうひとつ、どうしても今日中にやっておきたいことがあった。

第二次世界大戦とベトナム戦争のOB会の連絡事項の確認だ。どちらのメールも、前年のクリスマスの前から見ていない。

OB会には、高齢者が多い。

毎年、冬のクリスマス休暇のころには、何人かの訃報が入っている。それだけでも確認し、お悔みの言葉ぐらいは遺族に返信しておきたかった。

アライアはメールボックスを開けた。まず、第二次世界大戦OB会のフォルダーを開く。

すでに会員は九〇歳以上の高齢者ばかりだが、それでも何通かのメールが入っていた。

ほとんどは、昨年の一二月二四日に自動送信したクリスマスメッセージへの返信やお礼だった。その中に、やはり家族からの訃報が二件。いずれもOB会の事務局を務めるアライアがよく知る人物だった。

悲しかった。でも、仕方ない。アライアは急いで定型のお悔みの言葉を入れてメールを作成し、連隊長のチャールズ・エルジェント名で送信した。

第二次世界大戦OB会は、年々会員の数が少なくなっている。

次に、ベトナム戦争OB会のフォルダーを開いた。こちらにも、クリスマスメッセージへのお礼や近況報告のメールが何本か入っていた。この年齢層のOBは会員同士の連絡にフェイスブックなどのSNSを使うので、メールの数はそれほど多くない。

その中に、やはり訃報が二件。一人は面識がないが、もう一人はよく知っている人だった。二人の遺族に、お悔みのメールを入れた。第二次世界大戦のOBよりも、ベトナム戦争のOBの方が早死にするケースが多いように思うのは、アライアだけだろうか。

さらに、メールを確認する。特に、重要なものはない。そう思ってもう一度フォルダーに戻った時に、奇妙なメールが目についた。

登録のないメールアドレスからのメールだった。メールの日付は二〇一九年一二月二三日。かなり日が経っている。

差し出し人の名前を確認した。やはり、知らない名前だ。アメリカ人ではないようだった。このOB会のアドレスに、会員以外からのメールが入ることは珍しい。

アライアは、メールに興味を持った。少し考え、メールを開き、本文を読んだ。

〈――担当者様。

突然のメールを失礼します。

私はヨウスケ・クワシマという日本の小説家です。――〉

日本の小説家？

取材の依頼か何かだろうか。アライアは面倒だな……と思いながら、メールの続きを読んだ。

〈――実は、今年の7月にベトナムのホーチミン市に旅行をした時に、現地の市場で古いジッポーのライターを見つけ、買い求めました。よくあるベトナム・ジッポーの手合いですが、このライターには珍しい特徴があり、気になっています。ひとつはこのライターの持ち主らしき――JIMMY HOWARD――という名前が刻まれていること。もうひとつは、このライターに奇妙な傷があることです――〉

ベトナム・ジッポーという部分を読んで、アライアのメールへの興味が急速に薄れていった。

第四七歩兵連隊には、このようなベトナム・ジッポーに関する問い合わせがけっして少なくない。このジッポーは、〝本物〟なのかどうか。元の持ち主と連絡が取れるかどうか。できれば本人に返したい……。

そんな問い合わせが、アライアが知るだけでも過去に何件もあった。どうせ、このメールもそのような類だろう。

メールにはそのベトナム・ジッポーの写真が添付されていた。確かに〝偽物〟だとしたらよくできているし、メールの差し出し人のいうとおり〝奇妙な傷〟も気になる。だが、このベトナム・ジッポーには決定的な欠点があった。

ライターの蓋に〝QUANG TRI〟と刻まれていることだ。第四七歩兵連隊は、ベトナム戦争当時、クアンチ省に配備された記録はなかったはずだ——。

ベトナム戦争は、アライアが生まれる一〇年も前の戦争だ。でも、連隊に長くいれば、そのくらいのことは知っている。

時間は間もなく五時になる。息子のウォーリーはもう、学校から帰っているだろう。

急いで帰って夕食の支度をしないと……。

アライアはパソコンを閉じ、席を立った。


夕食の後、アライアは総務の同僚のエイミー・キャメロンと近くのバーに飲みに出掛けた。

エイミーもアライアと同じ、一五歳と一三歳の兄妹を持つシングルマザーだ。家も近いので、ウォーリーはエイミーの家で子供同士で遊んでいる。

バーとはいっても駐屯地内の店なので、客はサンドヒル基地の顔見知りばかりだ。第四七歩兵連隊の仲間も多い。基地の仕事帰りに、迷彩服や制服のままで気軽にビールやウイスキーを飲んでいる者もいる。基地の街、フォート・ベニングならではの風景だ。

クリスマス休暇明けなので、エイミーとはいろいろと話したいことがあった。息子のウォーリーのこと。実家の父の病気のこと。恋人のジェイソン・ホナーのこと。そして少しだけ、仕事のことも。

エイミーはアライアより五つも歳上だし、彼女とはどんな話をしていても楽しかった。

「そういえば今日、OB会のメールをチェックしていて知ったんだけれど、アレックス・ケリーが亡くなったらしいわ。昨年の一二月二七日に……」

アライアは二杯目のビールを飲んでいる時に、何げなくそんな話をした。

「あら、ベトナム戦争のOB会のアレックス・ケリーよね。でもあの人、まだそんな歳じゃなかったでしょう。確か、七三か七四くらい……」

エイミーも以前は、OB会の事務局を担当していたことがある。だから、アレックス・ケリーのことはよく知っているはずだ。彼は、OB会のどんなイベントにも積極的に顔を出すメンバーの一人だった。

「そう、七三歳だった。なぜ亡くなったのかはわからないけど、今日チェックしたメールの中に息子さんからの訃報が入っていたわ」

「そう……。彼はベトナム戦争のOBとしては成功者の一人だったのに……。惜しかったわね……」

エイミーがビールを飲みながら、少し深刻そうな顔をした。

確かにアレックス・ケリーは、第四七歩兵連隊のベトナム戦争経験者としては成功者の一人だった。戦地から復員して間もなく軍を除隊。その後すぐにアトランタで中古車販売のディーラーを立ち上げ、これが順調に業績を伸ばし、コロンバスにも支店を出した。近年はジョージア州とアラバマ州、サウスカロライナ州にまでディーラー網を広げ、テレビでも頻繁にコマーシャルを流すほどの大会社の社長に納まっていた。

フォート・ベニングの陸軍関係者には車を安くしてくれるというので、第四七歩兵連隊の隊員にも人気があった。アライアが七年前にいまのホンダを中古で買ったのも、アレックス・ケリーのディーラーのコロンバス支店だった。

「人間の運命なんて、わからないものね。第二次世界大戦のOBだってまだ何人も生きているのに、ベトナム戦争のOBが先に死んでいく……。なぜなのかしら……。ベトナム戦争は、呪われた戦争だったかのように……」

エイミーも、アライアと同じようなことを思っていたらしい。

「そういえば今日、ベトナム戦争ＯＢ会のメールアドレスに、奇妙なメールが入っていたわ。差し出し人は、日本の小説家……」

「あら、日本人がどんなメールを？」

「それが、笑っちゃうの。ホーチミンで兵士の名前と年代の入ったベトナム・ジッポーを買ったので、持ち主を当れないかって……」

アライアがビールを飲み、笑った。

「名前と年代が入っていたら、簡単に調べられるじゃない。そのジッポー、第四七歩兵連隊の隊員の物なんでしょう？」

エイミーのいうのも、もっともだった。過去にベトナム・ジッポーが元で遺体の身元がわかったり、遺品として遺族に返された例もあった。

「でも、あれは〝偽物〟よ。写真が添付されていて、確かにうちの連隊のトレードマークの〝メカ・バスターズ〟の図柄が入っていたけど、その上に〝QUANG TRI〟って彫られてるのよ。しかも年代は六七年から六八年って。うちの歩兵連隊は、その年にクアンチ省には配備されていないわ」

「あら、そうなの。それじゃ違うわ。〝偽物〟ね……」

エイミーがそういってビールを飲んだ瞬間、表情からふと笑いが消えた。

「あら、どうしたの……」

アライアが訊いた。

「いま、変なことを思い出したのよ。あなたがさっきいっていた、亡くなったアレックス・ケリーのこと……」

「彼が、どうしたの？」

「うん、あれは三年前の夏の、OB会の射撃大会の時だったかしら。競技の後で表彰式を兼ねたバーベキューパーティーをやったでしょ……」

「ええ、覚えてるわ。私も、参加していたから」

「そう、私もまだOB会の事務局を担当していたから、あのパーティーに出ていた。その時、たまたまアレックス・ケリーと同じテーブルで話していたんだけど、彼が奇妙なことをいったのよ……」

「どんなこと？」

「うん、俺はベトナムで、ケサン基地にいたことがあるって……」

「ケサン基地に？　まさか……」

エイミーの話は、確かに奇妙だった。

「そうでしょう。私も、まさかと思ったんだけれど……」

周囲の人間とベトナム戦争当時の思い出話になった時に、アレックス・ケリーが突然、こんなことをいい出した。

自分の小隊は、クアンチ省のケサン基地に派遣されたことがあった。ちょうどテト攻勢のあった一九六八年ごろで、その時に小隊の仲間のほとんどが殺《や》られた。その後、サイゴンに戻って小隊は解散し、自分を含めて生き残った者は別の小隊に分散して再配属された──。

「パーティーの翌日だったかしら。私は総務のコンピューターにアクセスして、アレックス・ケリーのいったことを確かめてみたの。でも、何も出てこなかった。だからあの話は彼の思い違いかもしれないし、作り話だったのかもしれないけれど……」

「でも、そのアレックス・ケリーは死んでしまった。もう、確かめることはできないわね……」

「そうね……。でも、方法はあるかもしれないわ……」

エイミーがいった。

「どんな方法？」

「あの射撃大会の時に、何かの部門で優勝したライアン・デイビスという人を覚えているかしら。あまりイベントには出てこない人だけれど……」

「ええ、何となくわかるわ。ちょっと、変わった人よね。何度か、警察も絡むような問題を起こした人……」

「そう、その人よ。あのパーティーの時、アレックス・ケリーがこんなことをいったの。ライアン・デイビスも、自分と同じ小隊にいたって……」

それも、奇妙な話だ。ビジネスマンとして成功したアレックス・ケリーと、典型的なベトナム帰還兵（ベトナム・ベテラン）のライアン・デイビスとでは、かなりイメージが違う。

「ライアン・デイビスに会って確かめてみる？」

アライアがいった。

「まさか。そこまですることはないわよ。だって、ジッポーのライターひとつのことなんでしょう」

「それもそうね。それより、もう一杯ずつ飲まない？」

二人はビールを買うために、カウンターへ向かった。


翌朝、アライアはいつもの時刻にサンドヒル基地に出勤した。

この日も、隊員の保険の更新手続きなど、やらなければならないことが山積になっていた。だが、その前に、少しだけ調べてみたいことがあった。

アライアは自分のデスクに着くとまず第四七歩兵連隊の退役軍人リストにアクセスし、あのベトナム・ジッポーに刻まれていた〝ジミー・ハワード〟という名前を打ち込んで検索した。すると、ベトナム戦争に出征した〝ジミー・ハワード〟の退役者は三名。これに戦死者を加えると、一人増えて四名。さらに行方不明者一人を加えると、全部で五名の〝ジミー・ハワード〟が存在することがわかった。その中で一九六七年から六八年にベトナムにいた可能性があるのは、退役者二名と行方不明者一名の計三名……。

三名くらいなら、当るのはそう難しくないだろう。少なくとも退役者の二名は、ジョージア州内に住んでいる。

次にアライアはベトナム戦争ＯＢ会の名簿にアクセスし、〝ライアン・デイビス〟について調べてみた。

〈――ライアン・デイビス（RYAN DAVIS）
１９４７年３月16日、ミズーリ州出身。
65年９月〜68年９月まで第47歩兵連隊第２大隊所属。最終所属部隊は第34中隊第44小隊。
現住所はジョージア州パイニー・グローブ――〉

パイニー・グローブは、コロンバスから北に一二マイルほど行ったあたりだ。このフォート・ベニングからも、それほど遠くない……。

「あら、アライア。さっそく調べてるのね」

名前を呼ばれて振り返ると、迷彩服を着たエイミーが立っていた。腕を組み、アライアのパソコンの画面を覗き込んで頷いている。

「ええ、やはり気になったものだから……」

アライアがいった。

「でも、ライアン・デイビスには気を付けた方がいいわよ。良くない噂の多い人だから。けっして一人で会いには行かないこと」

「わかってるわ。気を付ける……」

アライアはライアン・デイビスのページを自分のノートパソコンに送り、ＯＢ会の名簿を閉じた。


次の週末の土曜日、アライアは自分のノートパソコン一台を持ってホンダで家を出た。

この日は休みだったが、便宜上、軍の制服でもある迷彩服の上下を着ていた。

息子のウォーリーは、フットボールの練習で夕方まで帰らない。

アライアはまず、コロンバスの市内に住む一人目の〝ジミー・ハワード〟を訪ねた。

年齢は七六歳。元第四七歩兵連隊第三大隊第一一小隊の中尉。士官だったので、あのジッポーの持ち主でなかったとしてもベトナム戦争当時のことについて何か詳しく知っているかもしれない。

彼は、同年齢の妻と二人で市内の古い分譲地に住んでいた。事前に連絡を入れておいたので快く出迎えてくれたが、なぜアライアが訪ねてきたのかについては訝しげだった。

「なぜまた戦後四五年も経ってから、〝ナム〟のことを？」

ベトナム・ベテランはいまもベトナムのことを〝ナム〟と呼ぶ者が多い。

「はい、電話でも申し上げましたが、当時のジッポーのライターのことで……」

アライアはそういって、自分のノートパソコンに入れてある日本の小説家からのメールとジッポーのライターの写真を見せた。

ジミー・ハワードは手にしていたコーヒーカップをテーブルに置き、老眼鏡を掛けた。メールを読んで納得したように頷き、裏と表、二点のジッポーのライターの写真を注意深く眺めた。

「どうでしょうか……」

アライアが訊いた。

だが、ジミー・ハワードは首を横に振った。

「確かにこのジッポーには私の名前が刻まれている。しかし残念ながら、このライターに見覚えはない。これは、私のライターではないし、クアンチ省には行ったことがない……」

ジミー・ハワードはそういって、ノートパソコンをアライアに返した。

「やはり、そうですか……」

「私も兵士の一人としてジッポーのライターを使っていたが、自分の物かどうかはひと目でわかる。そうだ、君にいい物を見せよう……」

ジミーはそういうと椅子を立ち、家の奥の部屋に行くと、しばらくしてフォトスタンドのような物を持って戻ってきた。

「これが、私のベトナム・ジッポーだよ」

アライアの前に、ジミーが木製の額を置いた。中に、三つのベトナム・ジッポーがはめ込まれていた。

「三年間、ベトナムにいたんですね……」

「そうだ。これが一九六六年から六七年の物。次が六七年から六八年の物。そして三つ目が六八年から六九年の物だ」

最初の二つは〝Dong Tam〟という地名が入っていた。南ベトナムにあったベースキャンプの名前だ。一つには剣と稲妻が交叉した第四七歩兵連隊の部隊章、もう一つにはメールで送られてきた写真と同じM113戦車の絵が刻まれていた。三つ目は〝SAIGON〟の地名と、ミッキーマウスの絵が刻まれている。

「最初の二年はドンタムの基地にいて、三年目はサイゴンに移ったんですね……」

ドンタムはOB会の会員の話にもよく出てくるベースキャンプの名前なので、アライアも聞いたことがあった。

「そうだ。私は六八年二月のコロナド作戦で負傷して、サイゴンの後方送りになったんだよ。そして、六九年の五月にフォート・ベニングに帰還して除隊した……」

ジミーがそういって左足のズボンをたくし上げ、ふくらはぎの筋肉が大きく削り落とされた傷跡を見せた。

「クアンチ省に行ったことはないんですね?」

アライアが訊いた。

「一度もない。あのあたりにいたのは、ほとんどがマリーン（海兵隊）だったはずだよ。何か不始末を起こした部隊はケサンに送られるという噂はあったが、実際に行ったという話は聞いたことがない……」

ジミーがそういって笑った。

二人目の〝ジミー・ハワード〟はコロンバス郊外のウィローベンドに住んでいた。

現在、七三歳。妻はなく、一人暮らし。陸軍の第四七歩兵連隊にいた者は、除隊しても友人の多いフォート・ベニングやコロンバスの周辺を離れない者が多い。

ジミーは日本からのメールとジッポーの写真を見るなり、穏やかに笑いながらこういった。

「アライア、残念だがこれは〝偽物〟だよ。大変によくできてはいるがね。私を含めて、第四七歩兵連隊は誰もクアンチ省には行っていないはずだ……」

彼がベトナムにいたのは一九六七年から六九年の二年間。志願兵の四八カ月の兵役の内の二四カ月で、階級は一等兵だった。だが、その間に、第四七歩兵連隊のいかなる中隊、小隊もケサン基地に送られたという話は聞いていないという。

ジミーもやはり、自分が戦地で使ったベトナム・ジッポーをひとつ持っていた。そのライターには〝ジミー・ハワード〟という自分の名前とヘリコプター、それに愛用したM14ライフルの絵が刻まれていた。

「ただ、ひとつだけ、気になることがある……」

ジミー・ハワードが、ノートパソコンのディスプレイの写真を見ながらいった。

「どこがですか？」

「ほら、このライターの右下にある丸く削れたような傷痕だよ。これは私には、銃弾の痕のように見える……」

「つまり？」

「つまり、このベトナム・ジッポーが上手く作られた〝偽物〟だとして、〝本物〟に見せるために、ここまでやるものかな、ということだよ……」

確かに、アライアもそれは疑問だった。

いくらベトナム・ジッポーがコレクターに人気があり、現在は希少品になっているとしても、せいぜいアメリカで一〇〇ドル前後。ベトナムなら二〇ドルか三〇ドルといったところだろう。そのために銃弾の痕を付けたり、兵士の実名を入れたりするというのは、少し凝りすぎているような気がした。

三人目の〝ジミー・ハワード〟は、行方不明者リストに載っていた。

〈――1968年1月22日、第二大隊第32中隊第26小隊にて作戦行動中に行方不明――〉

家族――リストでは父親のダニエル・ハワードになっていた――に連絡を取ってみたが、所在がわからなかった。

この行方不明の〝ジミー・ハワード〟は、記録によると一九四六年生まれだ。生きていれば、今年で七四歳になる。

すると父親のダニエル・ハワードはもう一〇〇歳に近いか、それを過ぎているかもしれない。だとしたら、すでに生きていない可能性の方が高いだろう。

アライアはとりあえず三人目の〝ジミー・ハワード〟に当るのを後回しにして、エイミーがいっていたライアン・デイビスに会ってみることにした。

もし、第四七歩兵連隊のどこかの中隊、もしくは小隊が一時的にでもクアンチ省に駐屯していた事実が摑めれば、あの〝ジミー・ハワードのジッポー〟について何かがわかるかもしれない。もし、ライアン・デイビスがそんな事実はないというのなら、この件はすっぱりと諦めた方がいい。

だが、ライアン・デイビスは、エミリーのいうように良くない噂の多い男だ。いわゆる〝ガン・クレイジー〟で、何度か暴力沙汰や、麻薬絡みの事件を起こしたことがある。できれば一人で会いに行きたくはない。

アライアは考えた末に、ホンダの中でランチのハンバーガーを食べながら、ボーイフレンドのジェイソン・ホナーに電話を入れた。

ジェイソンには、すでに例のベトナム・ジッポーについてだいたいのことは話してある。

「ハイ、ジェイソン。私、アライアよ。いま、どこにいるの？」

――やあ、アライア。いま、基地にいるよ。ランチタイムだ――。

ジェイソンも同じフォート・ベニングに勤務する曹長だ。いまは第七五レンジャー連隊の教官として、若手にＲＡＳＰ（レンジャー評価・選定プログラム）の訓練を指導している。

「実はいまから、昨日話したライアン・デイビスに会いに行こうと思ってるの。これから、基地を抜けられないかしら。一緒にパイニー・グローブに付き合ってもらえるとうれしいんだけど……」

アライアがこんなことを頼めるのは、ジェイソンだけだ。彼ならばどんなことが起きても、頼りになる。

――アライア、マジなのか？　今週末はＲＡＳＰの訓練が入っているといっただろう。

抜けられる訳がない――。

「そうよね、わかってるんだけど……」

――とにかく、今週は無理だ。火曜日以降の夜か、来週末なら付き合える――。

「そうね。火曜日にはまた会えるし、その時に相談するわ……」

――そうしてくれ。それまで、一人ではパイニー・グローブに行かない方がいい――。

「わかってるわ……」

電話を切った。

アライアはハンバーガーを食べ終え、手をナプキンで拭った。溜息をつき、ホンダのエンジンを掛けた。

もう、家に帰ろう……。

だが、どうしても好奇心を抑えきれなかった。ライアン・デイビスに会えば、絶対に何かがわかるのだ……。

いくらあの男が危険人物だからといっても、特別なことをするわけじゃない。ただ第四七歩兵連隊のＯＢ会の事務局の担当者として、ベトナム戦争当時にクアンチ省にいたことがあるかどうかを訊きに行くだけだ。

それに、アライアだって陸軍の現役の軍人だ。デイパックの中には、愛用のスミス＆ウェッソンも入っている。何も必要以上に臆病になる必要はない……。

コロンバスからパイニー・グローブまでは、二一九号線を行けば車で二〇分くらいだ。いま、午後一時……。

これから行って、話を聞いて戻っても、遅くても四時までには家に帰れるだろう。

そう思った時には、アライアはパイニー・グローブを目指してホンダを走らせていた。

パイニー・グローブは、人口四〇〇人あまりの小さな町だった。

森と、学校と、小さな教会があり、無数の水辺に点々と家が建っていた。ライアン・デイビスは、そんな沼地のほとりにある荒れた家に住んでいた。

アライアは家の前にホンダを駐め、ポーチに上がり、ドアノッカーでノックした。数回ノックしたが、誰も出てこない。訪ねて行くことは電話で連絡をしておいたし、ガレージの前には古いフォードのピックアップが駐まっているのだが。

何度目かにドアをノックした時に、背後で小さな金属音が鳴った。振り返った。納屋の前に、ウィンチェスターのショットガンを手にした男が立っていた。

見覚えがあった。白い髭を長く伸ばし、髪をバンダナで縛っているが、あの射撃大会で見たライアン・デイビスに間違いなかった。

「あ、私……お電話を差し上げた第四七歩兵連隊のアライア・ウィリアムスです……。デイビスさんですね……」

「ああ、あんたか……。まさか、今日来るとは思わなかったものでね……」

デイビスは腰に構えていたショットガンを下ろし、こちらに歩いてきた。

「お忙しいところを、すみません……」

「忙しいように見えるか。俺より暇な奴なんてこの郡には保安官以外に誰もいない。話があるなら、家に入りなよ」

デイビスはポーチに上がり、錆びたドアノブを回してドアを開けた。

家の中は、雑然としていた。広いリビングに、形も色も不揃いなソファーが三つ。真中に、テーブルがひとつ。川石を積んだような暖炉の前にはフロリダクロクマの毛皮が敷かれ、板張りの壁にはアメリカアカシカやエルクのトロフィー、新旧様々な銃が無造作に飾られていた。

「何もそんなに警戒することはない。そのソファーに座れよ。いま、コーヒーを淹れてくる」

「はい……」

アライアはいわれたとおりに、ソファーの上の銃の雑誌をどけて座った。

しばらくすると、デイビスがマグカップを二つ手にして戻ってきた。ひとつをアライアの前に置き、自分はもうひとつを持って暖炉の前の鹿皮を敷いたソファーに座った。

「それで、何の用だったかな。俺に会って話をしたいなんて奴は滅多にいないんで、少々面喰らってるんだ」

皮肉を込めたいい方だが、デイビスの表情は意外なほど優しかった。

さあ、何から話そう……。

アライアは少し考えてから、こう切り出した。

「デイビスさんは、ベトナム戦争OB会のアレックス・ケリー氏を知っていましたね。確か、ベトナムでは同期だったと思いますが……」

ケリーの名を出すと、デイビスが少し怪訝な顔をした。

「ああ、知っているよ。軍の最終キャリアは奴と同じ〝47〟第二大隊の第三四中隊、第四四小隊だったんでね」

アライアは頷いた。そのあたりのことは、すでにOB会の名簿で調べてあった。

「そのケリー氏が、昨年の暮れに亡くなったことはご存じですか？」

アライアが訊くと、デイビスはしばらく何かを考えているようだった。だが、やがて頷いた。

「ああ、仲間から聞いてはいたよ。〝事故〟だったらしいね……」

アライアは、アレックス・ケリーが〝事故〟で死んだと初めて知った。

「〝仲間〟というのは、誰から……」

「俺にだって〝仲間〟くらいはいるさ。誰だっていいだろう。それより、なぜ俺にアレックス・ケリーが死んだことなんかをわざわざ話しに来たんだ」

「すみません……。実は以前、アレックス・ケリー氏が自分はベトナム戦争の時にクアンチ省にいたと話していたことがあったんです……。当時、デイビスさんも一緒だったと聞いたものですから……」

アライアは思い切って、本題を切り出した。

デイビスは、黙ってアライアを見つめている。何かを考えながら。

自分は、訊いてはならないことを訊いてしまったのかもしれない。なぜか、そんな気がした。

だが、デイビスは笑みを浮かべた。

「ああ、俺は確かに奴と一緒にクアンチのケサン基地にいたことがある。一九六七年の一〇月から、六八年の二月までの短い期間だけどな。第三二中隊の第二六小隊に配属されていた時だ……」

アレックス・ケリーとライアン・デイビスは、本当にクアンチ省にいたのだ……。

「二六小隊というのは……？」

「例のテト攻勢で、作戦中にほとんど殺られて解散した。生き残ったのは俺とアレックス・ケリーを含めて、数人だけだった……」

そういうことだったのか。

「それで、四四小隊に移籍になったんですね」

「そうだ。俺と、アレックスはな。他の奴がどこに回されたのかは知らない。しかし、なぜいまさらそんなことを、俺に訊くんだ」

今度はアライアが、少し考えた。だが、隠しておくほどのことでもない。

「実は先日、日本からこんなメールが送られてきたんです……」

アライアはデイパックからノートパソコンを取り出し、ヨウスケ・クワシマからのメールを開き、それをデイビスに見せた。

デイビスは黙ってメールを読み、しばらく〝ジミー・ハワードのジッポー〟の写真を見つめていた。そして、いった。

「このジッポーが、どうしたんだ?」

「はい、まずはこのジッポーが〝本物〟なのかどうか。もし〝本物〟ならば、そのメールにあるように、ジミー・ハワード氏本人か家族の方にお返ししたいと思いまして……」

アライアは、本当のことをいった。それ以上のことを、このライアン・デイビスに求める気はなかった。

「まあ、〝偽物〟だと決めつける理由は何もない……。このジミー・ハワードという男も、六七年から六八年にかけて、クアンチにいたんだろうよ……」

やはり、〝本物〟だったということか……。

「デイビスさんは、このジミー・ハワードという方を知っていますか。同じ二六小隊にいたはずなんですが」

アライアが訊いた。

「知らないね。うちの小隊にはそんな奴はいなかった。別の小隊の間違いだろう」

「クアンチ省に行ったのは、第二六小隊だけではなかったんですか？」

「ああ、そうだ。第三二中隊から五個小隊が選ばれて、南ベトナム軍の海兵師団の支援部隊としてケサンに送られたのさ。実際はアメリカ海兵隊の手先として、〝汚ない仕事〟をやらされるためにね」

「そんなことがあったんですか……」

第四七歩兵連隊が各地でエリートの海兵隊に便利に使われていたという話はよく聞くが、ベトナムでそんなことがあったとは知らなかった。

「そうだ。俺が知っているのは、それだけだ。用が済んだら、帰ってもらえないか。こう見えても俺は、忙しいんだ」

先ほどは〝俺より暇な奴などいない〟といっていたデイビスが、今度は〝忙しい〟といいだした。何か、事情が変わったらしい。

「ありがとうございました……」

アライアは慌ててノートパソコンを片付け、ソファーから立った。

帰り道、コロンバスに向かうホンダの車内で、アライアはいろいろなことを考えた。

やはり、ライアン・デイビスに会ったことは正解だった。これで第四七歩兵連隊の一部の小隊がケサン基地に派遣されたことは事実だとわかったし、あの〝ジミー・ハワードのジッポー〟が〝本物〟だということも確認できた。

だけど、デイビスは、なぜあのジッポーの写真を見た瞬間に態度が変わったのだろう。第二六小隊がケサン基地に派遣されたことを話している時までは、むしろ饒舌だったのに……。

それにデイビスは、あのジッポーの奇妙な傷について何も触れなかった。彼はガンマニアなのに、それも不自然だ。

やはりあのジッポーには、何かがあるのだ。

ライアン・デイビスは、アライア・ウィリアムスが帰った後も暖炉の前のソファーに座っていた。

あの女はいったい、何を探りに来たんだ？

半世紀以上も前の古いジッポーのことを嗅ぎ回るなんて、馬鹿げている……。

やがてデイビスは徐《おもむろ》にアイフォーンを手にし、ある男の電話番号を探した。そして、電話を掛けた。

呼び出し音が一〇回鳴り、やっと電話が繫がった。

「俺だ……」

――わかっている。緊急の用件以外は、この番号に電話してくるなといったろう――。

相手が、声を押し殺すようにいった。

「その緊急の用件だから電話したんだ」

――今度は、何があった？――。

「やっとアレックス・ケリーの一件が片付いたと思ったら、今度はジミー・ハワードの亡霊が生き返りやがった……」

ライアン・デイビスが、低い声でいった。

三日後の火曜日、アライアは久し振りにジェイソン・ホナーに会った。
久し振りとはいってもクリスマス休暇の間はほとんどジェイソンと一緒だったので、会えなかったのは一〇日間くらいだが。

この日はジェイソンの四〇歳の誕生日だった。アライアはジェイソンが欲しがっていたＣａｓｅのアンティークナイフをプレゼントに贈り、ウォーリーを連れてコロンバスの地中海料理の店で食事をした。

楽しいひと時だった。アライアはタフで優しいジェイソンを愛していたし、ウォーリーも実の父親に接するように懐いていた。シングルマザーとその子供の少年にとって、ジェイソンほど魅力的な男性は他にいない。

食事が終わるとジェイソンはアライアとウォーリーを家に送り、寄っていった。しばらくはウォーリーとゲームをして遊んでいたが、子供が寝てしまうと、二人だけで音楽を聴きながらバーボンのソーダ割を飲んだ。

アライアはジェイソンの好みをわかっていた。ウイスキーを勧めれば、彼はこの家に泊まっていく。

ソファーで彼の腕に抱かれながら、いつの間にかあの〝ジミー・ハワードのジッポー〟の話になった。

「あれほどライアン・デイビスには一人で会いに行くなといったのに……。でも、何もなくてよかった……」

ジェイソンは怒っていなかったが、アライアが自分の忠告をきかなかったことを少し不満そうだった。

「だいじょうぶよ。私だって軍人だし、去年あなたが誕生日にくれたスミス&ウェッソンを持っていたし……」

「おいおい、やめてくれ。君のそういうところがかえって心配なんだ……。だけど、その第二六小隊の話は、確かに奇妙だな……」

「そうでしょう。本当に、奇妙なのよ……」

アライアは週が明けた月曜日、さっそく第三二中隊の第二六小隊について調べてみた。小隊の隊員の過去の軍歴などのプライバシーに関する資料には、第四七歩兵連隊の総務のコンピューターからしかアクセスできないようになっている。

ところが〝第三二中隊・第二六小隊〟とキーワードを打ち込んで検索すると、何度やっても〝not found〟(見つかりません)と出てきてしまう。つまり、何らかの理由により、誰かが削除した、ということだ。

「だけど、誰がなぜ、そんな古い記録を削除したんだろう……」

ジェイソンがウイスキーを口に含む。

「わからないわ……。でも削除するとしても連隊の内部の人間しかできないはずだから、総務の誰かが知っているのかもしれないけれど……。削除された理由があるとすれば、第二六小隊がクアンチ省のケサン基地にいたことが明るみに出るとまずいということなのかな……」

アライアには、それ以外に理由が考えられなかった。

「例のライアン・デイビスがいっていた、南ベトナム軍の海兵師団の支援部隊としてケサンに送られたという話か。別に第二六小隊に限らず、戦時下で他の連隊に支援部隊として送られるのは珍しいことではなかったはずだよ。俺のいる第七五レンジャー連隊だって、ベトナムで海兵隊の支援に回ったという記録は残っている……」

「でも、デイビスはこうもいっていたわ。実際にはアメリカ海兵隊の手先として、〝汚ない仕事〟をやらされていたって。そのために、小隊はほとんど全滅したって……」

「まあ、そのことについては確かに気になるな。だけど軍の任務なんてどれも少なからず〝汚ない仕事〟だし、たとえ小隊が全滅したとしても記録を削除したりはしないはずだけどね」

「そうね……。でも、もうひとつ気になるのが、昨年の暮れに亡くなったアレックス・ケリーの死因よ。新聞記事を調べてみたら、やはりデイビスがいったとおり事故死だった。でも、早朝のジョギング中に自宅前で轢き逃げされたとかで、警察が捜査中……」

「君は、それも第二六小隊の一件と絡んでいると思ってるのか？」

「もしかしたら」

「考えすぎだよ。今日は、俺の誕生日なんだ。もうそんな話はやめて、楽しくやろう」

「そうね……」

ジェイソンがグラスをテーブルに置き、アライアの体を抱き寄せた。

翌日、アライアはエイミー・キャメロンに声を掛けた。

「エイミー、ちょっと話があるんだけどいいかしら……」

エイミーがデスクの椅子に座ったまま振り返り、壁の時計を見た。

「いいわよ。もうすぐお昼だから、カフェテリアで話さない？」

「OK。それじゃあ後で、カフェテリアで……」

正午少し前にカフェテリアに行くと、エイミーがもういつもの窓際のテーブルで待っていた。

アライアもプレートを手にし、昨夜はウイスキーを飲みすぎたのでサラダやサンドイッチなどの軽いものだけを取り、エイミーの前に座った。

「話というのは例のベトナム・ジッポーのことね。もしかして、あなたライアン・デイビスに会ってきたんじゃないでしょうね……」

エイミーがいった。図星だった。

「実は、そうなの……。あなたに話そうかどうか、迷ったんだけども……」

アライアはサラダを食べながら、これまでの経過をひととおりエイミーに話した。

三人の〝ジミー・ハワード〟の内の二人に会い、例のジッポーとは無関係だとわかったこと。もう一人の行方不明になったジミー・ハワードの家族とは、連絡が取れないこと。ライアン・デイビスに会い、彼と昨年亡くなったアレックス・ケリーが同じ第三二中隊の第二六小隊にいたこと。一九六七年一〇月から六八年二月までクアンチ省のケサン基地にいたこと。しかし、総務部のコンピューターで第二六小隊を検索しても、〝not found〟としか表示されないこと――。

その上で、アライアはエイミーに訊いた。

「これ以上あのジッポーについて調べるのに、何かいい方法はないかしら……」

だが、エイミーはちょっと呆れたように溜息をついた。

「あなたのことだから止めても聞かないとは思っていたけど、まさか一人であのライアン・デイビスの家に行くなんて……」

「ごめんなさい。でも、どうしても確かめたくて……」

第四七歩兵連隊のＯＢに面会し、ベトナム戦争当時のことについて調べるのも、ひとつの仕事だ。

「わかった。もう危ないことはしないと約束するなら協力してあげる」

エイミーがいった。

「約束するわ……」

アライアが総務部に配属された時から、仕事のすべてを教えてくれたのはエイミーだった。以来、彼女には頭が上がらない。

「まず第一に、今日これからでもできること。そのライアン・デイビスが最終キャリアだといっていた第三四中隊の第四四小隊については、調べてみたの？」

「ええ、一応は。デイビスがいったとおり、OBの名簿の中に彼と死んだアレックス・ケリーの名前があったわ。それと、〝ジミー・ハワード〟という名前はなかった……」

「それじゃあ、他の名前は。特に、OB会によく顔を出す人や、有名人の名前よ」

「それは、調べなかった……」

「だったらまずそれをやってみたら。何か、引っ掛かってくるかもしれないわ。それと、もうひとつ。一階の資料室の方は調べてみたのかしら？」

「いえ、それもまだ……」

「だったら調べてみるべきよ。コンピューターで〝not found〟になっていても、〝紙の資料〟の方は何か残っているかもしれない。あのカオスな空間は、何か書類を処分するにしても、見つけるのが大変だから」

「そうね。それもやってみるわ……」

「あとは、その行方不明になっている三人目の〝ジミー・ハワード〟の家族ね。それは、私の方で当ってみるわ」

エイミーがそういって、ウインクした。


午後、アライアはエイミーにいわれたとおりに行動した。

まず、ライアン・デイビスとアレックス・ケリーが除隊の直前まで所属していた〝47・34・44〟小隊の退役軍人リストにアクセスする。

このページにアクセスするのは、もう三度目だ。ベトナム戦争時のOBに絞り込むと、アメリカが参戦した一九六五年二月から一九七五年四月までの間に計一九二人がこの小隊に所属し、現在もおよそ半数の九七人が生存していることがわかった。

前回と同じように、まずライアン・デイビスとアレックス・ケリーを確認する。同じ一九六八年前後に、誰か名前を知っている人はいないか……。

すると、見憶えのある名前が見つかった。

トム・ベイリー……。

以前はよくOB会にも出てきていた人だ。最近は、あまり見かけないが。

さらにリストをスクロールした。もう一人、よく知っている人がいた。

ロバート・コリンズ……。

まさか……。

彼は、第四七歩兵連隊のOBとしては、最も有名な人間の一人だ。ジョージア州選出の、共和党の上院議員。ベトナムから帰還してすぐに州議会議員に当選し、その後、連邦議会に進出した。

アライアは、ロバート・コリンズ上院議員に会ったことがある。選挙の前になると必ずOB会に顔を出して、挨拶をする。上院議員らしくとても風格があり、優しい人だ。

彼が〝47〟のOBであることも、ベトナム・ベテランであることも知っていたが、まさか第三四中隊第四四小隊で、あのライアン・デイビスやアレックス・ケリーと一緒だったなんて……。

アライアはロバート・コリンズに興味を持ち、彼の名前をクリックして〝経歴〟のデータを呼び出した。
〈――ロバート・コリンズ（ROBERT COLLINS）
１９４３年９月22日、ジョージア州アトランタ・ブルックヘブン生まれ。フェニックス大学卒業。１９６５年10月、第47歩兵連隊に入隊。66年10月、第２大隊第32中隊第26小隊に配属され、軍曹。67年10月、曹長。68年２月に第34中隊第44小隊に転属し、同年10月にフォート・ベニングで除隊――〉

第二六小隊が、ここに出てきた……。

やはり第三二中隊第二六小隊は、実在したのだ。

でも、これでやり方がわかった。〝47・32・26〟のファイルは削除されていても、隊員の名前から入っていけば、過去に第二六小隊にいたかどうかはわかる。アライアは試しに、第四四小隊のリスト全員について、一人ずつ経歴を調べてみた。

これは違う……これも違う……次も関係ない……これも違う……。

ビンゴ！

名前が〝D〟で始まるページまできたところで、一人ヒットした。

〈――ダン・ムーア（DAN MOORE）
１９４４年３月４日、フロリダ州ジャクソンビル生まれ。ビショップ・ケニー高等学校卒業。１９６５年４月、フォート・ベニングで第47歩兵連隊に入隊。66年10月、第32中隊第26小隊。階級は伍長。68年２月に第34中隊第44小隊に転属し、同年10月にフォート・ベニングで除隊――〉

さらに、一人ずつ経歴を調べていく。しばらくは、該当するＯＢはいなかった。だが、名前がアルファベットの〝T〟まできたところで、もう一人第二六小隊の出身者が見つかった。トム・ベイリーだ……。

〈――トーマス・ベイリー（THOMAS BAILEY）
１９４８年１月29日、サウスカロライナ州コロンビア生まれ。ウェスト高校卒業。１９６６年10月にフォート・ベニングで第47歩兵連隊に入隊。67年４月、第32中隊第26小隊に配属。階級は一等兵。68年2月に第34中隊第44小隊に転属し、同年6月にフォート・ベニングで除隊。２００６年12月7日に死亡——〉

みんな、同じだ。第三二中隊第二六小隊に所属していた隊員は、テト攻勢の後の一九六八年二月に第三四中隊の第四四小隊に転属になっている。

これで第二六小隊から第四四小隊に転属になった隊員は、アレックス・ケリー……ライアン・デイビス……ロバート・コリンズ……ダン・ムーア……トム・ベイリーの全部で五人。生存しているのは三人……。

ライアン・デイビスはいっていた。第二六小隊は、テト攻勢の作戦行動中に〝ほとんど殺られて〟解散したと。生き残ったのは数人だけだったと。

だが、こうもいっていた。自分とアレックス・ケリーは第四四小隊に移籍になったが、他の奴がどこに回されたのかは知らない。ジミー・ハワードも、覚えていない。

デイビスは、嘘をついている……。

どうしてなの？

ロバート・コリンズやダン・ムーア、トム・ベイリー、ジミー・ハワードが同じ第二六小隊にいたことがわかったら、まずいのだろうか。もしかして第二六小隊のリストが削除されたのは、それが原因なの???

そしておそらく、その理由はあの〝ジミー・ハワードのジッポー〟と関係があるのだ。

アライアは第二六小隊にいた五人分の経歴を自分のノートパソコンに転送した。さらに新しく見つかったダン・ムーアとトム・ベイリーの二人について、軍の外部の資料に名前が出てこないか調べてみた。すると、ウィキペディアに興味深い情報が見つかった。

〈――ダン・ムーア
フロリダ州オーランド在住の投資家。二〇〇八年九月一五日のリーマン・ブラザーズ・ホールディングスの経営破綻を事前に予測し、莫大な利益を得たことで知られている。二〇一二年五月にマイアミのホテル・スカイリゾートを買収――〉

まさか、あのダン・ムーアが〝47〟の出身だなんて……。

だが、生年月日と出身地を見ると、第四四小隊のOBリストに載っているダン・ムーアとまったく同じだった。ウィキペディアにも、アメリカ陸軍の兵士としてベトナムに行ったと書いてある。やはり、同一人物だ。

アライアは、不思議だった。

普通、ベトナム・ベテラン――ベトナム帰還兵――に、人生の成功者は少ない。国からの十分な補償もなく、精神的なトラウマを抱え、さらに社会的に差別されるなど様々な障害があったからだ。その意味では、ライアン・デイビスのような男が、ベトナム・ベテランのひとつのステレオタイプといえるのかもしれない。

ところが第二六小隊――第四四小隊――の出身者五人の中には、三人も〝成功者〟がいる。上院議員のロバート・コリンズ、投資家のダン・ムーア、亡くなってはいるが、自動車ディーラーのチェーン店の社長だったアレックス・ケリーの三人だ。これは、確率からすると、異例といってもいいだろう。

アライアはさらにトム・ベイリーについて調べてみた。すると、思わぬ新聞記事にぶつかった。

〈――ビッグ・トム・ベイリー殺害される

二〇〇六年一二月七日、マイアミの麻薬取り引きのビッグ・スリーの一人と目されていたビッグ・トム・ベイリー（本名トーマス・ベイリー）が自宅のあるノルマンディーアイルズの路上で何者かに射殺された。犯人は不明――〉

何ということなの……。

もう一人は、マイアミの麻薬王だった。成功者といえば、そうだろう。しかも、何者かに殺されている……。

そういえば昨年末に亡くなった大手自動車ディーラーの社長のアレックス・ケリーの事故も、轢き逃げだった。もしかしたらケリーも、殺されたのかもしれない。

いったい第二六小隊の生き残りに、何が起きているの……？


土曜日の朝、エイミー・キャメロンはいつもより少し寝坊して七時半に目を覚ました。

三人分の朝食を作り、子供たちを起こし、皆で食べた。

息子のルイスはバスケットの試合に出掛け、娘のアデルは友達の家に遊びに行った。

エイミーも一人になるのを待って、長年愛用しているフォードのＳＵＶに乗って家を出た。三人目のジミー・ハワードの家族――正確には遺族だろう――を捜すためだ。

リストに載っているジミー・ハワードの父親、ダニエル・ハワードとは、まったく面識がない。ダニエルも第四七歩兵連隊の退役軍人の一人で、以前は第二次世界大戦のＯＢ会に顔を出していたこともあるが、三〇年以上前に亡くなり、いまはその妻とも連絡は取れなくなっている。だが、昔の住所を訪ねて行けば何かがわかるかもしれない。

住所を頼りに、ダニエル・ハワードの家を探した。

家は、ジョージア州クロフォード郡のロベルタにあった。コロンバスから二七号線、さらに八〇号線を七〇マイルほど東に行った人口一〇〇〇人余りの小さな町だ。

車のナビで住所を辿って行くと、そこは荒れ果てた牧場だった。

エイミーは牧場の進入路にフォードを乗り入れ、そこで車を降りた。

誰にも刈られることなく枯れた牧草が、一月の冷たい風に騒々と揺れていた。腐って倒れた牧柵、マンサード屋根に大きな穴の開いた納屋、丘の上の朽ち果てた家。納屋の前には錆びたトラクターとピックアップが並んでいたが、どちらも枯れ草に埋もれ、土に戻ろうとしているかのようだった。

人の気配はない。牛も、いない。おそらく、人が住まなくなって、もう一〇年は経っているのだろう。

だが、入口のゲートを見上げると、まだ確かに〈――ハワード&サンズ・ファーム――〉とペンキで書かれた文字が残っていた。

ここだ……。

ここがダニエル・ハワードと、息子のジミー・ハワードが住んでいた家だ。牧場名が〝サンズ〟となっているところを見ると、ダニエル・ハワードにはジミーの他にも息子がいたのかもしれない。

だとしたら、どうして誰もこの牧場を引き継がなかったのだろう……。

ゲートにはチェーンが渡され、南京錠が掛けられていた。そのチェーンを潜り、丘の上の家まで歩いて行ってみようと思った時だった。伸びた草の中に、小さな看板のような物が落ちているのを見つけた。

エイミーはそれを拾い上げた。

〈――〝For Sale〟（売ります）

〈ロベルタ・エステートサービス――〉

ロベルタ市内の不動産屋の看板だった。店名の他に、物件の番号と電話番号も書いてある。

エイミーはアイフォーンを手にし、その番号に電話を入れた。今日は土曜日だが、不動産屋ならばやっているかもしれない。

呼び出し音が三回鳴ったところで、電話が繋がった。

――はい、こちらロベルタ・エステートサービスです。担当のジム・ケントがお伺いします――。

この古い牧場の物件には似つかわしくない若い男の声が聞こえてきた。

「突然、すみません。市内から八〇号線を東に行ったところにある牧場のことでお電話したんですが。牧場の物件番号は、Ｄの４４２です……」

――Ｄの４４２ですね。少しお待ちください――。

音声が音楽に切り替わった。そのまま三〇秒ほど待たされ、また先程のジム・ケントという男が電話口に出た。

――はい、ハワード&サンズ・ファームですね。この物件はまだございますよ。広さは一七ヘクタール、家は築七〇年ほど経っていますが、まだ修復は可能です――。

「いえ、買う訳じゃないの。この物件の売り主が知りたいのよ。いまから、そこに行くわ……」

エイミーはそういって、電話を切った。

同じころ、アライアはフォート・ベニングのサンドヒル基地にいた。

土曜日ということもあり、第四七歩兵連隊本部の駐車場にはほとんど車は駐まっていなかった。ホンダを駐車し、階段で建物の二階に上がる。

総務のオフィスのドアを開け、中に入った。オフィスには、誰もいなかった。

アライアは壁に掛けてある鍵の束を取り、部屋を出た。階段を下り、一階の北側の資料室に向かった。

周囲に誰もいないことを確かめ、鍵を開けて中に入った。後ろ手にドアを閉め、明かりをつけた。何か、悪いことでもしているような気分だった。

アライアは、誰もいない資料室の中を見渡した。

一〇列以上の高い棚が、巨大なドミノ倒しのように室内を埋め尽している。そこに膨大な量のファイルと、段ボール箱に入ったままの紙の資料が詰め込まれている。

ここは第四七歩兵連隊の歴史の聖域だ。一九一七年六月一日に第九歩兵連隊の幹部によりキャンプシラキュースで組織されて以来、第一次世界大戦、第二次世界大戦、ベトナム戦争、そして現在に至るまでのすべての記録がここに存在する。

重要なデータがデジタル化されて以来、ここに来る者はほとんどいなくなった。だが、この資料室が第四七歩兵連隊の真の証人であることは、いまも昔も変わらない。

さて、どこから手を付けよう……。

ベトナム戦争の年代の資料は、確か右から七列目から一一列目あたりの棚にあったはずだ。脚立を持って棚の前に行き、聳《そび》えるファイルの山を見上げると、そのあまりの量にしばし呆然となる。

しかも、ファイルの何冊かを手に取ってわかったのだが、すべての資料は順番に整理されているわけではなかった。デジタル化された後は用なしと見なされたのか、年代も種別もばらばらに棚に詰め込まれている。中には第二次世界大戦中の資料や、冷戦時代のファイルが交ざっていることもある。

この中から、はたして一九六七年から六八年の第三二中隊第二六小隊の記録を見つけることができるのか。

これは、大変な作業になりそうだ……。

アライアはとりあえず、目の前にある棚から何冊かファイルを取り出し、それを資料室中央の閲覧用のテーブルの上に運び、開いた。

どのくらい時間が経っただろう……。

もう数十冊のファイルを確認したが、第二六小隊の名簿や一九六七年から六八年の行動記録に関する資料は何も見つからなかった。

唯一、関連する資料で目に付いたのは、一九六七年六月、第三二中隊のいくつかの小隊がコンコルディア作戦（メコンデルタで機動河川部隊が実施した対ベトコン掃討作戦）に参加した時のファイルだった。だが作戦が行なわれたのは南ベトナムのロンアン省であり、中隊はドンタムのベースキャンプを拠点としていた。クアンチ省ではない。それに作戦に参加した小隊のリストの中に、第二六小隊は入っていなかった。

もうひとつ、カリフォルニア州コロナドにある海軍水陸両用基地のファイルが見つかった。一九六六年四月、第四七歩兵連隊の第二大隊と第三大隊は、来たるべきベトナムでの河川任務で予想されるメコンデルタでの実戦訓練をコロナドで受けていた。そのリストの中に、第三二中隊第二六小隊も入っていた。

一九六六年の時点では、確かに第二六小隊は存在したのだ。

だが、第二六小隊の名簿が見つからない。一九六七年から六八年までの行動記録もない……。

そもそも、第二六小隊のファイルを見つけることはそれほど難しくはないはずなのだ。例えば第四七歩兵連隊第二大隊第三四中隊第四四小隊ならば、そのファイルの背に〝47―D2―34―44〟と書かれたシールが貼ってある。ところが、〝47―D2―32―26〟がどこにもない……。

どこかに紛れ込んでいるのか。それとも、コンピューターのサーバーのページが何者かに削除されたように、紙の資料も処分されてしまったのだろうか……。

その時、ドアが開く音が聞こえた。

ドアが閉じられ、鍵を掛ける音。誰かが、部屋に入ってきた……。

アライアは、見ていたファイルを閉じて息を潜めた。何者かの、軍靴の足音。気配が、次第にこちらに近付いてくる。だが、高い棚に遮られて姿は見えない……。

誰なの?

土曜日に、この資料室に入ってくる人なんて誰もいないはずなのに……。

「やあ、アライア」

アライアは名前を呼ばれて振り返った。棚の陰に、総務部室長のマシュー・トンプソン大佐が立っていた。

「大佐、驚かさないでくださいよ。心臓が止まるかと思った……」

アライアは、ほっと胸を撫で下ろした。トンプソン大佐とは、いつも総務室で顔を合わせている。

「驚かしてすまん。ドアの下から廊下に明かりが洩れていたので、誰がいるのかと思って入ってきたんだ。土曜日なのに、こんな所で何をやっているのかね?」

「実は、ちょっと調べたいことがあったもので……。ベトナム戦争に関することなんですが……」

「ベトナム戦争だって? 何でまたそんな古いことを……」

トンプソンが、怪訝な顔をした。

「先日、ベトナム戦争ＯＢ会のアレックス・ケリー氏が亡くなったのは知っていますか？」

「ああ、一応は知っているよ。事故だったそうだが……」

「はい、轢き逃げ事故でした。その件と関係があるのかどうかはわかりませんが、同じころに日本からこのようなメールが送られてきたもので……」

アライアは自分のノートパソコンを開き、日本の小説家からのメールと添付されている〝ジミー・ハワードのジッポー〟の写真を見せた。

トンプソンは写真を見て、首を傾げた。

「よくあるベトナム・ジッポーだな。しかも刻まれているＭ１１３装甲兵員輸送車や文字を見る限り、このジミー・ハワードは第四七歩兵連隊の第二大隊の兵士だったらしい。だが、このクアンチ省というのは妙だな。第四七歩兵連隊がクアンチ省に派遣されたという話は聞いたことがないが……」

「私も、そこが変だと思ったんです。だからこのジッポーは、〝偽物〟なんじゃないかって。ところが調べてみたら、亡くなったアレックス・ケリー氏や同じＯＢ会のライアン・デイビス氏、他の何人かが所属した第三二中隊の第二六小隊が、ちょうどテト攻勢のころにクアンチ省のケサン基地にいたことがわかったんです」

「まさか……」

「本当なんです。それで二六小隊の当時の記録を探しているのですが、どこにも見つからなくて……」

その時、アライアのアイフォーンが鳴った。

エイミーからだった。電話に出た。

「ハイ、アライアよ」

——エイミーよ。いま、ロベルタにいるの。例のジミー・ハワードの家族が見つかったわ——。

「本当に！　よかった！」

——彼の妹が、イースト・コロンバスに住んでいるの。連絡も取れた。これから、会いに行くの。あなたも来られない？——。

「いま、基地にいるの。これから行くわ。どこに行けばいい？」

——いまからショートメールで彼女の住所を送るわ。名前は、メアリー・アンダーソン。その家の前で、一時間後に——。

「了解。それじゃあ、現地で……」

電話を切った。

「誰からの電話だね」

トンプソンが訊いた。

「エイミー・キャメロンからです。彼女が、例のライターの持ち主のジミー・ハワードの家族を見つけたらしいんです。これから、会いに行ってきます」

アライアはファイルと自分の荷物を片付け、資料室を飛び出した。


メアリー・アンダーソンは、イースト・コロンバスの住宅地の広い家に住んでいた。

古い家だが、裕福そうだ。広く、よく手入れされた芝生の庭があり、ガレージには小型だがメルセデスが入っていた。

「行きましょう。電話は入れてあるから」

エイミーがそういって、庭に入っていった。アライアも、その後に続いた。

玄関の前に立ち、アライアがベルを鳴らした。しばらくするとドアが開き、白髪の小柄な老婦人が顔を出した。

上品な、笑顔。アライアは自分が迷彩服の上下を着てきたことを、少し後悔した。

「初めまして。先程、お電話したエイミー・キャメロンです。こちら第四七歩兵連隊の同僚の……」

「初めまして。アライア・ウィリアムスです」

二人が挨拶をすると、メアリー・アンダーソンは小さく頷いた。

「お入りください。第四七歩兵連隊の方々が兄のジミー・ハワードのことを覚えていてくれたことを、私は大変に喜んでいます」

メアリーがいった。

広い居間に通された。夫のロバート・アンダーソンを紹介され、暖炉の前で四人でテーブルを囲んだ。

「あの牧場を売ることにしたのは、私の意思です。父と母はもう三〇年以上前に亡くなりましたし、跡を継いだ兄のケリーも一〇年前に……。兄には子供がいませんでしたし、私たち夫婦の子供たちもみな家庭を持っていますので、あの牧場を持っていても仕方ないので……」

話しながら、メアリーは少し悲しそうな顔をした。

「そうだったんですか……」

アライアは夫のロバートが淹れてくれた紅茶を飲んだ。いつもはコーヒーばかりで、紅茶を飲むのは久し振りだった。

「それに、あの家では〝あんな事〟がありましたから……」

「〝あんな事〟というのは？」

エイミーが訊いた。

「知らなかったんですか？」

メアリーが、少し怪訝な顔をした。

「はい、何のことだか……」

アライアとエイミーが、顔を見合わせた。

「そうだったんですか……。あの家で、父のダニエルが不審な亡くなり方をしたものですから……」

メアリーが、当時の記憶を拾い集めるように話しはじめた。

〝事件〟が起きたのは、一九八四年の九月だった。牧場に作業に出ていたダニエル・ハワードが、何者かにライフルで撃たれて亡くなった。狩猟の流れ弾に当ったのか、何者かに殺されたのか、誰が撃ったのかもわかっていない。母のキャサリンも、その翌年に、夫の後を追うように亡くなった。

「警察は、いろいろ調べていました……。私はロバートと結婚していてこの家に住んでいたのですが、ここにも訊きにきました……。でも、犯人は捕まらなかった……。父は、人の怨みを買うような人ではなかったのですが……」

メアリーが話す間、夫のロバートは傍らでずっとその手を握っていた。

だが、これは異常だ。

アレックス・ケリー……トーマス・ベイリー……それに隊員の家族だが、ダニエル・ハワード……。

第二六小隊の関係者の内の三人が、殺人の可能性のある不審死を遂げている。そんなことが、偶然で有り得るのだろうか……。

「ところで、今日はどのようなお話なのですか。もしかして兄のジミーの消息がわかったとか、それともベトナムで遺体が見つかったとか……」

メアリーが恐るおそる、二人の顔色を窺うように訊いた。

「はい、お兄様の消息がわかったわけではないのですが、実はある日本人の方から連絡がありまして……。ベトナムのホーチミン市でこのようなものを見つけたと……」

アライアはノートパソコンを開き、日本の小説家からのメールと添付されている二枚のジッポーの写真を見せた。メアリーと夫のロバートが老眼鏡を掛け、食い入るようにパソコンの画面を見つめる。

「このライターは、昨年の七月に発見されたのですね？」

ロバートが訊いた。

「そうです。このヨウスケ・クワシマという日本人の小説家がホーチミン市の市場で見つけて、買った物のようです。第四七歩兵連隊にメールが届いたのは昨年の年末です。彼は、この記念のジッポーの持ち主がわかれば、返してもよいといっています。私たちは、このライターの持ち主がメアリーさんのお兄様のジミー・ハワードさんではないかと考え、確認しに来ました……」

アライアが説明した。二人はしばらく、小声で何かを話しながら、二枚の写真を交互に見つめていた。

「確かに、ここに兄の名前が彫られていますね……。それにこの〝2/47〟という数字は、第四七歩兵連隊の第二大隊という意味なのかしら……」

メアリーが、自分に問いかけるようにいった。

「そうだと思います……」

「それに、この傷は何なのだろう。もしかして、敵の銃弾の痕？」

ロバートが訊いた。

「そうなのかもしれません。それに、我々が疑問に思っているのは、この〝QUANG TRI VIETNAM 67-68〟の部分なのです。お兄様が一九六七年から六八年に掛けて、ベトナムのクアンチ省にいたことがあるのかどうか。私たちは第二六小隊の資料を調べているのですが、どうしてもそのような記録が見つからなくて……」

アライアがいうと、メアリーが頷いた。

「私の父も、いつも同じことをいっていました……」

「お父様がですか？」

「そうです。父は、こういっていました。兄のジミーはベトナムで作戦行動中に行方不明になったというが、それがどこなのかわからない。第四七歩兵連隊に訊いても、軍の機密なので何も教えられないといわれたと……」

確かに、ジミー・ハワードの記録には行方不明になった場所は記されていない。

「それで、お父様は……」

「父は、そのことをずっと調べていたのだと思います。私は結婚してロバートと暮らしていたのでよくわかりませんが、後から母と兄にそう聞きました。もしかしたら、そのことが原因で殺されたんじゃないかと……」

そのことが原因で殺された……。

アライアは、エイミーと顔を見合わせた。そんなことが、あるだろうか……。

「警察は、何と?」

エイミーが訊いた。

「第四七歩兵連隊の方ならわかると思いますが、警察は軍が絡んだ犯罪の捜査には消極的ですから。そういうことです……」

メアリーは、穏やかだった。だが、話しながら時折、紅茶のカップに口を付ける様子に、悲しみが滲み出ていた。

「ひとつ、お願いがあるのですが」

アライアがいった。

「何でしょう」

「お兄様の……ジミー・ハワードさんの写真が残ってないでしょうか。できれば、第四七歩兵連隊時代のものがあれば、見せていただきたいのですが……」

すべての資料と同じように、第二六小隊の写真もまったく出てきていない。

「それでしたら、何枚かあると思います。少し、お待ちください……」

メアリーがそういって、ソファーを立った。居間を出ていき、しばらくすると、小さな額を二つとアルバムを一冊手にして戻ってきた。

「これが、兄です。そして、こちらが家族写真。亡くなった両親と私、兄のケリーも一緒に写っています。そしてこのアルバムの中に、兄がベトナムから送ってきた写真も入っています……」

アライアは最初に、額の写真の内のひとつを手に取った。入隊した直後にスタジオで撮ったものなのだろうか、第四七歩兵連隊の制服、制帽姿の青年が写っていた。

初めて見るジミー・ハワードはまだ若く、思っていた以上にハンサムだった。胸には第四七歩兵連隊の部隊章と、肩には二等軍曹の階級章が付いている。この美しい若者がいずれベトナムのジャングルの地獄に呑み込まれて行方不明になるなどとは、想像すらできない。

　二枚目の家族写真。後列の中央にやはり制服と制帽を身に着けたジミー・ハワード、左側に兄のケリーらしきジャケット姿の青年、右側にはまだ若く美しいメアリーが立っている。手前の椅子には父のダニエル・ハワードと、ふくよかで優しそうな母キャサリンが座っている。

　二〇世紀のアメリカなら、どこにでもあったような平和で幸せそうな家族写真。だが、五人の笑顔の中に、確かに影が忍び寄っていたのだ。この家族から幸せを奪ったのは、いったい誰だったのか……。

　さらにアライアはエイミーと共に、アルバムを広げた。ここにもジミー・ハワードの、美しくも果敢《はか》ない記録がいっぱいに詰まっていた。

　この世に生まれて、やっと目を開いたばかりのジミーの写真。生後半年くらいだろうか、若い母の胸に抱かれた写真。兄とのツーショット。生まれたばかりの妹の顔を、ベッドの枕元から覗き込む写真。兄妹三人で、笑いながら、夢中で遊ぶ写真。大きなテンガロンハットを被り、横に立つ逞しい父を見上げる写真。そんな写真を見ていたら、アライアもエイミーも、涙を堪えられなくなった。

やがて写真はジュニア・ハイスクール時代、フットボールに夢中になっていたハイスクール時代へと移り変わる。写真の中のジミー・ハワードは、どの姿も目映ゆいほどに輝いていた。

だが、ある時を境に、アルバムの写真の雰囲気ががらりと変わった。

あの額に入っていたものと同じ、第四七歩兵連隊の制服の写真と、家族写真。二枚の写真の下には、日付も入っていた。

一九六七年二月二日——。

「この日付は……」

アライアがメアリーに訊いた。

「確か、兄のフォート・ベニングでの最後の休暇の時だったと思います。家族でロベルタの町の写真スタジオに行って、撮りました。その翌日に兄は基地に戻り、数日後にベトナムに向かったんです。そして、二度と家には帰ってこなかった……」

さらに、アルバムのページを捲った。

中隊の全員が集まったのだろうか、第四七歩兵連隊の本部の前に数百人が並んだ集合写真。その下にはすでにベトナムのキャンプなのか、野戦服を着た二〇人ほどが司令部のような建物の前に並んだ写真もある。

「もしかして、これが第二六小隊の写真？」

「そうらしいわね……」

写真の下には〝ジミーと二六小隊の仲間たち〟と説明が入っていた。

中隊の集合写真と違い、一人ひとりが大きく写っているので、わかる顔もある。前列中央で膝を突いて腰を落としているのは、現上院議員のロバート・コリンズだ。その右側にいるのは、昨年事故で亡くなったアレックス・ケリーだろう。ライアン・デイビスは、その左斜め後方にM16ライフルを手にして立っている。ジミー・ハワードはコリンズの左側にいる。あとは、わからない……。

他にも、いろいろな写真がある。

ジミー・ハワードともう一人が上半身裸でスコップを持ち、塹壕の前に立っている写真。海上訓練の最中なのか、砲艦らしき船のデッキで日光浴をしている写真。M113装甲兵員輸送車らしき戦車の上に座り、M16を片手にタバコを吸っている写真もあった。このタバコに火をつけたのは、あの〝ジミー・ハワードのジッポー〟なのだろうか。

だが、写真は次第に色褪《あ》せてくる。ジミー・ハワードの目は少しずつ輝きを失い、表情に苦渋が表われはじめる。そして次のページを捲った時に、アルバムは突然、そこで終わった。

「その写真が、兄からの最後の手紙に入っていたものです。手紙が来てから一週間か二週間くらい後だったでしょうか……。軍の方から、兄が作戦行動中に行方不明になったと連絡が来たんです……」

メアリーはそういって、ハンカチで涙を拭った。その肩を、夫のロバートが優しく抱いた。

「その時の手紙は、残っていますか？」

アライアが訊いた。

「いえ……。私の手元にはないんです。父か母が仕舞い込んで、まだあの古い家のどこかにあるのか……。それとも、ケリーが他の遺品と共に処分してしまったのか……」

「その手紙にはどんなことが書いてあったのでしょう」

だが、メアリーは首を傾げた。

「私もあの家に帰った時に一度、読んだ覚えはあるのですが、あまりよくは覚えていないんです……。ここは地獄だとか、それでも自分は元気にやっているから心配いらないとか……。何しろ、もう五〇年以上も前のことなので……」

「そうですよね……」

その手紙があれば、何か重要なことがわかるかもしれないのだが。

「ただ、ひとつだけ……」

メアリーが何かを思い出したようにいった。

「その手紙だったか、それの前に来たクリスマスカードだったか思い出せないんですけど、兄のいる基地の地名が書いてあったような気がするんです……。どこどこから家族の皆に愛を込めて、というように……」

「その基地の名前、思い出せませんか。例えばドンタムのベースキャンプとか。もしくはケサンとか……」

だが、メアリーは首を横に振った。

「わかりません……。本当に、覚えていないんです……。ベトナムの地名は、馴染がありませんから……。でも、父がこんなことをいったのは覚えています。ジミーが、なぜそんな基地にいるんだ？　って……。それで兄が行方不明になった後に、父がそのことを調べはじめたんです……」

今度はアライアとエイミーが首を傾げた。

ジミーがなぜそんな基地にいるんだ？　って、どういうことなの……？？？

もしかしたらそれが、クアンチ省のケサン基地のことだったのか。だとしたら、軍に確認すればすぐにわかるはずなのだが……。

「もし、その手紙の所在がわかったら、私たちに見せていただけませんか」

エイミーがいった。

「それはかまいません。もしそれで兄の消息を知る何かの手掛りになるのでしたら、私としても望むところです。見つかる望みは、ほとんどないとは思いますが……」

「今度、またあの家に行って探してみよう。手紙はなくとも、何か手掛りになる物が見つかるかもしれないよ」

夫のロバートが、メアリーの手を両手で包み込んだ。メアリーが、頷く。

「それと、私からもお二人にいくつかお願いがあるんですが……」

「何でしょう」

「はい、ひとつは兄の消息のことです。何かわかったら、まず私に知らせてください。それが、どのような結果であったとしても……」

「わかりました。お約束します。他には？」

「はい、あの先程の写真にあった、ジッポーのライターです。私はあれが、兄の使っていたもののような気がしてならないんです。もしその日本の小説家の方が遺族に返してもいいとおっしゃるのなら、送ってくださるようにお願いしてもらえませんでしょうか。兄が亡くなる時に持っていたものなら、私の手元に置いておきたいんです……」

メアリーは、兄のジミーがもう亡くなっていると信じているようだった。

「承知しました。そのように、日本に連絡しておきます……」

家を出た後、道路に駐めてある車まで歩く短い間に、二人はいろいろなことを話した。

「今回のこと、そう簡単にはいきそうもないわね。アライア、あなたが一人で調べるのは危険かもしれない」

「私も、そう思う……。でも、こうなったら途中で止めるわけにはいかないわ……」

「そうね。それなら今夜、私の家に来ない？　ウォーリーも連れてきて、みんなでピザでも食べましょう。今後のことについて、少し話した方がいいと思うの」

「ありがとう。心配かけてごめんなさい。それなら、ジェイソンも連れていっていいかしら」

「もちろん。それなら、七時ごろに私の家で」

「わかった。私が、ピザを買っていく」

二人は道路に出て、それぞれの車に乗った。


土曜日の夜は、ちょっとしたホームパーティーになった。

アライアとジェイソンがピザとワインを買っていき、エイミーがサラダとローストチキン、その他の飲み物を用意した。

息子のウォーリーも、エイミーの子供たちも喜んでいた。三人は本当に、仲がいい。

子供たちが食事を終え、ニンテンドーで遊びだしたのを見はからって、〝ジミー・ハワードのジッポー〟の話がはじまった。

「それで、アライアに聞いたんだけど、〝ジミー・ハワード〟を見つけたんだって？」

ジェイソンは、エイミーと彼女の子供たちのこともよく知っている。昨年の夏には、部隊の他の家族と共にフォートマウンテン州立公園でキャンプとハイキングを楽しんだ。

「もしかしたら。まだあのライターの本当の持ち主と決まった訳ではないけれど、その可能性はあると思う……」

エイミーも、この件に関して真剣になりはじめている。

「恐いのは、そのジミー・ハワードの父親のダニエル・ハワードが殺されていること。ネットで調べてみたら、当時の新聞記事が出てきたわ。事件が起きたのは一九八四年の九月九日で、ダニエル・ハワードは牧場での作業中に頭をライフルで撃たれて死亡した。犯人のことは、何も書かれていない。これよ……」

アライアはノートパソコンでその記事を開き、それをジェイソンとエイミーに見せた。

「警察には問い合わせた？」

ジェイソンが訊いた。

「まだよ。第四七歩兵連隊が昔の殺人事件を掘り返しているなんて知られたら騒ぎになりかねないし……」

アライアがいった。

「それはそうだな。だけど、事件が起きたのは一九八四年だろう。ベトナム戦争が終わってから九年、ジミー・ハワードが行方不明になってから一六年も経っているんだ。この二つの出来事に、関連性はあるのかな……」

ジェイソンが首を傾げた。

「確かに時間が経ちすぎているのよね。でも、妹のメアリーは、死んだ父親がジミー・ハワードが行方不明になった件についてずっと調べていたといっていたわ」

「そう、そして、そのことで殺されたんじゃないかとも……」

エイミーとアライアの言葉を聞きながら、ジェイソンが溜息をついた。

「だとしたら、軍が何らかの秘密を守るためにダニエル・ハワードを殺したということかな。もしかしたらアレックス・ケリーと、トム・ベイリーの二人も……」

「まさか。第四七歩兵連隊がそんなことをするなんて、有り得ないわ」

「私も、そう思う。でも、だからといって、偶然とは思えないの……」

アライアの言葉で、三人はしばらく沈黙してしまった。

エイミーは食べかけのピザをかじり、アライアはワインを飲み、ジェイソンはビールの缶を見つめながら何かを考えていた。

話を続けたのは、ジェイソンだった。

「わかった。〝偶然ではない〟可能性について、最初から順を追って考えてみよう……。まず一九六八年の一月に、第二六小隊のジミー・ハワードが、おそらくベトナムのケサン基地の近くで行方不明になった……。エイミー、ペンはあるかな？」

「ええ、ここにあるわ」

ジェイソンはエイミーからペンを受け取ると、ピザ屋がくれたメニューの裏にメモを書きはじめた。

〈──一連の時系列
１９６８年1月、第26小隊のジミー・ハワード、ベトナムのケサン基地？　周辺で作戦行動中に行方不明──。

１９８４年9月、ジミーの父親のダニエル・ハワード、クロフォード郡ロベルタの自宅牧場で何者かに射殺される。犯人不明──。

２００６年12月7日、元第26小隊のトーマス・ベイリー、マイアミの自宅近くで何者かに射殺される。犯人不明──。

２０１９年12月27日、元第26小隊のアレックス・ケリー、コロンバスの自宅前の路上で

轢き逃げされて死亡。犯人不明――〉

「まあ、ざっとこんなところかな……。ジミー・ハワードの行方不明から父親のダニエルの死まで一六年……。次のトム・ベイリーが殺されるまで二一年……。最後にアレックス・ケリーが殺されるまで一三年……。最初の事件から最後の事件まで、半世紀以上……。すべてが関連していると考えると、あまりにもスパンが長すぎるような気もするな……」

ジェイソンがメモを見ながら、首を傾げる。

「それじゃあ、すべての出来事は無関係だということ？」

アライアが訊いた。

「いや、そうはいっていない。この四件の事例には、何となく一貫性のようなものがあるような気がするんだ。四人全員が殺害されたものとして、銃で射殺された者が二人。行方不明になったジミー・ハワードに関してはわからないけど、彼も銃で死んだ可能性はある。だとすると、四人中三人……」

「もう一人は事故だけど、車で轢き殺したとなるといずれにしても荒っぽいわね。むしろ、銃以上に……」

エイミーがいった。

「そうだな。確かにそれはいえてる。もうひとつ俺が気になっているのは、殺された三人が全員、自宅もしくは自宅の近くで殺られていることなんだ。つまり、犯人は相手の素性を知っていて、はっきりとした目的があり、狙われて殺された可能性が高いということ……」

「もしかしたら、同一人物が狙って殺したということ？」

アライアは自分でそういっておいて、思わず首をすくめた。

「その可能性は否定できない。殺し方や、事件の状況を見ても、そう考えて無理はないと思う……」

ジェイソンの言葉に、アライアとエイミーは顔を見合わせた。

それが事実だとしたら、いったい誰が殺したの……。

「もうひとつ、奇妙なことがあるの。第二六小隊のOBで名前がわかっているのは、いまのところ五人。その内の二人が殺されている。ところが、その五人の内の四人がとんでもない大物になっているということも、おかしいと思わない？」

エイミーがいった。

「そうね、上院議員のロバート・コリンズ、投資家のダン・ムーア、殺されてしまったけれど麻薬王のトム・ベイリーと自動車ディーラー社長のアレックス・ケリーも、大物といえば大物だった……」

「それも、偶然ではないというのか？」

ジェイソンが、アライアにいった。

「私は、偶然ではないと思う。第四七歩兵連隊のすべてではなくて、たった二〇人ほどの小隊にそんな大物が揃うなんて、偶然の訳がないわ」

「もし、二六小隊の名簿が見つかれば、もっといろいろなことがわかるんだけど。殺されたのはトム・ベイリーとアレックス・ケリーの二人だけではないかもしれないし、ウィキペディアに名前が出てくるような大物もこの四人だけではないかもしれない……」

「そうだな、アライアとエイミーのいうとおりだ。確かに不自然だ……。いわゆる〝ベトナム・ベテラン〟らしい男は、ライアン・デイビスだけか……」

「彼も、普通ではないけれど……」

アライアは、ライアン・デイビスの家に行き、実際に会っている。

あの家は確かに古かった。だが、普通のベトナム帰りの元兵士には手が出ないような、

広い家だった。壁に飾ってあるアンティークの銃や調度類にも、かなりお金が掛かってい
た。もしあの家が財産として受け継いだものでないとしたら、ベトナム帰りのライアン・
デイビスはどうやって手に入れたのだろう。
「確かに、第二六小隊には何らかの秘密があるようだな」
ジェイソンがいった。
「私もそう思う」
「私も……」
「それを調べるには、どうしたらいいか。ライアン・デイビスと、行方不明になったジミー・
ハワードの家族には当った。あと、話を聞くとしたら、上院議員のロバート・コリンズと、
投資家のダン・ムーアか……」
「どちらも難しそうね。連絡を取ってみてもいいけれど、相手にしてくれそうもないわ」
「確かに」
「それなら、ライアン・デイビスにもう一度、当ってみるか。今度は、俺が一緒に行って
もいい。彼を問い詰めれば、何かが出てくるかもしれない」
ジェイソンのいいたいことは、わかる。

ライアン・デイビスは、第四七歩兵連隊のOB会の射撃大会で優勝するほどの射撃の名手だ。さらに、ジミー・ハワードの父親のダニエル・ハワードは、ライフルで狙撃されて殺されている。この二つの要素を結びつけることは簡単だ。

「ジェイソン、あなたはライアン・デイビスが〝殺った〟と考えているの？」

エイミーが訊いた。

「それはわからない。でも、問い詰めれば何かボロを出すかもしれない。俺も、狙撃のプロだからね。それと、もうひとつ……」

「もうひとつ？」

「そうだ。例の〝ジミー・ハワードのジッポー〟だよ。あのジッポーに付いている、削れたような傷が気になるんだ。もしその日本人の小説家がジミー・ハワードの家族に返してもいいというなら、送ってもらうように連絡してくれないか」

「わかった。明日、すぐに連絡しておくわ……」

「もし送ってくれるなら、俺の自宅の住所と名前を指定してくれ。RASPの調査部で調べてみる。あのジッポーを調べたら、何かがわかるような気がするんだ」

「そうするわ」

「それから君のノートパソコンに入っている〝ジミー・ハワードのジッポー〟のファイルを、俺とエイミーのパソコンにも送信しておいてくれ」

「了解。情報を、三人で共有するのね」

「そうだ。その方が、安全だ。この三人の他に、今回のことを知っているのは？」

ジェイソンの口調が、少しずつ険しくなってきた。それが、アライアにはかえって不安だった。

「ライアン・デイビス、ジミー・ハワードの妹のメアリーと夫のロバート、人違いだったけれど、〝47〟のベトナムOBの二人のジミー・ハワード。それに〝47〟総務部室長のマシュー・トンプソン大佐……」

「トンプソン大佐にも話したの？」

エイミーが驚いたようにいった。

「ええ……。今日、資料室で二六小隊のファイルを探していたら、トンプソン大佐が突然入ってきて……」

「土曜日なのに？」

「そう、何をしているんだって訊かれたから、本当のことを話さないわけにはいかなくって……。まずかったかしら……」

「別に、問題はないと思うけど。大佐は、何かいっていた？」

「二六小隊のことは、何も知らないって。そこにあなたから電話が掛かってきて、私は資料室を出ちゃったから……」

「まあ、その大佐の件は仕方ない。しかし、これからは、この三人以外に話すのはできるだけやめた方がいいな」

「私も、そう思う」

「誰かに話す時には、必ず三人で話し合って決める。誰かに会いに行く時や、資料室で調べ物をする時にも、一人ではなく二人以上で行動する」

「賛成……」

「よし、それならともかく、〝ジミー・ハワードのジッポー〟の日本からの到着を待とう。すべては、それからだ」

ジェイソンが手にしていたビールの缶を掲げ、アライアとエイミーがワインのグラスをそれに合わせた。

翌日、アライアは休日を特に予定もなく過した。

ウォーリーが友達と遊びに出てしまうと、居間で大好きなリアーナの曲を聴きながらコーヒーを飲み、ゆっくりと一人でブランチを楽しんだ。

たまには、こんな休日があってもいい……。

でも、たったひとつだけ、今日中にやっておかなくてはならないことがある。アライアはブランチを終えるとノートパソコンの電源を入れ、昨日、ジェイソンと約束した、〝ジミー・ハワードのジッポー〟の持ち主の日本人小説家へのメールを作成した。


〈――親愛なるヨウスケ・クワシマ様。

私、第47歩兵連隊ベトナム戦争OB会の事務局担当者、アライア・ウィリアムスと申します。

先日は当歩兵連隊に関する貴重な情報をメールにてお寄せくださり、ありがとうございました――〉

アライアはメール文を打ち終えると、それを何度か読み返した。間違いや、満足できない部分を後から修正し、最後にジェイソン・ホナーの住所と名前を入れた。さらに、もう一度読み返し、それを日本のヨウスケ・クワシマのメールアドレスとジェイソン、そしてエイミーにCCで送信した。

パソコンを閉じたところで、アイフォーンに電話が掛かってきた。ジェイソンからだった。

「ハーイ、ジェイソン……。昨日はありがとう……」

——ハイ、アライア。今日は何してるんだい——。

「別に。ウォーリーが遊びに行ったので、一人でブランチをすませたところ。それに、昨日いった例の〝ジミー・ハワードのジッポー〟の持ち主にメールを送ったわ……」

——他にすることは？——。

「特に、何も。あなたは？」

——俺も今日は休みだ。それなら、これからうちに来ないか。たまには、ベッドで楽しもう——。

「行く！」

アライアは電話を切り、シャワーを浴びた。お気に入りの下着を身に着け、いつもより
も入念に化粧を施し、少し悩みながら着ていく服を選んだ。

トートバッグに下着の替えとノートパソコンを入れ、それを肩に掛けて家を出た。ドア
に鍵を掛け、路上に駐めてある自分のホンダのところに向かいながら、リモコンキーで鍵
を解除した。

ホンダのドアの前に立ち、乗り込もうとした瞬間、背後でエンジン音を聞いた。

振り返った。目の前に、古いダッヂバンが迫っていた。

声を上げる間もなく、激突した。体が潰される、不快な感触……。

弾き飛ばされ、地面に叩き付けられた。

なぜ……。

薄れ行く意識の中で、奇妙な視界を眺めていた。目の前に、男の靴が歩いてきた。

男が、しゃがみ込んでアライアを覗き込んだ。一瞬、男の顔が見えた。

あなたは……。

男が、落ちているアライアのトートバッグを拾い上げ、路上のダッヂバンの方に歩き去っ

た。
それが、アライア・ウィリアムスの見たこの世で最後の光景だった。

二〇二〇年二月　東京

年が明けたころからだろうか。
アジア圏を中心に、不穏なニュースが流れはじめた。
桑島洋介がその第一報を知ったのは、確か松の内も明けぬ一月六日だった。
——中国の武漢で原因不明の肺炎が発生。厚労省が注意喚起——。
2日後の1月8日には、WHOがこの肺炎についての最初の見解を発表した。
——中国武漢の肺炎、新型ウイルスの可能性を否定できない——。
さらにその三日後の1月11日には、肺炎による初の死者が確認された。
——中国武漢、肺炎の男性（61）が死亡。死者は初めてか——。
そして1月14日、WHOが衝撃的な事実を発表した。
——WHO、新型コロナウイルス（COVID—19）を確認——。
桑島はこの時点ではまだ、この新型コロナウイルスが世界的なパンデミックになるとは思ってもみなかった。

近年、インフルエンザのウイルスだって毎年のように新型が発見されている。二〇〇二年の一一月には、中国南部の広東省で新型肺炎SARSが発生し、パンデミックが起きたことがある。今回は、あの時ほどの流行にはならないだろう。

ところが新型コロナウイルスは、その後も静かに広がり続けた。

——1月20日には、中国の深センで1人、北京で2人の感染を確認。中国国営メディアは、武漢で対策本部設置と発表——。

——1月21日には台湾で初の感染を確認。23日には中国は感染拡大防止のために武漢を封鎖と発表。それでもWHOは「国際的な緊急事態には当たらない」とコメントを出した——。

——1月26日、習近平指導部、新型肺炎対策で直属チーム設置。だがこの日、新型肺炎の患者は世界で2000人を超え、在中国日本人の希望者全員の帰国が決定——。

——1月29日、武漢からのチャーター機の第一便が羽田に到着。中国の患者数はSARSを超えて6000人近くに到達。さらに武漢で肺炎発症の日本人男性が、新型コロナウイルス陽性と判明——。

――1月30日、WHOはここに来て初めて「国際的な緊急事態」を宣言。中国の研究機関は「感染源はコウモリ」の可能性を発表。この時点で中国の死者は170人、患者数は7711人に。日本では29日に帰国の3人に感染を確認――。

――1月31日、日本政府は14日間以内に中国の湖北省に滞在歴のある外国人の入国拒否を決定――。

――2月2日、中国の感染者数は1万人を突破。死者は259人に――。

このころになるとさすがに桑島も、今回の新型コロナウイルスが、現代の人間社会にとってただごとではすまないだろうと感じはじめていた。COVID―19は世界に決定的なパンデミック（人獣共通感染症の世界的大流行）を引き起こし、人類を歴史的な危機に追い込む可能性がある……。

そうなれば、社会は一変するだろう。昨年は呑気にベトナム旅行などを楽しんできたが、これからは海外旅行どころではなくなるはずだ。ホーチミンのタオとも、もう簡単には会えなくなるだろう……。

新型コロナウイルスが流行しはじめてから、桑島は関連するニュースを検索する時間が長くなってきた。気になって、仕事も捗《はかど》らない。これからは、自分の小説家という仕事や生活も、どうなるのかはまったくわからない。

パソコンを閉じる前に溜っている迷惑メールを整理しようとした時に、見馴れないアドレスからのメールが一本、入っていることに気が付いた。

着信したのは一月二七日。もう、一週間も前だ。最近は友人とのやり取りや仕事上の連絡をほとんどラインやスマートフォンのメールですませているので、そんなことがよくある。

桑島は他の迷惑メールと共に〝ゴミ箱〟に放り込もうとして、ふと指を止めた。メールアドレスに、〝47〟という数字が入っていることに気付いたからだ。

〈――47th-infantry-regiment――〉

それで、気が付いた。これはフォート・ベニングの第四七歩兵連隊からの返信メールだ……。

ベトナムで見つけた〝ジミー・ハワードのジッポー〟についてフォート・ベニングの第四七歩兵連隊にメールを送ったのは、昨年の年末だった。

あれからもう一カ月以上が経っている。最初は何らかの返信が来るものと期待していたが、最近は原稿に追われていたこともあり、諦めて忘れかけていたのだが。

第四七歩兵連隊のベトナム戦争ＯＢ会は、あのジッポーに興味がなかった訳ではなかったようだ。

桑島はひとつ深呼吸し、メールを開けた。


〈――親愛なるヨウスケ・クワシマ様。

私、第47歩兵連隊ベトナム戦争ＯＢ会の事務局担当者、アライア・ウィリアムスと申します。

先日は当歩兵連隊に関する貴重な情報をメールにてお寄せくださり、ありがとうございました。当方で調査しましたところ、この第47歩兵連隊第２大隊の隊員の物と思われるジッポーは、おそらく本物であろうという結論に達しました――〉

やはり〝本物〟だったのか……。

桑島は、メールの続きを読み進めた。

〈――このジッポーの所有者も、ほぼ特定いたしました。ジッポーの裏面に名前が刻まれたジミー・ハワードという隊員は確かに存在し、第2大隊第32中隊第26小隊に所属。1967年から68年にかけてクアンチ省のケサン基地に派遣されて任務に従事。1968年1月22日に作戦行動中に行方不明になっています。ライターは、この時にジミー・ハワードが身に着けていた物である可能性があります。

私たち第47歩兵連隊は、このジミー・ハワードのジッポーに大変、興味を持っています。すでに持ち主の家族とも連絡を取り、ベトナム戦争当時に彼が行方不明になった経緯についても聴取を進めています。

つきましては、このジミー・ハワードのジッポーを家族にお返しくださるとのこと、そのご厚意に感謝いたします。ライターが手元に届き次第、同じフォート・ベニング基地内の第75レンジャー連隊の科学調査部で分析を終えた後に家族に返還されることになります。またこのジッポーに対する調査内容が必要ならば、我々はあなたにレポートすることも可能です。

では、貴重なジッポーの発送を、第75レンジャー連隊の担当者宛にお願いいたします。

ご協力、感謝いたします。

アライア・ウィリアムス――〉

メール文の末尾に、調査の担当者なのだろう、ジェイソン・ホナーという名前とフォート・ベニング基地内の住所が書いてあった。

すばらしい……。

桑島が考えていた以上の内容だった。

いまこのデスクの上にある〝ジミー・ハワードのジッポー〟は、やはり〝本物〟だったのだ。しかも第四七歩兵連隊の担当者は、当初桑島が考えていた以上に真剣に調査してくれているようだ。

桑島はさっそく、担当者のアライア・ウィリアムス――名前からすると女性だろう――に返信のメールを打った。

〈――親愛なるアライア・ウィリアムス様。
親切な返信、ありがとうございます。

私がベトナムで買い求めた古いジッポーに関して、持ち主のジミー・ハワード氏が特定され、そのご家族とも連絡が取れたとのこと、大変に喜んでおります。お約束どおり、このジッポーをさっそく担当者のジェイソン・ホナー氏宛にお送りいたします。また、このジッポーに関して何かわかりましたら、お知らせください。

よろしくお願いします。

ヨウスケ・クワシマ――〉

桑島はこの簡単なメール文を、アライア・ウィリアムスからのメールと同じようにCCで送信した。

メールを送り終え、デスクの上のアクリルケースの中から〝ジミー・ハワードのジッポー〟を取り出した。

手に取り、改めて眺める。

そうか、やはりこのジッポーの持ち主のジミー・ハワードという人物は、ベトナムで行方不明になっていたのか……。

そのジッポーを自分が偶然ホーチミン市のヤンシン市場で見つけて日本に持ち帰り、その持ち主が特定され、今度は本国のアメリカに送られて家族の元に返されるのかと思うと、感慨深いものがあった。

実際のところ、手放すのが少し惜しいような気もした。だが、アメリカの軍の科学調査部で分析されれば、このジッポーについてもっと詳しいことがわかるかもしれない。

例えばこの抉《えぐ》れたような小さな丸い傷と、持ち主だったジミー・ハワードがベトナムで行方不明になった経緯の因果関係について……。

桑島は〝ジミー・ハワードのジッポー〟にスプレーオイルを噴きかけて布で拭い、芯と石を抜き、プラスチックの緩衝材で丁寧に包み、エアメール用の封筒に入れた。

それを最寄の郵便局で指示されたとおり〈——Parts of lighter, no oil——〉と書いてEMSでアメリカに発送した。

ジョージア州のフォート・ベニングまで何日で着くかはわからないが、このコロナ禍でも二週間は掛からないだろう。

家に戻り、ベトナムのタオにメールを入れた。例の〝ジミー・ハワードのジッポー〟についてアメリカから連絡が来たことを伝え、担当者のアライア・ウィリアムスのメールをコピーして添付した。

すぐに、返信が来た。

第四七歩兵連隊があのジッポーに興味を示したことを、タオも喜んでいた。その上で、タオはこんなことをいってきた。

〈――最近のCOVID―19のことを、私はとても心配しています。
日本は、どうですか。ベトナムではまだ感染者は出ていませんが、この先はわかりません。私が勤める新聞社の上司は、いずれCOVID―19はベトナムにも広がり、自由に海外旅行に行けなくなる日が来るだろうといっています。そうなると、私と洋介さんも会えなくなってしまうでしょう――〉

タオは、近いうちにまたベトナムに来られないかといっている。

そうしたら、あの〝ジミー・ハワードのジッポー〟に関して、ベトナムでももっと詳しく調べられるかもしれない……。

それは確かに魅力的な誘いだった。そうなれば、今度こそ本当に、あの〝ジミー・ハワードのジッポー〟を題材として何か特別な小説が書けるかもしれない。だが、いまこの状態で、日本を離れることはとても難しい。

桑島は、〈――考えておく――〉とタオに返信を打ち、アイフォーンを閉じた。


近くの居酒屋で夕食をすませ、マンションに戻った。

いまはまだ誰もが普通に居酒屋のカウンターで酒を飲み、食事や会話を楽しんでいる。

だが、新型コロナウイルスの感染が日本で広がればこんなこともできなくなるだろう。

部屋でアイフォーンをチェックすると、タオからのメールが入っていた。

〈――洋介さんがまたこちらに来られる時のために、私はジッポーを買ったヤンシン市場の店に行って、どこから仕入れたのかを聞いておきます――〉

メールには、そんなことが書いてあった。

もしあの〝ジミー・ハワードのジッポー〟の仕入れ先がわかれば、第四七歩兵連隊の担当者も喜ぶかもしれない。

次に、パソコンを開いた。

日本はいま夜の一一時……。

アメリカのジョージア州との時差は一四時間だから、いま午前九時だ。何か、返信が入っているかもしれない。

やはり、入っていた。

だが、先程の担当者のアライア・ウィリアムスからのメールではなかった。CCで送ったもう一人の担当者、エイミー・キャメロンからのメールだった。

桑島は、メールを開けた。


〈――親愛なるヨウスケ・クワシマ様。

私は第47歩兵連隊総務部のエイミー・キャメロンと申します。

ジミー・ハワードの物と思われるジッポーをこちらに送ってくださるとのこと、ご厚意に感謝いたします。しかし、私たちは、その前に悲しい出来事をお知らせしなければなりません。

実は去る1月26日、この件の担当者のアライア・ウィリアムスは、自宅前の路上で事故により亡くなりました。轢き逃げ事故でした。犯人は、まだわかっていません。

さらに付け加えるならば、アライア・ウィリアムスの死は、あのジミー・ハワードのジッポーに関連している可能性があります――〉

何ということだ……。

桑島は、第四七歩兵連隊のアライア・ウィリアムスからのメールが届いた日付を確認してみた。やはり、一月二七日だった。時差を計算すると、現地では二六日だろう。

つまり、アライア・ウィリアムスということの件の担当者は、桑島へのメールを送った当日に殺されたことになる……。

だが、あの〝ジミー・ハワードのジッポー〟はすでにアメリカに送ってしまった。

自分は、何をすればいいのか……。

二〇二〇年二月　ジョージア州コロンバス

フォート・ベニングは、ジョージア州チャタフーチ郡コロンバスにある全米最大の陸軍歩兵部隊駐屯地だ。

駐屯地にはメインポスト、ケリーヒル、サンドヒル、ハーモニーチャーチの四つの主要基地があり、第四七歩兵連隊の第二大隊、第三大隊の他に第一九四機甲旅団、第三一六騎兵旅団、第一九八歩兵旅団、第一一工兵大隊、第七五レンジャー連隊など二〇以上の部隊が駐屯する。さらに歩兵学校、機甲学校などの教育施設が所在する。

この広大な駐屯地には三〇メガワットのソーラー発電システムが設置され、水道や鉄道などのライフラインを完備し、独立した町としての機能を持つ。コロンバスの市街地には巨大なショッピングセンターやホテル、軍人用の住宅地があり、ここで毎日一〇万人以上の現役軍人、軍人の家族、予備役、退役軍人、民間人従業員が生活、活動している。

アライア・ウィリアムスが暮らす家も、そんなコロンバスの市街地に近い軍人用住宅の中の一軒だった。周囲に住んでいるのはフォート・ベニング駐屯地内に勤務する軍人と、その家族だけだ。その静かな住宅地の中で、日曜日の日中に殺人事件が起きたことは、駐屯地の内外に衝撃を与えた。

そう、〝殺人事件〟だ――。

コロンバス市警察は、アライア・ウィリアムスの轢き逃げ事故を最初から〝殺人事件〟として捜査していた。理由は事故現場にブレーキの痕跡がまったく残っていなかったこと。現場近くの防犯カメラにアライアの家の方向に加速していくダッヂバンが映っていたこと。現場にいつもアライアが持ち歩いているトートバッグ――彼女のノートパソコンが入っていた――が落ちていなかったことなどによる。

実際に、後の捜査でも、アライアのトートバッグは発見されていない。つまり犯人はアライアを轢き殺し、彼女のノートパソコンを奪ったのだ。

第七五レンジャー連隊のジェイソン・ホナーは、恋人だったアライアの死を息子のウォーリーからの電話で知った。

ママが死んだ……。

ジェイソンはその時、自分の家でアライアが来るのを待っていた。泣きながら話すウォーリーが、最初は何をいっているのかわからなかった。

やっと事情が呑み込めて二キロしか離れていないアライアの家に駆け付けた時には、現場はコロンバス市警の警官とパトカーでいっぱいだった。アライアの遺体は、すでに現場から運び去られていた。

ジェイソンは後から現場に駆け付けたエイミー、息子のウォーリーと一緒に、警察の遺体安置所でアライアと対面した。その時の光景と、ウォーリーの泣き声を、ジェイソンは一生忘れられないだろう。

昨夜まで、あれほど美しかったアライアと、皆で楽しい時を過していたのに……。

ジェイソンはそのまま取調室に呼ばれ、担当刑事から事情聴取を受けた。最初は、ジェイソンも有力な容疑者の一人だったようだ。女性が不審な死を遂げれば、まずその夫や恋人が疑われるのは仕方のないことだ。

その事情聴取の中で、ジェイソンはアライアがほぼ即死だったことを知った。家の前の路上で待ち伏せされて、車で轢き殺されたのだ。路上にブレーキの痕はなかった。そして現場からは、アライアのパソコンが入ったトートバッグが持ち去られていた……。

これだけの事実を繋ぎ合わせれば、導き出される推論はひとつしかない。やはり家の前で待ち伏せされて殺された、第四七歩兵連隊ＯＢのアレックス・ケリーと同じだ。つまりアライアも、第二六小隊の何らかの秘密に関連して殺されたということだ。

だが、いったい誰が殺ったのか……。

幸い、ジェイソンの疑いは数日で晴れた。ウォーリーとエイミーが、ジェイソンとアライアはとても仲が良く、前日も皆でホームパーティーを楽しんでいたことを証言したからだ。もし、日常的に会っている仲ならば、わざわざ日曜日の昼下がりに家の前で待ち伏せして殺す必要はない。二人きりになるチャンスは、いくらでもあるからだ。

アライアの轢き逃げに使われたダッヂバンは、事件の五日後に、コロンバスから北西に三〇キロほど離れたハーディングス湖に近い森の中で見つかった。車はフロントが大きく凹み、アライアの血と髪の毛が付着していた。

警察の捜査により、ダッヂバンは事件の前日にアラバマ州のスミスズステーションで盗まれたものであることがわかった。シートの位置からすると、犯人の身長は一六五センチから一七三センチ位。身長が一八〇センチ以上あるジェイソンは、これに一致しないことも疑いが晴れた一因だった。

ダッヂバンのステアリングやドアノブからは、指紋が拭い取られていた。車内には、犯人を特定できるような証拠は何も残されていなかった。

これらの事実から、ジェイソン・ホナーは一人の人物に狙いを付けた。

アライアを殺したのは、第二六小隊OBのライアン・デイビスではないのか……。

アライアはあの〝ジミー・ハワードのジッポー〟の一件で、一人でライアン・デイビスに会いに行っている。もし、一連の事件がすべて第二六小隊の何らかの機密に起因するものであるとするならば、ライアン・デイビスにはアライアを殺す動機があったと考えて無理はない。

それにあの男の家は、パイニー・グローブにある。事件に使われたダッヂバンが発見されたハーディングス湖の森は、パイニー・グローブから一〇キロほどしか離れていない。もしライアン・デイビスが鹿狩りをやるのならば、あのあたりの森には土地鑑があるはずだ。

しかもライアン・デイビスは、同じように自宅前で轢き逃げされた第二六小隊OBのアレックス・ケリーをよく知っていた。それにエイミーの記憶によると、ライアンは身長は一七〇センチ前後と小柄だった。これも、事件に使われたダッヂバンのシートの位置と、完全に一致している。

元々、ライアン・デイビスは、暴力事件や麻薬絡みの問題を起こすような男だった。人を殺しても、おかしくはない……。

ジェイソンはそのことを、コロンバス市警の担当刑事に伝えた。だがライアン・デイビスは、なぜか未だに逮捕されていない。

二月一日、事件から六日後、フォート・ベニング駐屯地内の教会でアライア・ウィリアムスの葬儀が行なわれた。

葬儀にはアライアの親族や友人だけでなく、第四七歩兵連隊や、その他の部隊からも多くの関係者が会葬した。

この日、ジェイソンは、アライアの前の夫と初めて顔を合わせた。夫も元軍人だったが、すでに一〇年以上前に除隊し、再婚して、いまはアトランタの農機具の会社に勤めているという。

アライアの息子のウォーリーは、今後、その父親に引き取られると聞いた。それでよかったのだろう。だが、ウォーリーを自分の息子のように思っていたジェイソンには、いろいろな意味で複雑だった。

葬儀が終わった後で、ジェイソンはエイミーを見つけ、話し掛けた。

「なあ、エイミー、おかしいと思わないか……」

「何が、おかしいの……」

エイミーが歩きながら、答えた。

「ライアン・デイビスさ。殺ったのは、あの男に決まっている。それなのに奴は、なぜ逮捕されないんだ……」

ジェイソンは、自分が思っていることをぶちまけた。

「まだライアン・デイビスが犯人だと決まったわけではないわ。警察があの男を逮捕しないのには、それなりの理由があるのよ……」

だが、警察はその理由をいわない。

「俺は一度、ライアン・デイビスに会いに行こうと思っている。エイミー、君はどうする？」

アライアが死ぬ前日、〝ジミー・ハワードのジッポー〟の件に関しては単独行動を避けようと約束をした。実際にエイミーを連れて行く気はなかったが、一応は声を掛けておくべきだ。

「私は嫌……。いまはとても、あの男に会う気にはなれない……。行くならば、一人で行ってちょうだい……」

「わかった。一人で行くよ」

その方が、気楽だ。

「ありがとう……。私はもう、この件から手を引きたいのよ……。怖いの……。ごめんなさい……」

「気にしないでくれ。何かわかったら、知らせるよ。それじゃあ」

ジェイソンはエイミーと別れ、教会の駐車場に駐めてある自分のスバル・クロストレックに乗った。


二日後、ジェイソン・ホナーは軍の休みを取り、パイニー・グローブへ向かった。

年が明けてからＲＡＳＰの特殊訓練に教官として参加していたので、休みが溜まっていた。しばらくはその休みを使って、アライアの死について自分なりに調べてみるつもりだった。

早朝にフォート・ベニングの家を出て、スバルで二一九号線を北上した。だが、ライアン・デイビスの家に行く前にパイニー・グローブを通過し、アンティオークの手前で道を西に逸れ、ハーディングス湖に寄り道をした。

アライアを轢き逃げしたダッヂバンが発見された場所は、グーグルアースを使って調べてある。ディアハンターたちがよく狩猟の基地に使う〝ペイニーの小屋〟と呼ばれる古いログハウスの近くだ。デイビスに会う前に、犯行に使われた車が乗り捨てられた場所を見ておいた方がいい。

道は次第に細くなり、やがて舗装が途切れ、ダートになった。しばらく行くと右手に〝ペイニーの小屋〟が見えた。その先の分岐を右に曲がり、さらに湖岸の方へと進む。

路面は、次第に荒れはじめる。クロストレックは車高が高いので難なく走れるが、ピックアップやSUVでない限り、普通の乗用車ではとても入ってくる気にはなれないような道だ。

ジェイソンはこのあたりに釣りやハンティングをするために何度か来たことがあるので、多少の土地鑑はある。現場が近くなったところで多少探したが、それでも思ったより簡単に目的の場所が見つかった。

森を切り開いた、車が一〇台ほど駐められる空地があり、その奥に古い廃道の入口がある。そこに、警察の現場保存用のテープが、まだ残っていた。

ジェイソンはスバルを空地に乗り入れ、車から降りた。

周囲を、観察する。ジェイソンは、第七五レンジャー連隊ＲＡＳＰの教官だ。現場の状況から敵の数、車の種類、足跡が古いか新しいかを見極めるのは馴れている。

空地にはいくつもの足跡と、何種類ものタイヤ痕が残っていた。足跡はレッド・ウィングやソレルのハンティングブーツのものもあるが、市警察用のタクティカルブーツのものが多い。ほとんどが、三日から数日前のものだ。足跡のサイズや歩幅、歩き回った人間の体重も様々だ。

タイヤ痕は大型ピックアップやＳＵＶ用のオフロードタイヤのものが多いが、パトカーの乗用車用のものもある。ここまで入ってくるのに、苦労したことだろう。

この状況から、この空地で何が行なわれたのかは明らかだ。数日前にコロンバス市警の警察官十数人が数台の警察車輌に乗ってこの空地に集まり、歩き回って、現場検証をやった。

ジェイソンは警察車輌以外のタイヤ痕と、警察官以外の足跡を探した。

まず、空地の奥の廃道の中に、ＢＦグッドリッチの旧型のオールテレーンらしきタイヤ痕が残っていた。サイズは、9・5R15くらいか。トレッドサイズからすると、これがアライアの殺害に使われた一九九四年式のダッヂバンのものだろう。

周囲に、足跡を探した。警察の足跡の他に、ビブラムソウルの足跡がひとつ。おそらく、レッド・ウィングのブーツだ。サイズは7・5〜8くらいか。付近の足跡には、警察が石こうを流し込んだ跡があった。警察も、この足跡に関心があったようだ。

ジェイソンはカーゴパンツのポケットからアイフォーンを取り出し、ダッヂバンのタイヤ痕とビブラムソウルのブーツの足跡の写真を撮った。

空地に戻り、他の足跡とタイヤ痕を探した。

何種類かのハンティングブーツの足跡が、いくつか見つかった。かなり古いものもあるし、最近——おそらく今朝か昨日だ——に付いたものもあった。一応、写真を撮ったが、これは事件とは関係ないだろう。おそらく、ハンターのものだ。

タイヤ痕も、何種類かある。大型ピックアップらしき、11・5〜12・5Rサイズのオフロードタイヤの痕が三種類。ひとつはグッドイヤーのオフロードタイヤで、他の二つはBFグッドリッチのマッドテレーンか。これも新しいものと古いものがある。このタイヤ痕も、写真に撮った。

ジェイソンはあたりを調べながら、首を傾げた。

もし犯人がここにダッヂバンを乗り捨てたのだとしたら、乗って帰るための別の車を用意していたはずだ。ここから歩いて帰ることは不可能だ。

もしくは単独犯ではなく、複数犯だったということか。一人がダッヂバンをここに運び、協力者が別の車でここに迎えに来る。そう考えた方が合理的だ。

いや、もうひとつ、別の方法がある……。

ジェイソンは空地の周辺を、さらに念入りに探した。やはり、それらしき痕跡がある。

そうなると、あの廃道の奥か……。

先程の、ダッヂバンらしきタイヤ痕のあった廃道の、さらに奥に進む。落葉を被った泥の中に、やはり見つかった……。

日数が経っているので崩れかけてはいるが、明らかにオフロードバイクのタイヤの痕だ。

これではっきりした。犯人はおそらくピックアップか何かでオフロードバイクをここに運んできて、廃道の奥に置き、木の枝か何かで隠しておいたのだ。そして一月二六日の犯行の後にダッヂバンをここに乗り捨て、そのバイクで家に戻った……。

そう考えれば、なぜダッヂバンを盗んだのか、その理由も理解できる。

犯人はバイクに乗って犯行に使う手頃な車を物色した。ダッヂバンを見つけて盗み、バイクはその荷台に積んで持ち帰ったのだ……。

ジェイソンはオフロードバイクのタイヤ痕を写真に撮り、スバル・クロストレックの運転席に戻った。

エンジンを掛け、パイニー・グローブに向かった。

ライアン・デイビスの家は、ハーディングス湖の空地から一二キロほどコロンバス方面に戻った所にあった。

犯罪に使った車を乗り捨てるには、手頃な距離だ。

ジェイソンは路肩にスバルを駐め、降りた。M—65ジャケットの内側のヒップホルスターには、愛用のグロック19オートマチックが隠してある。

家の前に立って、周囲を見渡した。

アライアに聞いたとおりの家だった。沼地のほとりにある古い大きな家で、屋根には暖炉の煙突が出ている。広く荒れた庭には納屋を兼ねたガレージがあり、その前に古いフォードのピックアップが駐まっていた。

一九九〇年代のF―150の4WDだ。この車なら、ハーディングス湖のあの荒れた道を走ることもできるし、オフロードバイクを運ぶのにも便利だろう。

ジェイソンはフォードのタイヤを見た。BFグッドリッチのマッドテレーン、すり減ってはいるが、サイズは35×12・5R15といったところだろう。少なくとも、あのハーディングス湖の空地にあったタイヤ痕のひとつとは特徴が一致する。

ジェイソンは、家の敷地の外からオフロードバイクがないかを探した。だが、見当らない。納屋の奥に隠してあるのかもしれないが、ここからではわからない。

庭を横切って、納屋の中を見てみるか……。

だが、それは危険だ。

自分は、黒人だ。他人の家の敷地に侵入して白人の男に撃たれても、ニュースにすらならない。

考えた末にジェイソンはアイフォーンを取り出し、アライアから聞いていたライアン・デイビスの番号に電話を入れた。

呼び出し音が鳴る。六回、鳴ったところで相手が出た。

――はい――。

「ライアン・デイビスさん？」

――そうだ――。

「私はフォート・ベニング第七五レンジャー連隊のジェイソン・ホナーという者だ。実は、話があってここに来た。いま、あなたの家の前に立っている」

相手が軍のOBならば、こちらも軍の身分を明かした方がスムーズに行く。

――ここから見えている。第七五レンジャー連隊の奴が、俺に何の用だ――。

「第四七歩兵連隊のアライア・ウィリアムスの件に関してだ」

――アライア・ウィリアムス？　誰だ、それは――。

「二週間ほど前に、ここに来たはずだ。ベトナム戦争当時の第二六小隊のことを訊きに……」

――ああ、あの黒人女か――。

「先日、彼女が死んだ。そのことについて話したい」

ジェイソンがいった。しばらく、間があった。相手は何かを考えているようだ。

――わかった。家に入れ。ドアの鍵は開いている――。

電話が切れた。

ジェイソンはアイフォーンをポケットに入れ、家に向かった。ポーチに上がり、ドアを開けた。

昼間なのに、家の中は薄暗い。壁にはハンティングの獲物のトロフィー、床にはフロリダクロクマの毛皮が敷かれた不気味な部屋だ。川石を積んだ暖炉の前にソファーが三つあり、ライアン・デイビスはその中央にウィンチェスターのショットガンを抱えて座っていた。

「そのソファーに座れよ。ゆっくりだ。変な動きを見せたら頭が吹き飛ぶぞ」

「わかった……」

アライアのいったとおりの男だった。

年齢は七二歳。頭は薄く、鼻の下と顎に白い髭を伸ばしている。

身長は座っているのでよくわからないが、一七〇センチ前後だろう。体重は七五キログラムといったところか。乗り捨てられていたダッヂバンのシートの位置と、あのハーディングス湖の空地に残っていたビブラムソウルのブーツの足跡と一致する。

ジェイソンはソファーに浅く座り、少し前屈みになり、左手の暖炉の前に座るライアン・デイビスを見据えた。こうしていれば、ヒップホルスターのグロック19をいつでも抜くことができる。

デイビスはジェイソンの本意をわかっているのか、いないのか。膝の上のショットガンを握って薄ら笑いを浮かべている。

「それで、アライア・ウィリアムスがどうしたって？」

デイビスが、他人事のように訊いた。

「先月の二六日に、死んだよ。コロンバスの自宅の前で、車で轢き逃げされた」

「ああ、そうだってな。知っているよ」

先程はアライアの名前すら知らないかのようにとぼけていたのに、いい加減な男だ。

「誰から聞いたんだ？」

ジェイソンが訊いた。

「テレビのニュースで見たのさ。それに警察が、ここまで来た……」

デイビスがいった。警察がここまで来て調べていったというのは、初耳だった。

「警察は、何を調べていったんだい？」

ジェイソンがいうと、デイビスが笑った。

「たいしたことじゃねえよ。このあたりで、グッドリッチのタイヤを履いたピックアップやＳＵＶを探しているといっていた。俺のフォードのタイヤも、念入りに調べていったよ……」

デイビスは、ジェイソンの顔色を見るように笑っている。

「他には？」

「別に。そうだ……バイクを持っていないかと訊かれたな……」

「持っているのか？」

「ああ、ハーレーダビッドソンを一台、持っている。最近は乗らないがね。あの納屋の中にある」

デイビスは、臆面もなく話す。まるでジェイソンの意図を探り、からかうように。

だが、ハーディングス湖の空地についていたバイクのタイヤ痕は、ハーレーダビッドソンのものではなかった。もっともオフロードバイクを一台持っていたとしても、ピックアップの荷台に積んでどこかに捨てにいくのは簡単だが。

「アライアを誰が殺したのか、教えてくれないか」

ジェイソンは、鎌をかけた。

「冗談じゃない。俺が知るわけがないだろう。だいたいあのアライア・ウィリアムスという女は、なぜ殺されたんだ？」

今度は、デイビスが訊いた。

「以前、ここに来た時にアライアが話しただろう。例の〝ジミー・ハワードのジッポー〟だよ。アライアはあの件を調査していて、殺された」

他に、理由は考えられない。

「ほう……。ジミー・ハワードねえ……。そういえば俺にも、そんなことを話していたな……」

デイビスはとぼけているが、その表情に確かに動揺がかすめた。

「あなたはアライアに、ジミー・ハワードなんていう男は知らないといったそうだな」

「ああ、知らないね……」

デイビスの表情から薄ら笑いが消えた。

「知らないはずがないんだけどな」

「なぜだい？」

「ジミー・ハワードは、あなたと同じ第三二中隊の第二六小隊にいたんだ。あなたや、昨年同じように事故で死んだアレックス・ケリーと一緒に、一九六七年から六八年にかけてクアンチ省のケサン基地にいた。そしてジミー・ハワードが作戦行動中に行方不明になった時に、あなたもその場に居合わせたんだ」

ジェイソンの言葉を、ライアン・デイビスは黙って聞いていた。目が、睨《ね》めるようにジェイソンを見据えている。

そして、いった。

「忘れちまったよ。五〇年以上も前のことを、いちいち覚えているわけがないだろう……」

「そうかな。アライア・ウィリアムスが調べていた内容は、すべて私も共有している。いずれ、あなたも思い出すことになるだろう……」

ジェイソンは、そういって、ソファーから立った。

背後から撃たれないように、デイビスの動きに細心の注意を払いながらドアから外へ出て、庭を横切り、道路に出る間に納屋の中を覗いた。奥に、埃を被ったハーレーダビッドソンが置いてあるのが見えた。

今日は、ここまでだ。いずれ、あの男の化けの皮を剝いでやる……。

ジェイソンはスバル・クロストレックに乗り、エンジンを掛けた。

ライアン・デイビスはアイフォーンを手にした。

窓の外の、庭を横切って車に乗り込む大男を見ながら、〝緊急の番号〟に電話を掛けた。

呼び出し音が一〇回鳴って、相手が出た。

「俺だ……」

——また、お前か。今度は何の用だ——。

いつもの相手の、低い声が聞こえてきた。

「例の〝ジミー・ハワードのジッポー〟の件で、また客が来たよ。今度は、第七五レンジャー連隊の奴だ」

——第七五レンジャー連隊だって？　なぜ、そんな奴が？——。

「知らんね。その男も、第二六小隊の件に詳しいようだった。あの女……アライア・ウィリアムスが調べていた内容を、すべて共有しているといっていた……」

——まずいな——。

「俺が、何とかしてやってもいい。ただし、金は掛かる……」

――金が掛かるって、いくらだ？――。

「あと、五〇万ドル。それで、すべて方を付けてやるよ」

――五〇万だって！　いくら何でも法外だろう――。

「そんなことはない。これは厄介な〝仕事〟だ。それに、ベトナムのあの日のことが明るみに出て破滅することを考えれば、あんたにとって安いものだろう」

――少し、考えさせてくれ――。

「わかった。考えてくれ……」

電話を切った。


二月四日、火曜日――。

ジェイソン・ホナーが第七五レンジャー連隊の訓練を終えてフォート・ベニング内の自宅に戻ると、ポストの中にＥＭＳのメール便の小包が入っていた。

日本からだ。差し出し人は〝ヨウスケ・クワシマ〟になっている。さらにメール便の大きさと感触から、何が入っているかはすぐにわかった。

例のジッポーだ！

ジェイソンは部屋に入るとドアの鍵を掛けた。

お気に入りのオーク材のコーヒーテーブルの上に小包を置き、レザーマンのマルチツールのナイフの刃を起こして慎重にそれを開けた。中に、プラスチックの緩衝材の包みが入っていた。さらにそれを開けると、傷だらけの古いジッポーのライターがひとつころがり出てきた。

これが例の〝ジミー・ハワードのジッポー〟か……。

ジェイソンはまず、エイミー・キャメロンに電話を入れた。彼女には、このことを知らせておいた方がいい……。

「エイミー、俺だ。ジェイソンだ。今日、日本から例のジッポーが届いた。いま、俺の手元にある……」

だが、エイミーはつれなかった。

——そうなの……。でも私は、興味ないわ……。ジェイソン、あなたが好きなようにして――。

「そうか。それなら、こちらで調べてみる。何かわかったら、知らせるよ」

――ありがとう――。

電話を切った。

仕方ない。エイミーは親友のアライアを失ったショックから、まだ立ち直っていない。これからは、この件に関しては自分一人でやるしか方法はなさそうだ。

ジェイソンは冷蔵庫からバドワイザーを出してプルトップを開け、それを手にソファーに座り直し、改めて〝ジミー・ハワードのジッポー〟を見つめた。

アメリカの軍人なら、少なからずジッポーのライターに馴れ親しんでいる。ひととおりの知識もある。ジェイソン自身、いまはタバコを吸わないが、三つや四つはそのあたりの引き出しに入っているだろう。

このライターを初めて手にしてみて、まずわかったことがある。

これは間違いなく、〝本物〟のジッポーだということだ。そして底の〝ZIPPO〟のロゴと〈――||||・|||――〉の刻印、〈――PAT. 2517191――〉のパテントナンバーを見る限り、このライターが一九六七年に作られたものであることも確認できた。少なくともケースか

らは、これを〝偽物〟と疑うべき材料は何もない。

ジェイソンはケースの蓋を開け、フリントホイールを回してみた。ちゃんと、火花が飛んだ。もしオイルを入れれば、このライターは火がつくだろう。

たとえ五〇年以上経っていても、ちゃんと機能する。さすがは、ジッポーだ。

次にジェイソンは中を見るために、インサイドユニットを抜こうとした。だが、抜けない。やはりケースの丸く抉れたような傷が、中のインサイドユニットに食い込んでいるらしい。

試しにマルチツールのプライヤーを広げ、インサイドユニットを挟んで引っぱってみた。やはり、だめだ。あまり無理をすると壊してしまうので、抜くのは止めておいた方がいいだろう。

ジェイソンはソファーに深く座り、改めて手の中のジッポーを見詰めた。

もしアライアがこの〝ジミー・ハワードのジッポー〟のために殺されたのだとしたら、いったいなぜ……。

理由があるとしたら、それはこのジッポーに付いている丸い抉れたような小さな傷なのではないか。

この傷は、明らかに弾痕だ。もしジミー・ハワードが死んだ時に、この傷が付いたとしたら……。

いずれにしても、徹底的に調べた方がいい。


翌日、ジェイソンは、午後の空いた時間を見計らい、第七五レンジャー連隊の科学調査部を訪ねた。

いわばここは、市警察の鑑識に当る。部隊内で何か事故が起きた時の現場検証や、使用する銃の弾道検査、弾頭のライフルマークの検出などはすべてこの部署で行なっている。

ジェイソンはパソコンだらけの科学調査部に入り、同期で仲のいいスタン・コリンズに声を掛けた。

「やあ、ジェイソンじゃないか。君がこの部屋に来るなんて珍しいな」

スタンがデスクの椅子に座ったまま、振り返った。

彼も第七五レンジャー連隊の隊員だが、小柄で丸い眼鏡を掛けたその風貌は、迷彩服を白衣に着替えれば病院のドクターの方が似合うだろう。

「実は、調べてもらいたい物があって、持ってきたんだ」

「ほう、何を持ってきたんだい」

スタンがそういって、眼鏡を指先でひょいと上げた。

「これだよ」

ジェイソンはM―65ジャケットのポケットから〝ジミー・ハワードのジッポー〟を取り出し、スタンに渡した。

「ほう……ベトナム・ジッポーか……」

「そうだ。そこにクアンチ省、ベトナム、67-68と彫られているように、どうやら〝本物〟らしい。そのライターの持ち主だった第四七歩兵連隊のジミー・ハワードという兵士は、六八年の一月に作戦行動中に行方不明になっている……」

「こんな物を、どこから？」

「日本のある小説家が、昨年の七月にホーチミン市の市場で偶然見つけて買ったものだ。それを、第四七歩兵連隊の方で調べてほしいと連絡を取ってきた。俺のガールフレンドのアライア・ウィリアムスが、そのライターのことを調べていて殺された……」

「その話は聞いているよ。気の毒だったな。しかし、このジッポーが君の手元にあるのなら、コロンバス市警に提出した方がいいんじゃないのか」

「いや、それはだめだ。奴らは、あてにできない。この件は、俺が調べる……」

ジェイソンがいった。それは、アライアの敵《かたき》は、自分で討つという意味でもある。

「なるほどね……。問題は、この丸い抉れたような傷なんだろう？」

やはりスタンは話が早い。

「そうだ。おそらくそれは、弾痕だろう。その傷のために、インサイドユニットが抜けなくなっている……」

「わかった。やってみよう。こちらに来てくれ……」

スタンは席を立ち、〝検査室〟と書かれた部屋に入っていった。そして、デジタルUSB顕微鏡の置いてあるデスクの前に座った。

マウントの上にジッポーを置き、USB顕微鏡のスイッチを入れ、LEDライトを点灯する。ジッポーの傷の位置と、レンズとの距離を調整する。

「まずは、一〇倍くらいの倍率で見てみよう……」

USB顕微鏡のモニターに、ジッポーの傷の部分が拡大された画像が映し出された。

「これは間違いなく、弾痕だな……」

スタンがいった。

「どうしてわかる?」

ジェイソンが後ろからモニターを覗き込む。

「この、ジッポーの側面の部分を見ればわかる。半円に削れたような傷に沿って、ライターの表面から裏面にかけて、一定方向に細かい線のような傷が何本もついているだろう。これは、ライフル弾が高速で擦った痕だよ……」

「確かなのか?」

「おそらくね。もう少し、倍率を大きくしてみよう。こうすると、もっとわかりやすいだろう……」

スタンが倍率を一〇〇倍に上げた。

「なるほど……」

傷の表面の金属の粒子が、すべてハリケーンで薙ぎ倒された森の木々のように一定方向を向いている。

「それに、ここだ……。ここにも……」

スタンがそういって、モニターに映る金属の表面に付着した黒っぽいものを指さした。

「それは、何なんだ?」

ジェイソンが訊いた。

「弾頭に被せられた、フルメタルジャケットの銅だよ。このジッポーに擦った時に、付着したんだ……」

「その弾頭の、口径はわからないか?」

「半円の傷だから難しいけれど、Rの大きさを測ればわかるかもしれないな。やってみよう……」

スタンはUSB顕微鏡の倍率を二〇倍に戻し、モニターいっぱいに映る傷のRを計測した。そしてその数値をもとに、傍らのパソコンで計算する。

「結果が出たぞ。傷に歪みがあるから正確な数値ではないかもしれないが、この傷を付けた弾頭の直径は約五・六ミリだ……」

「まさか、米軍の223口径か?」

「そういうことになるな……」

223口径、つまり5・56×45ミリNATO弾だ。

この223口径ライフル弾は、一九五〇年代にアメリカのアーマライト社などにより開発され、ベトナム戦争当時は主力小火器のM16に使われていた。敵の北ベトナム軍、ベトコン（南ベトナム解放民族戦線）の主力小火器だったカラシニコフ――AK47――は、7・62×39ミリ弾――30口径――だった。223口径は使っていない。

つまり……。

このライターに傷を受けた時にジミー・ハワードが死んだとしたら、彼は敵にではなく、味方のアメリカ兵に撃ち殺されたことになる……。

「ジェイソン、君が何を調べているのかがわかってきたよ……」

確かに第二六小隊の誰かが作戦行動中にジミー・ハワードを射殺し、それを行方不明と報告したのだとすれば、いまも全員で口裏を合わせて秘匿しようとするのはわからないでもない。

だが……。

それだけではまだ説明しきれないことがある。

だいたい、戦闘時の作戦行動中に誤射による〝事故〟は、それほど珍しいことではない。

その〝事故〟を秘匿するために、その後何十年にもわたって関係者が不審死を遂げるというのは、あまりにも馬鹿げている。それに、関係者の中から三人――麻薬カルテルの大物を入れれば四人だ――も成功者が出ていることについては、何の説明にもなっていない。

「スタン、もうひとつ頼みがあるんだが」

「何だい」

「このジッポーのケースから、インサイドユニットを抜き出せないかな……」

「なるほど。確かに抜けないな。しかし、方法がない訳じゃない。試してみよう……」

スタンはジッポーを持って検査室を出ると、また他の部屋に向かった。

ジェイソンも、それについていった。

今度は〝作業室〟と書かれた部屋のドアを開けた。部屋の中には広い作業台が置かれ、ボール盤や電動ジグソー、旋盤やフライス盤などが所狭しと並んでいる。これだけの道具と工具があれば、銃だって作ることができるだろう。

「このインサイドユニットの芯を抜いて、穴を少し広げてもいいかな」

「ああ、かまわないけど……」

スタンはジッポーの芯をプライヤーで抜き取ると、それをボール盤の台のバイスに固定した。ボール盤のチャックに三ミリ径ほどのドリルの刃を取り付け、バイスを動かして芯の位置を合わせると、ハンドルを下ろして手際よく穴を開けた。

まずバイスからジッポーを外し、コンプレッサーのエアーダスタガンでドリルの切子を吹き飛ばす。さらにエアーダスタガンのノズルを細いものに交換し、ジッポーのケースとインサイドユニットの隙間にスプレーの潤滑油を吹きつける。そしてインサイドユニットの火出口のところをバイスに固定し、広げた穴にエアーダスタガンのノズルを当てた。

「いくぞ。もしバラバラになっちまったら、許してくれ」

それでスタンが何をしようとしているのかがわかった。

「かまわない。やってくれ」

スタンがエアーダスタガンのトリガーを引いた。

〝ポン〟……という小さな破裂音がして、固定されたインサイドユニットが勢いよくケースから抜け落ちた。バイスの周囲に、中に入っていたフェルトや綿も散乱している。

「よし、どうやら、うまくいったようだな……。ケースも、思ったほど変形してはいないようだ……」

スタンがバイスの下からケースを拾い上げ、納得したように頷いた。

「インサイドユニットの方はどうだ？」

「ちょっと待ってくれ……」

スタンがバイスからインサイドユニットを外し、それをジェイソンに渡した。

何の変哲もない、ジッポーのインサイドユニットだった。ライフル弾が擦ったために脇に小さな凹みはあるが、〝ZIPPO ZIPPO ZIPPO〟という刻印もオリジナルのままで、半世紀以上も前のものとは思えないほど程度はいい。中は、エアーダスタガンの高圧空気で吹き飛ばされたために、何も入っていない。

「どうやら、インサイドユニットには手掛りになる物は何もないようだな……」

ジェイソンがいった。

「いや、ちょっと待ってくれ。これは、何だ……」

スタンがそういって、バイスの底に飛び散ったフェルトや中綿の中から、小さく奇妙な物を拾い上げた。

「見せてくれ……」

ジェイソンがスタンから受け取り、ＬＥＤライトの光にかざした。

長さ約三〇ミリ、長径約五ミリほどの真鍮のパイプだ。長年オイルの染みた綿の中にあったためか、それほど汚れていない。

だが、このパイプは、少し変わっている。切断面の両側が、鉛――ハンダかもしれない――のようなもので丁寧に塞がれている。

「これは、何だろう……」

「おそらく、ジッポーのインサイドユニットの中に隠してあったんだろうね」

「なぜ、両側がハンダで塞がれているんだ?」

「わからない。そのパイプの中に、何かが入っているのかもしれないな……」

「開けられるか?」

「たぶん。やってみよう」

スタンが小さなパイプを手の平に載せ、別の作業台に移動した。ハンダゴテの電源を入れ、熱するのを待つ。

パイプをプライヤーで挟み、熱したハンダゴテの先を塞がれたパイプに当てた。見る間にハンダが熔け、銀色の液体の粒になり、パイプの先から流れて落ちた。

パイプを逆にして、もう一方のハンダも熔かす。これで、パイプは完全に開いた。

「よし、うまくいったぞ。冷めるのを待って、中に何が入っているのか見てみよう……」

スタンが道具箱の中を探し、細いドライバーを出してきた。冷めた真鍮のパイプを指でつまみ、一方からドライバーを差し込む。反対側から、さらに小さな丸い棒のようなものが押し出されてきた。

「何だ、こいつは……」

ジェイソンが首を傾げる。

「紙を丸めたもののようだな……。広げてみよう……」

スタンがピンセットを手にし、慎重に丸められた紙を広げた。

どうやら、薄手のタイプ用紙らしい。大きさは約二五ミリ×四〇ミリ。紙には細かい字で何かが書いてあった。

「何が、書いてあるんだ？」

「これで見てみろよ」

スタンから電子ルーペを受け取り、紙に書かれている文字を見た。

ひとつは、地図らしい。丸い印の上に、〝Khesanh C〟、少し離れた場所に〝881H〟の文字と〝△〟の印が入っている。これは〝ケサン基地〟、〝八八一高地〟の意味だろう。その中間地点に〝×〟印が打たれ、ケサン基地からの直線距離が、〝25・2㎞〟と書かれている。

もうひとつは、文章だ。

小さな文字で読みにくいが、おそらくこう書かれている。

〈――もし明日、俺が死んだら、セサル・ロドリゲスに事情を聞いてくれ。奴だけは俺の味方だ――〉

「これは、どういうことなんだ……」

ジェイソンは紙片と電子ルーペをスタンに渡した。スタンが、紙片に書かれた文字を読む。

「どうやらこのジミー・ハワードという兵士は、小隊の中で問題を抱えていたらしいな。仲間に、命を狙われていたのかもしれない。おそらく、このケサン基地から二五・二キロの地点で何かが起きると思っていたんだろう。この〝明日〟というのが何年の何月何日なのかはわからないが……」

「ジミー・ハワードは、一九六八年の一月二二日に作戦行動中に行方不明になっているんだ。〝明日〟というのは、その日のことなのかもしれない」

「すると、ケサン基地から二五・二キロの〝×〟印は、その作戦が実施された場所ということか……」

「そういうことなのかもしれない……」

そしてその〝×〟印は、おそらく、ジミー・ハワードが仲間に撃ち殺された場所でもある。

「この文章の中にあるセサル・ロドリゲスというのは誰なんだ。このジッポーの持ち主の、同じ小隊の仲間なのか？」

「おそらく、そうだと思うんだが……」

だが、これまでにわかっている第二六小隊の隊員は、ロバート・コリンズ、アレックス・ケリー、ダン・ムーア、トム・ベイリー、ライアン・デイビス、そしてジミー・ハワードの六人だけだ。セサル・ロドリゲスという名前が出てきたのは、初めてだ。

「この件を、調べるつもりなのか」

スタンが訊いた。

「そのつもりだ。アライアの件もあるんでね」

ジェイソンがいった。

「気を付けろよ。また何か、できることがあったらいってくれ。いつでも力になる」

「すまない。感謝するよ。できたら先程のジッポーの傷の部分と、この紙に書かれていることを一〇倍くらいに拡大した写真がほしいんだが……」

「わかった。撮影して君のメールアドレスに送っておくよ」

「助かる」

ジェイソンは分解したジッポーのライターをポケットに入れ、作業室を出た。


その夜、ジェイソン・ホナーはエイミー・キャメロンをフォート・ベニング内のバーに誘った。

エイミーと二人だけで飲むのは、これが初めてだ。彼女は最初、あまり気が乗らないようだった。だが、〝ジミー・ハワードのジッポー〟の件で新しい事実がわかったと伝えると、渋々誘いに乗ってきた。

「それで、何がわかったの……」

バーの一番奥のボックス席に座り、ビールをひと口飲んだ後で、エイミーが溜息をつくように訊いた。

「ひとつは、これだ。これが〝ジミー・ハワードのジッポー〟だよ。昨日、俺の家のポストに届いた……」

ジェイソンがそういってポケットからジッポーを出し、テーブルの中央に置いた。

エイミーが、それを一瞥した。だが、恐ろしい物でも見たかのように、手に取ろうとしない。

「それが、どうしたの……」

エイミーが、ビールを口に含む。

「今日、これを持って第七五レンジャー連隊の科学調査部に行ってきた。まず、これを見てくれ。この小さな傷を、アップにした写真だ……」

ジェイソンがタブレットを開き、ジッポーの抉れたような傷を一〇倍に拡大した写真を見せた。

「それで……?」

「ああ……この傷はやはり、銃弾が擦った痕だということもわかった。口径は、223口径だ……」

「どういうことなの？」

「つまりジミー・ハワードは、敵のカラシニコフではなく味方のM16で撃たれて死んだということだよ」

「まさか……」

ジミー・ハワードが味方に撃たれたと聞いて、エイミーの表情にやっと好奇心が戻ってきた。

「そうなんだ。しかもジミー・ハワードは、自分が殺されることをある程度、予期していた節があるんだ」

ジェイソンがそういって、ビールを飲んだ。こんなことは、少しは飲まなければ話していられない。

「なぜ、そんなことがわかるの？」

「この写真を見てくれ。このジッポーのインサイドユニットの中に、金属製の小さなパイプに入れてメモが隠してあったんだ……」

ジェイソンはタブレットの画面を送り、ジッポーから出てきたメモの拡大写真を見せた。

〈――もし明日、俺が死んだら、セサル・ロドリゲスに事情を聞いてくれ。奴だけは俺の味方だ――〉

「何よこれ……。自分が仲間に殺されるのを、知っていたというの……？」

「どうやら、そうらしい。問題は、そのメモに出てくるセサル・ロドリゲスという名前だ。これまで第二六小隊のことを調べてきて、その名前は一度も出てきていない」

「そうね、私も見た覚えはないわ……」

「しかし、君なら調べることはできるんじゃないのか。第四七歩兵連隊から第二六小隊の名簿は消えてしまっても、ベトナム戦争のＯＢ会の名簿にはこの名前が載っているかもしれない。もしセサル・ロドリゲスという男が実在したとするなら、これは重要な手掛りになる……」

ジェイソンがいうと、エイミーはビールが空になったグラスを持ったまま、しばらく考えていた。そしてまた溜息をついた。

「そのくらいなら、やってもいい。明日、総務に行ったら調べてみるわ……」

エイミーがいった。


ジェイソンはエイミーが帰った後も一人でもう一杯ビールを飲み、午後九時ごろにバーを出た。

店の前に駐めてあったマウンテンバイクのチェーンキーを外す。

マウンテンバイクにまたがり、誰もいない道をゆっくりと走りはじめた。

吐く息が白い。星空のきれいな、気持ちのいい夜だった。

バーから同じフォート・ベニング内の自宅まで、自転車で二〇分ほどだ。このような夜は、マウンテンバイクを走らせながら一人で考え事をするにはちょうどいい。

冷たい風を切りながら、ジェイソンは今日わかったことについて頭の中で整理した。

一九六八年一月二二日、第二六小隊に何が起きたのか……。

あのジッポーの持ち主だったジミー・ハワードは、その日、自分が仲間に殺されるかもしれないことを予期していた。だからあのメモを、ジッポーの中に残したのだ。もし自分が死んで、ドグタグ（認識票）と共に遺品が家族に返されれば、誰かが真相に気付いてくれる。そう考えたのだろう。

だが、そうはならなかった。ジミー・ハワードは予期したとおりに仲間に殺されたが、その遺体はあのジッポーと共にどこかに埋められた。そして〝行方不明〟として、処理された。

すべては、それで終わったはずだった。ところが事件から半世紀以上も経ってから、そのジッポーが何者かによって掘り起こされて、一人歩きをはじめた。

ベトナムのホーチミン市の市場で売られ、それをたまたま日本人の小説家が買った。その小説家がその〝ジミー・ハワードのジッポー〟に興味を持ち、物好きなことに第四七歩兵連隊に連絡を取ってきた。

彼を殺した連中は、さぞかし慌てたことだろう……。

だが、なぜジミー・ハワードは同じ小隊の仲間に殺されなければならなかったんだ？

単なる仲間割れだったのか。最悪の戦時下においては、人間の精神状態はそこまで追い詰められるのかもしれない。実際に、ベトナム戦争時には似たような事件が何件も起きている。

もしくはジミー・ハワードの口を塞がなくてはならないような、第二六小隊の仲間たちにとって、都合の悪い何らかの秘密があったのか……。

その〝秘密〟のために、ジミー・ハワードは殺された。ベトナム戦争が終わってから、同じ小隊だったトム・ベイリー、アレックス・ケリーも殺された。そして、その〝秘密〟を知ろうとしたジミー・ハワードの父親と、アライア・ウィリアムスまで……。

だが、奴らがそこまでして隠蔽しようとする〝秘密〟とは何なんだ？

それを知るためには、あのメモに残されていたセサル・ロドリゲスを捜し出せということか。

もしくは上院議員のロバート・コリンズか、大物投資家のダン・ムーアに……。

その時、何かが聞こえた。

バイクのエンジン音だ。背後から、ライトの光がかん高いエンジン音と共にこちらに迫ってくる。

まずい……。

ジェイソンはマウンテンバイクに急ブレーキを掛け、路肩の芝の中に飛んだ。

瞬間、オフロードバイクが一台、猛スピードでジェイソンを追い越していった。

同時にバイクの上でヘルメットを被った男が銃を抜き、芝の上にころがるジェイソンに向けて三発、撃った。

バイクの男はそのまま弾が当ったかどうかも確かめずに、エンジンを全開にして走り去った。

ジェイソンは、芝の上に起き上がった。

体を、確かめる。背負っていたデイパックに弾が一発当っていたが、体は無事だった。

危ないところだった……。

だが、いまのは確かにオフロード用のバイクだった。あのハーディングス湖の空地にも、オフロード用のバイクのタイヤの痕が残っていた。

やはり、ライアン・デイビスだ。

警察に届けるか。いや、市警察は信用できない。

そっちがその気なら、俺の手で方を付けてやる——。

週末、ジェイソンはスバル・クロストレックでパイニー・グローブに向かった。

ここに来るのは、ほぼ一週間振りだ。

ヒップホルスターの中のグロック19には、9×19ミリパラベラム弾が一七発入っている。他に、予備のマガジンが一本。これだけ弾があれば、週末のイベントを楽しむには十分だろう。

別に、あのライアン・デイビスという男を撃ち殺してやろうという訳じゃない。ただ捕まえて、少しばかり痛めつけ、あの男の知っていることをすべて吐かしてやる。その上で、アライア・ウィリアムス殺しの犯人としてコロンバス市警に突き出す。それだけだ。

ジェイソンはグーグルアースを見ながら、ライアン・デイビスの家の一本手前の道を左に折れた。沼地に続く、轍《わだち》が残るだけの細い道だ。

二〇〇メートルほど入ったところでスバルを駐め、降りた。このまま森の中を抜けて歩いていけば、デイビスの家の裏手に出るはずだ。

アイフォーンの地図を見ながら進むと、間もなく森が開け、古い牧草地に出た。その先に、デイビスの家と納屋が見えた。

納屋の前には、あの古いフォードF—150ピックアップが駐まっている。デイビスは、今日も家にいるようだ。

ジェイソンは森に沿って回り込み、身を隠すように家に歩み寄った。途中でヒップホルスターからグロックを抜き、両手で保持して進む。

その時、奇妙なことに気が付いた。

暖炉の煙突から、煙が出ていない……。

もしかして、留守なのか。だが、フォードのピックアップは置いてある。

ジェイソンは家までの最後の一〇メートルを全速力で走り、窓の下の壁に背中を付けた。

グロックを両手で胸に構え、呼吸を整える。

カーテンの隙間から、部屋の中を覗いた。この前の、居間だ。暖炉の前に、三つのソファーとコーヒーテーブルが見える。だが、誰もいない。

ジェイソンは壁に沿って家の裏に回った。キッチンの脇に、裏口のドアがあった。

ドアノブを回した。鍵が掛かっていなかった。

ドアを開け、体を滑り込ませた。誰もいない。だが、その時、蛋白質が分解するかすかな甘い匂いを嗅いだ。

冷蔵庫の電源は、入っている。エアコンがつけっぱなしになっているのか、空気が生温かい。まだ二月だというのに、部屋の中に銀バエが飛び交っていた。

ジェイソンはキッチンの奥に進み、開け放たれているドアの向こうを見た。ダイニングルームの椅子に、誰かが座っていた。ライアン・デイビスだった。

ポケットからバンダナを出して口と鼻を塞ぎ、ジェイソンはデイビスに歩み寄った。

もうこの男は、何を訊いても答えてはくれないだろう。額に45口径を一発食らい、脳を後頭部に開いた大きな穴から背後の壁にぶちまけて死んでいた。

顔が腐敗して膨れ上がり、舌が飛び出した口の中や眼球にウジ虫が涌いていた。もしこの白い髭がなく、以前会った時と同じバッファローチェックのシャツを着ていなかったとしたら、この腐った死体がライアン・デイビスだとはわからなかっただろう。

腐敗の進み方からすると、死後三日から四日といったところだろうか。

つまり、昨夜オフロードバイクに乗ってジェイソンを銃撃した男は、ライアン・デイビスではなかったということになる。

ジェイソンは銃をホルスターに仕舞い、ポケットからアイフォーンを出した。

以前、アライア・ウィリアムスの件で事情聴取された時のコロンバス市警の担当刑事、ベン・マクレガーの電話番号を探して電話を掛けた。

——はい、マクレガーだ——。

低い声を聞いた瞬間に、あまり思い出したくない顔が頭に浮かんだ。

「第七五レンジャー連隊のジェイソン・ホナーだ。俺を、覚えているか」

——もちろんさ。お前はアライア・ウィリアムス殺しの容疑者だった。だが、残念ながらシロだった。そのお前が、どうして俺に電話をしてきたんだ？——。

癇《かん》に障る奴だ。

「いま、パイニー・グローブにいる。例のライアン・デイビスの家だ……」

——なぜそんなところにいるんだ。あの男は犯人じゃないといっただろう——。

「そんなことは知ったこっちゃない。ただ、ライアン・デイビスについての貴重な情報を教えてやろうと思っただけだ」

——貴重な情報だと？　いったい、どういうことだ——。

「デイビスが、家の中で死んでいる。誰かに射殺されたらしい。腐敗の進み方からすると、三日から四日は経っている。調べた方がいい」

しばらく間があった。

――すぐにそこに行く。どこにも行かずに待っていてくれ――。

マクレガーがそういって、電話を切った。


曇り空の下で、何台ものパトカーの赤、青、黄のライトが点滅していた。

ライアン・デイビスの家や庭は証拠保存用のテープで悪趣味なクリスマスプレゼントのように包み込まれ、その周囲を二〇人ほどの警官や刑事、鑑識員たちが歩き回っていた。

ジェイソンはその悲劇とも喜劇ともつかない光景を、家の前に運んできたスバルの運転席に座ってぼんやりと眺めていた。もし、アライアを殺した犯人がデイビスではなかったとするなら、いったい誰が殺ったのか……。

家のドアが開き、マクレガーが出てきた。コートのポケットに手を入れ、ポーチから庭に下り、不機嫌な顔でこちらに歩いてくる。

スバルの脇に立ち、運転席を覗き込んだ。

「いい車だな。助手席に座ってもかまわないか」

マクレガーがいった。

「ああ、鍵は開いてるよ」

ジェイソンがいうと、マクレガーは車の反対側に回り、助手席のドアを開けて重い体でシートに座った。

「いくつか、訊きたいことがある」

「ああ、何でも訊いてくれ」

「なぜ、この家に来たんだ」

「昨夜、基地のバーから家に帰る途中で、オフロードバイクに乗った男に銃で襲われた。デイビスなら、襲った奴を知っていると思ったのさ……」

「それで、裏の牧草地を抜けて、裏口から忍び込んだというわけか。しかも、グロックを握ってだ」

裏の牧草地と家の周囲に付いたジェイソンの足跡は、すでに見つかっている。

「前回、ここに来た時に、奴はウインチェスターの一二番ゲージを膝に抱えて話していた。正面から家に入って、いきなり撃たれたくはないんでね。それにそのグロックは俺の私物で、正規に登録してあるものだ」

ジェイソンがいった。マクレガーのコートのポケットには、ジェイソンのグロックが入っている。

「ああ、調べたよ。それにこの銃は〝9ミリ〟で、デイビスの頭をぶち抜いたのは〝45口径〟だ。壁の穴から銃弾が見つかったよ」

マクレガーがポケットからグロックを出し、それをジェイソンに返した。

「他に、訊きたいことは？」

グロックをホルスターに戻し、ジェイソンがいった。

「前にもここに来たといっていたな。いつのことだ？」

「六日前だ。その時にはライアン・デイビスはまだ生きていた」

「そうらしいな。おそらくデイビスが殺されたのは、その二日後だ……」

「すると、死後四日ということか……」

ダイニングテーブルの前に座っていたところを撃たれたのだから、相手は顔見知りだったのだろう。

「前に来た時に、デイビスとどんな話をしたんだ」

「たいしたことは話していない。アライアを殺したのは誰だと訊いたら、デイビスはそんなことを知るわけがないだろうと答えた。その程度だ」

「ライアン・デイビスが、アライア・ウィリアムスを殺したと思ってるのか？」

「そうだ。そう思っていた。前回ここに来る前にダッヂバンが乗り捨ててあったハーディングス湖の空地にも行ってみた。あの空地にはデイビスのピックアップとよく似たタイヤの轍も残っていたし、オフロードバイクのタイヤの痕もあった。それにあの空地は、この家から近い……」

「しかしデイビスは、オフロードバイクを持っていない。奴が持っているのは、動かなくなった古いハーレーダビッドソンだけだ」

「そうらしいな。デイビスも、警察がピックアップのタイヤやバイクのことを調べていったといっていたよ」

「ああ、俺が調べたんだ。だが、奴は〝シロ〟だった。誰か他に、アライア・ウィリアムスを殺し、昨夜あんたを銃撃した奴がいるということだ」

マクレガーがいった。

「しかし、もし仮にオフロードバイクを持つ別の誰かがいるとしても、なぜデイビスを〝シロ〟だと決めつけるんだ。二人はグルで、仲間割れの末にデイビスが殺された可能性もある」

「いや、それは有り得ない。アライア・ウィリアムスが殺された日に、ライアン・デイビスには絶対的なアリバイがあったんだ」

「アリバイだって？」

「そうだ。ライアン・デイビスは、州のライフル協会の会員だったんだよ」

「それが奴のアリバイと、どう関係するんだ？」

「あの日、ロバート・コリンズ上院議員がたまたま地元入りしていた。議員の家でごく少数のライフル協会員の昼食会があり、デイビスもそれに同席していたのさ」

ロバート・コリンズの名前が、こんなところに出てきた……。

「その昼食会の、他の出席者は？」

「それはいえない。議員は公人だし、自分の行動記録はすべてインスタグラムで公表しているのでかまわないが、他の出席者にはプライバシーがあるんでね。さて、俺は家に戻って銀バエ退治でも手伝うとするか……」

マクレガーがそういって、助手席のドアを開けた。

「俺は、もう帰ってもいいのか」

「ああ、かまわない。何か用があったら、こちらから連絡する」

マクレガーが車を降り、家の方に歩きはじめた。

ジェイソンはスバルをターンさせ、コロンバスに向かってアクセルを踏んだ。


家に戻るころには、もう外は暗くなりはじめていた。

冷えびえとした部屋に入って明かりと暖房をつけ、お気に入りのソファーに体を沈めた。

だが、いつまた何者かに狙われるかもわからないと考えると、どうも落ち着かない。

マクレガー刑事もいっていたが、ライアン・デイビスは45口径で撃たれていた。昨夜、ジェイソンを襲ったのも、音からすると45口径のオートマチックだった。

おそらく、軍用のコルトＭ１９１１だろう。いま時そんな銃を持ち歩くのは、頭の古い軍人だけだ。

そんなことを考えていると、自分がとてつもなく腹が減っていることを思い出した。だが、昨夜のことがあるので、外に食べに出掛ける気にはならなかった。

確か、冷蔵庫にステーキの肉が一枚あったはずだ。それに、サラダの材料とビールくらいは入っているだろう。面倒だが、自分で作ろうと思ってソファーから立とうとした時に、タブレットがメールの着信を告げた。

メールを開いた。エイミーからだった。

〈――今日の午後、総務に行って、セサル・ロドリゲスを調べてきたわ。たぶん、この人だと思う――〉

日曜日なのに、ありがたい。メールに添付されているURLを開いた。

〈――セサル・ロドリゲス（CESAR RODRIGUEZ）

1943年サウスカロライナ州フローレンス生まれ。

1965年3月、フォート・ベニングにて第47歩兵連隊第2大隊に入隊。66年3月、第32中隊第26小隊に配属、その後67年1月にベトナムに派遣。1968年2月、第26小隊の廃止と共に第7中隊第24小隊に移籍。同年9月、フォート・ベニングにて除隊。

除隊後はイエズス会に入会し、1985年よりタイのバンコク、98年よりベトナムのハノイにて宣教師として活動――〉

セサル・ロドリゲスは、イエズス会の宣教師になっていた……。

しかもタイからベトナムと、かつて自分が兵士として戦ったインドシナ半島で布教活動をしているとは。だが、イエズス会にしろベトナムにしろ、第二六小隊の仲間から身を守るには絶好のシェルターといえるかもしれない。

データの最後に、最新の連絡先としてハノイの教会の住所が書いてあった。それ以外にはメールアドレスも、電話番号も書かれていない。

もしセサル・ロドリゲス神父に連絡を取ろうと思ったら、手紙を書くしかないということか。そして、返事が来るのを待つ。気の長い話だ。

それに、これは二〇年以上も前の連絡先だ。セサル・ロドリゲスがいまもこの教会にいるのかどうかわからないし、生きているという保証もない。

まあ、いいだろう。手紙などもう何年も書いていないが、やってみよう。

もう一人は、ロバート・コリンズ上院議員だ。あの男にも、一度会って話を訊く必要がある。

二〇二〇年三月　ホーチミン

三月に入っても、新型コロナウイルスの猛威は治まらなかった。

――1日、韓国で日本人1人の感染を確認。同日、アメリカで初の死者を確認。イタリアで新型コロナウイルスの感染者が1000人を超える。日本政府は韓国の一部地域に渡航中止を勧告――。

――3月2日、中国と日本以外の59の国と地域で感染者7376人――。

――3月3日、キルギスが中国や日本などに滞在歴のある外国人に入国禁止の措置。国内の感染者数、クラスターのクルーズ船を含み999人に――。

――3月4日、インドは日本人などへの発給ビザを無効に。各国で日本人などへの入国制限広がる――。

桑島洋介はこのようなニュースを見ながら、翌三月五日に成田からベトナム航空のホーチミン行きの便に乗った。これ以上待てば、しばらくはベトナムに入国できなくなると判断したからだ。

ベトナムに行かなくてはならないと思った理由はいろいろとある。

ひとつはあの〝ジミー・ハワードのジッポー〟だ。

桑島があのジッポーのことで第四七歩兵連隊のOB会に連絡を取ったために、担当者のアライア・ウィリアムスという女性が死んだ。知らせてくれたエイミー・キャメロンは、はっきりと〈――アライア・ウィリアムスの死は、あのジミー・ハワードのジッポーに関連している可能性があります――〉とメールに書いてきた。

さらにその後、桑島がジッポーを送ったジェイソン・ホナーという人物から、こんなメールが届いた。


〈――新愛なるヨウスケ・クワシマ様。

ご厚意に感謝いたします。

過日、2月4日に例のベトナム・ジッポーが無事、私の手元に届きました。現在、第75レンジャー連隊で調査中です。結果がわかり次第、クワシマ様にも詳細をお知らせいたします。

つきましては、いくつかお願いがあります。

先日、この件の担当者のアライア・ウィリアムスが亡くなったことはお知らせしたと思いますが、実はその後、私も命を狙われました。おそらく、例のジミー・ハワードのジッポーの一件に関連しているものと思われます。

犯人は、このジッポーに関するすべてのデータが入ったパソコンをアライア・ウィリアムスが殺された現場から持ち去りました。もしかしたら、クワシマ様の名前と住所も知っている可能性があります。まさか日本にまで犯行の手が伸びるとは考えにくいのですが、一応、身辺の警戒を怠らないよう十分に注意してください――〉

このメールが届いたのはあのライターがアメリカに着いた一週間後、二月一二日（アメリカは一一日）のことだった。

初めて読んだ時は、ショックだった。まずアライア・ウィリアムスが〝殺された〟こと。ジッポーを送った相手のジェイソン・ホナーという人物も命を狙われたこと。そしてその犯人は桑島の日本の住所を知っているかもしれず、自分もけっして安全ではないことがわかったからだ。

だが、なぜジッポーのライターひとつのことで人が殺されたり、命を狙われたりするのか。あの〝ジミー・ハワードのジッポー〟には、どんな秘密が隠されているのか。

それがアメリカでは普通のことだとしても、日本人には到底理解できない感覚だ。

さらにメールは、次のように続いていた。

〈――その上で、お訊きしたいことがあります。

クワシマ様はあのジミー・ハワードのジッポーをホーチミン市のヤンシン市場で手に入れたとのことですが、その経緯をもう少し詳しく教えていただけませんでしょうか。あのライターを誰がどこで発見し、なぜヤンシン市場で売られていたのかがわかれば、事態の解明に向けて有力な手掛りになるからです。それを調べることができるのは、クワシマ様だけです。

難しいお願いをして申し訳ありません。よろしくお願いします。

ジェイソン・ホナー――〉

メールは、そこで終わっていた。

だが、あのライターを誰がどこで発見し、なぜヤンシン市場で売られていたのかを調べるなど、無理な話だ。それができるのは、ベトナムに住むタオくらいのものだろう。

ベトナムに行こうと思った理由のひとつは、そのことだった。自分が気紛れに第四七歩兵連隊のOB会に連絡を取ったばかりに、人が一人殺され、もう一人は命を狙われた。これは義務ではないが、もう少し詳しいことを調べてその情報を提供する責任はあるだろう。それに、もし犯人が桑島の住所を知っているとすれば、日本よりもベトナムにいた方が安全だ。

もうひとつの理由は、タオとのことだった。

数年前、日本で日常的に顔を合わせていたころは、親しみ以上のものは覚えなかった。昨年、久し振りに再会した時にも、懐かしさを感じただけだった。

だが、日本とベトナムに離れて事あるごとにメールだけでお互いの思いを交換していると、余計に慕情がつのるものだ。

再会してからの桑島とタオが、正にそうだった。

午前中に成田を発つ便に乗り、現地時間午後二時過ぎにタンソンニャット国際空港に着いた。イミグレーションで多少時間を取られたが、ゲートを出ると、笑顔のタオが迎えにいた。

きてくれていた。

「お帰りなさい……」

タオが、はにかみながらそういって、桑島の手を取った。

空港で五万円ほど両替し、タクシーで市内に向かった。イミグレーションで手間取ったので、すでに午後五時を過ぎていた。

「ホテルは見つかった？」

桑島は、タクシーの中でタオに訊いた。

「だいじょうぶ。安くて便利なところにあるホテルを予約しました。洋介さん、きっと気に入ります……」

今回は少し長い滞在になるかもしれないので、あまり贅沢はできない。

ザ・スプリング・ホテルは、バックパッカー向けのバーやホステルが多い一区のファングーラオ通りにあった。フランスによるインドシナ植民地時代に建てられた典型的なコロニアル・ホテルで、建物は古いが室内は清潔で居心地が良さそうだった。

ベンタイン市場や統一会堂、一九世紀に建てられたサイゴン聖母大聖堂に近く、タオがいったように生活にも便利だ。これで日本円で一泊一六〇〇円ちょっとという安さだった。

桑島はとりあえず、ここに一週間分の予約を入れた。

荷物をホテルに置き、タオと二人で街に出た。早朝に家を出て六時間のフライトに耐え、体はくたくただった。だが、それでもベトナムの街の匂いを嗅ぐと、力が漲るような気がした。

ホテルから一〇分ほど歩き、ベンミーインという大衆的なベトナム料理の店に入った。外国人のバックパッカーに人気のある店だ。今回は食事の面でも、少し節約しなくてはならない。

隅の小さなテーブルに二人で座り、生春巻や揚げ春巻、バインセオなどの料理を取った。そしてもちろん、いつもの333ビールも。これを飲むと、あらためてベトナムに戻ってきたという気分になる。

「今回はいつまでベトナムにいられるんですか？」

タオも最初はビールを飲みながら、なぜか恐るおそるという様子で訊いた。

「一週間か、二週間か、もしくはもっと長くなるかもしれない……」

正直なところ、どのくらいベトナムにいることになるのかは桑島にもわからなかった。

例の〝ジミー・ハワードのジッポー〟について調べるといってもそれがどのくらいかかる

のかわからないし、新型コロナウイルスのパンデミックもこの先はまったく不透明だ。自分が日本に帰りたいと思っても、それができなくなる日が来るのかもしれない。

だが、このような時に小説家という仕事は便利だ。ノートパソコンを一台持ち歩いていれば、世界中どこでも原稿を書くことができる。

「洋介さんがベトナムにいつまでもいると、私はうれしい……」

タオは、桑島がベトナムに長くいることを喜んでいる。

「それで、私は何をすればいいですか。できること、何でもいってください」

「ありがとう。とりあえず、例の〝ジミー・ハワードのジッポー〟を買ったヤンシン市場の店に、もう一度行ってみたい。それから、前にタオがメールで教えてくれた、ドンコイ広場のピ・ライターという店。その店の主人のファイさんという人にも会ってみたい。その人に訊けば、あのジッポーについて何かがわかるかもしれない……」

「承知しました。どちらも、私が明日、案内します」

タオがそういって、店員に二人分のビールを注文した。

「だいじょうぶなのか？」

桑島が訊いた。

「だいじょうぶ。私は明日、休みを取りました。どこにでも行けます」

タオが笑って、桑島を見つめた。

「そうじゃない。ビールだよ。いつも君は、あまりお酒を飲まないから……」

「平気です。今日はタオ、とても楽しい。だからもっと、お酒を飲みたい」

タオが笑顔でいった。


結局、食事の後でファングーラオ通りのタイ・バー・サイゴンに寄って、飲みなおすことにした。

普段はアメリカやEU諸国からのバックパッカーで賑わう店だが、新型コロナウイルスの影響かさすがに客はまばらだった。桑島はここでスコッチのソーダ割を注文し、タオもまたカクテルを二杯飲んだ。

八時には店を出たが、タオはすでに、桑島が体を支えなければ真っ直ぐに歩けないほど酔っていた。

「タクシーを止めよう」

桑島がいった。

「だいじょうぶ。タオはホテルまで歩けます……」

タオがよろけながら、楽しそうに笑っている。

「ホテルに寄るつもりなのか？」

「はい……寄ります。ベッドが二つあるでしょう……」

「泊まっていくのか？」

「そう……」

タオが桑島に抱きついてきた。

まったく、困った娘だ。

ホテルまで何とか連れ帰ると、タオはボストンバッグの荷物をひとつ、フロントから受け取った。どうやら最初からこのホテルに一緒に泊まるつもりで、空港に行く前に荷物を預けていったらしい。

部屋に入るとタオはバスタブに湯を張った。そして桑島に先に入るように勧めた。疲れていたので、ありがたかった。

桑島が風呂から出ると、タオはバスローブに着替えていた。以前はよく一緒に旅をしたので見馴れてはいたが、何とも目のやり場に困る光景だった。

タオもバスルームに入り、シャワーを浴びた。体にタオルを巻いたまま出てくると、そのまま桑島のベッドの中に入ってきた。

「こうしたら、洋介さんは日本に帰れなくなる……」

タオの口唇が、桑島の口を塞いだ。


翌朝、桑島はタオの体の温もりで目を覚ました。

それはこの上なく心地好く、幸福で、失ったものを取り戻したような懐かしい感触だった。

だが、同時に、自分とタオがけっして引き返すことのできない場所に来てしまったような、そんな思いを噛みしめた朝でもあった。

タオは目覚めると一人でシャワーを浴びに行き、桑島はそれを待つ間にアメリカのジェイソン・ホナーに一本、メールを送った。

〈――ハイ、ジェイソン。
私は昨日から、ベトナムのホーチミン市にいる。今日はこれからヤンシン市場に行き、例のジミー・ハワードのジッポーがどこから来たのかを調べてくる。何かわかったら、また連絡する。
ヨウスケ・クワシマ――〉

まだ一度も顔を合わせたこともないのに、ジェイソン・ホナーとは同じ目的を共有する者として仲間意識のようなものが芽生えていた。何度もメールをやり取りするうちに、お互いにファーストネームで呼び合うようにもなっていた。

すぐに、返信がきた。


〈――ハイ、ヨウスケ。

あなたの度重なる厚意と迅速な行動に感謝したい。

実は、もしかしたらだが、私も近くベトナムに行くことになるかもしれない。1967年～68年に、ジミー・ハワードと同じ第26小隊にいた兵士が1人、ハノイで生存している可能性があることがわかったからだ。このコロナ禍で、本当にベトナムに行けるのかどうかはわからないが、調整はしてみるつもりだ。

それまで、ベトナムでのことはよろしくお願いしたい。

ジェイソン・ホナー――〉

半世紀以上も前にジミー・ハワードと共にベトナムで戦った小隊の仲間が、いまもハノイに生存している……。

それはきわめて興味深い情報だった。

〈――ハイ、ジェイソン。

君とベトナムで会えることを、楽しみにしている。

ヨウスケ・クワシマ――〉

桑島は返信を打ち、パソコンを閉じた。

タオが濡れた髪を拭いながら、バスルームから出てきた。

「お早うございます……。私、昨日、少し酔ってた……」

タオは、桑島の顔を見て何とも気恥かしそうだった。

「少しじゃない。かなり酔ってたぞ。でも、素敵だった……」

桑島はタオの体を軽く抱き締め、額にキスをした。そして入れ替わりに、バスルームに向かった。


ホテルのレストランで遅い朝食を摂り、街に出掛けた。

桑島はタクシーをつかまえようと思ったが、タオはバイクがあるという。どうやらバイクも前日のうちにホテルに預けてあったらしい。けなげなほど、用意周到だ。

今日のタオは、珍しくTシャツにジーンズという軽装だった。だが、これが普段のタオの姿なのだろう。

タオが運転するスズキのバイクの後ろに乗り、細い体につかまってヤンシン市場に向かった。道路を埋めつくすほどの車とバイクの流れの中を泳ぐ魚のように、タオのバイクは軽やかに走っていく。桑島もバイクに乗れるが、ベトナムではタオにまかせておいた方が安全だ。

ヤンシン市場に着き、薄暗く雑然とした空間に足を踏み入れる。軍服や武器のガラクタが山のように積まれた迷路の奥に進むにつれて、数カ月前の記憶が蘇ってくる。

ある意味でここは、過去と現在を繋ぐ時空の入口なのかもしれない。もし八カ月前のあの日、桑島がほんの気紛れでここを訪れなかったとしたら、遠く離れたアメリカで罪もない人が殺されることはなかったのだ。

市場の最深部まで行くと、その店は以前と同じようにそこにあった。

「ここです……」

タオがいった。

「ああ、覚えてるよ……」

店の中に、あの時と同じ若い男が座っていた。桑島とタオの顔を見て、椅子から立ち、こちらに歩いてきた。

タオが男にベトナム語で話した。

店員はしばらく怪訝そうな顔で首を傾げていたが、そのうちに事情が呑みこめたように領いた。そして、何かをいった。

「彼は、覚えているといってます。でも、どのジッポーを売ったのかは忘れてしまった。

そのジッポーの写真はありますか、といっています……」

「ある。これだ……」

桑島はポケットからアイフォーンを出し、フォトアルバムに保存してある〝ジミー・ハワードのジッポー〟の写真を店員に見せた。

男はしばらくアイフォーンのディスプレイに見入っていたが、やがて頷いた。

「彼は、このジッポーを思い出したそうです。それで、このジッポーについて何が知りたいのかといっています」

タオが、男の言葉を通訳した。

「このジッポーがなぜこの店にあったのか、それが知りたいんだ。これを、いつどこで仕入れたのか。もしくは、誰がここに売りに来たのか……」

タオがまたそれを、男に通訳した。

「なぜ、そんなことが知りたいのかといっています。そのジッポーは〝本物〟だし、正規のルートで仕入れたものだと……」

「別に、〝偽物〟だと疑っているわけじゃない。その、正規のルートというのを教えてほしいんだ……」

タオが通訳する。だが、男は首を横に振った。

「教えられないといっています……」

男は、仕入れのルートを日本人のバイヤーに横取りされるとでも思っているのかもしれない。

「それなら、こういってくれ。このライターのここには、銃弾が当った傷がある。アメリカでこのライターについて調べていたら、人が一人、殺された……」

タオの通訳を聞いていた男は、憮然とした表情で何かをいい返した。

「何だって？」

桑島がタオに訊いた。

「アメリカ人が死んでも、自分には関係ないと……」

最後に男は桑島に向かって、英語でいった。

「アメリカ人は地獄に堕ちろ。帰れ！」

いうだけいって、店の奥に引っ込んでしまった。

取りつく島もない……。

「ごめんなさい……。ベトナムには、アメリカが嫌いな人が多い……」

タオがいった。

だが、それは仕方のないことだ。あのような戦争のことを両親や祖父母に聞かされて育てば、アメリカを好きになれるわけがない。

「タオ、君が悪い訳じゃない。こちらこそ、嫌な思いをさせて悪かった。次に行こう」

桑島がいった。

ヤンシン市場を出て、ドンコイ広場へ向かった。

広場の入口にバイクを駐めて、歩く。いつもなら外国人観光客で賑わうこの広場も、いまは閑散としていた。シャッターを下ろしている店も多い。

「ファイさんのお店は、やっているのかしら……」

歩きながら、タオが不安そうにいった。

だが、ピ・ライターは店を開けていた。

間口が一間あるかないかの、小さな店だ。その店の前にいくつかのガラスケースや木箱が出され、中に無数のベトナム・ジッポーがびっしりと並べられている。

タオと桑島が店の中を覗き込むと、奥で椅子に座った太った男がおっとりと笑った。

タオに手を振り、椅子から立つと、体を揺らしながら店の外に出てきた。

「ファイさん、お久し振り」

「やあ、タオ。待っていたよ」

おそらくベトナム語で、そんな挨拶が交わされたのだと思う。

タオと店の主人が親しげに話す間、桑島はガラスケースの中に並べられた数百個はあろうかというベトナム・ジッポーをうっとりと眺めていた。

それは、素晴しいコレクションだった。日本に帰ってからネットや雑誌で調べ、写真だけで見ていた貴重なジッポーが、ここには現物が並んでいるのだ。別にベトナム・ジッポーを集めようとは思っていなかったのだが、このような光景を見るとすべて欲しくなってくる。

「洋介さん、こちらがファイさん。ベトナム・ジッポーのことなら、何でも訊いてくださいといってます」

やっと桑島が紹介される番になったようだ。

「初めまして。日本から来た桑島洋介です。お世話になります……」

タオがそれを通訳し、桑島はファイと握手をした。厚みのある、力強い手だった。

「本題の前に、お訊きしたいことがあります。ここに並んでいるベトナム・ジッポーは、すべて〝本物〟ですか？」

桑島が訊いた。

「ガラスケースの中にあるジッポーはすべて〝本物〟です。箱に入っている物はお土産品の〝偽物〟だそうです。欲しいジッポーがあったら、安くしてくれるそうです」

タオが通訳して答える。

「それはありがたい。それでは、後でお願いしよう」

「それより洋介さん、例の〝ジミー・ハワードのジッポー〟の写真をファイさんに見せてあげてください。前に私が見せた写真よりも、詳しく写っているものがあれば見たいそうです……」

「わかった。これなんですが……」

桑島はそういって、アイフォーンに入っている〝ジミー・ハワードのジッポー〟の写真をファイに見せた。

ファイは頷き、少し曲がった老眼鏡を掛け、アイフォーンのディスプレイに見入った。

桑島のアイフォーンには、計一〇カット以上のジッポーの写真が入っている。正面と、裏から撮ったもの。底面の、〝ZIPPO〟の刻印がわかるもの。さらにM113装甲兵員輸送車や、〝QUANG TRI VIETNAM 67-68〟、〝2/47 MECH BASTARDS〟の文字、裏面の奇妙な詩のアップの写真。他に、銃弾が擦った傷のアップの写真なども入っている。

ファイはその写真を一枚一枚、入念に見つめた。頷いてみたり、首を傾げたりもした。そして途中で、桑島に質問をする。

「ファイさんは、このジッポーの中の部分……インサイドユニットというのかしら……その写真はないのかと訊いています……」

タオがいった。

「その写真にもあるけれど、右下にある銃弾の傷のためにインサイドユニットは抜けないんだ。しかし、アメリカに送って、そちらで抜けたらしい。写真が見たければ、送ってもらえる」

タオが通訳すると、ファイが頷いた。

また、写真に見入る。

ファイはしばらくして頷き、アイフォーンを桑島に返した。そしてタオに向かって話しはじめた。それをタオが同時通訳する。

ファイによると、この〝ジミー・ハワードのジッポー〟はやはり間違いなく〝本物〟だそうだ。おそらく一九六七年に、ジミー・ハワードという兵士がサイゴンの業者に注文したもので、それを持ってクアンチ省の戦地に赴いたのだろう。

文字や図柄、エングレービングに使われた機械の特徴から、このジッポーを彫った業者もわかる。

ダオ・バンナムという韓国人の業者で、現在のヤンシン市場の向かいに店を持ち、けっこう手広くやっていた。一般に、サイゴンの業者が彫ったものはクオリティも高い。当時、アメリカ兵はサイゴンに着くとまず自分のジッポーを作り、それをお守りがわりに各地の戦地に散っていったものだ。

このジッポーの銃弾の痕を見る限り、持ち主のジミー・ハワードという兵士は撃たれて死んだのだろう。しかも傷の大きさからすると、223口径の高速弾で撃たれたようだ。だとすればこのジミー・ハワードという兵士は、仲間の米兵に誤射されたか、殺された可能性がある——。

ファイの説明は、いちいち納得できることばかりだった。

だが、ジミー・ハワードが仲間の米兵に殺されたという話は、ショックだったが……。

桑島は、さらに訊いた。

「このジッポーがジミー・ハワードと一緒にクアンチ省に行ったとしたら、なぜ半世紀もしてからサイゴン……いや、ホーチミンに戻ってきて、ヤンシン市場で売られていたのでしょう。そのルートがわかりますか」

タオが通訳すると、ファイが頷いた。

「ベトナムの各地で見つかる古いジッポーが、ホーチミンに集まってくることは特に不思議ではないそうです。なぜなら、ベトナム・ジッポーの最大のマーケットは、ホーチミンにあるからです……」

タオはさらに、同時通訳してファイの言葉を桑島に伝えた。

戦争当時のベトナム・ジッポーは、いまも米軍キャンプがあった周辺や、各地の激戦地で発見される。元南ベトナム軍や北ベトナム軍の兵士が持っていたり、その家で見つかったり、時には兵士の白骨死体と共に発見されることもある。

そうしたベトナム・ジッポーは各地を回るバイヤーに買い取られる。

バイヤーはベトナム・ジッポー専業ではなく、主に農産物や工芸品の仕入れを本業とする商人で、片手間にベトナム・ジッポーも扱っている。人気のある商品なので、けっこう良い稼ぎになるからだ。そうやって地方を回って買い集めたベトナム・ジッポーを、ホーチミン市に立ち寄った時にファイの店や、ヤンシン市場で売っていく。

「そのようなバイヤーは、何人くらいいるんですか」

桑島が訊いた。

「いまはベトナム・ジッポーそのものが出なくなったので、バイヤーも少ないそうです。ファイさんが知る限り、五人か六人……」

タオが通訳した。

「その中の一人が、このジッポーをヤンシン市場のあの店に売ったということかな」

タオに訊かれて、ファイが頷く。

「そうです……」

桑島がさらに訊いた。

「そのバイヤーが誰だかわかりませんか」

ファイが首を傾げ、少し考える。そしてタオに、何かをいった。

「ファイさんは、こういっています。私は、そのジッポーを誰がヤンシン市場のあの店に売ったのかはわからない。しかし、調べることはできる。少し待ってほしい、と……」

「ありがとう。助かります。私はしばらくベトナムにいるので、待つことはだいじょうぶです」

桑島がいうと、自分のいったことが伝わったとわかったのか、ファイが笑顔で頷いた。

そして何かを思い出したように、店の奥に入っていった。

「ファイさんは、何だって?」

桑島がタオに訊いた。

「よくわからない。でも、何か、桑島さんが気に入るライターがあるといっていたけど……」

しばらくすると、ファイは奥のガラスケースの中から何かを探しだし、それを持ってまた店の外に出てきた。ベトナム・ジッポーだった。

桑島はその古いジッポーをファイから手渡され、驚いた。

なぜならそれは、〝ジミー・ハワードのジッポー〟そのものだったからだ。

表面に彫られている〝QUANG TRI VIETNAM 67-68〟という文字も、M113装甲兵員輸送車の絵も、その下の〝2/47 MECH BASTARDS〟も、すべて同じだ。違うのは裏面に彫られた持ち主の名前と、その下の詩のような奇妙な言葉だけだ。

このライターの持ち主の名前は、〝アル・エバンス(AL EVANS)〟になっていた。

その下には、詩のような奇妙な言葉が、こう書かれていた。

〈——I KNOW I'M GOING TO HEAVEN
BECAUSE I SPENT MY TIME IN HELL
VIETNAM——〉

〝俺は天国に行けるさ。なぜなら、地獄のベトナムで過してきたから〟

そんな意味になるのだろう。

ファイがこのジッポーに関して説明を付け加え、それをタオが訳した。

「このジッポーの持ち主も、ジミー・ハワードと同じ小隊の仲間だったかもしれないそうです。なぜなら、当時の四七歩兵連隊でクアンチ省に派遣された小隊は、ごく僅かのはずだから……」

「このジッポーも、〝ジミー・ハワードのジッポー〟と同じ店で作ったのかな?」

桑島が訊いた。ファイが、すぐに答えた。

「同じだそうです。当時のサイゴンのダオ・バンナムの店で彫ったものだろうといっています。やはり、ケサン基地の周辺を回っているバイヤーから仕入れたそうです」

「このジッポーは、いくらですか？」

桑島はファイに直接、英語でそう訊いた。ファイが笑いながら、やはり英語で答えた。

「一〇〇ドル！」

相場よりも遥かに高いが、それは情報提供料も含めてという意味だろう。

「わかりました。一〇〇ドルで買いましょう」

桑島は財布の中から、二〇ドル札を五枚出してファイに渡した。


その夜はドンコイ広場の安い食堂で食事をし、またバーで少し飲んで、早目にホテルの部屋に戻った。

タオは部屋には寄らず、そのままバイクで家に帰っていった。

だが、明日からは週末だ。土曜日は社に出なければならないが、日曜日はまた休みなので、仕事が終わったらホテルに来るという。

桑島はホテルの部屋に戻り、成田空港の免税店で買ってきたマッカランをちびちび舐めながら、ファイの店で手に入れたベトナム・ジッポーを眺めて過した。

このアル・エバンスという兵士は、ジミー・ハワードと同じ小隊の仲間だったのだろうか。一九六八年一月二二日のあの日、同じ作戦行動の場にいたのだろうか。

彼は、生きているのだろうか。それとも、やはりベトナムで死んだのか……。

桑島は思い立って、アメリカのジェイソン・ホナーにメールを打った。


〈――ハイ、ジェイソン。

今日はいくつか、興味深い情報が手に入った。

ひとつは例のジミー・ハワードのジッポーに関してだ。あのジッポーは1967年当時、サイゴンのダオ・バンナムという韓国人の店で彫られたものらしい。そのジッポーがジミーと共にクアンチ省に行き、半世紀を経てまたホーチミン市に帰ってきたことになる。そのルートも、間もなくわかるだろう。

もうひとつは、今日ホーチミンの店で買った写真のベトナム・ジッポーだ。店主によると、このライターの持ち主のアル・エバンスという兵士も、ジミーと同じ小隊の仲間だった可能性があるとのこと。

ヨウスケ・クワシマ――〉

桑島はこのメール文にファイの店で買ったジッポーの写真を添付して、ジェイソン・ホナーに送信した。

眠くなった。

ジェイソンからの返信を待つ間に、眠りに落ちた。

翌日は雨だった。

ホテルで朝食を食べ、一日中、パソコンで原稿を書いて過ごした。

たまには、こんな日があってもいい。午前中に一度、メールをチェックすると、ジェイソン・ホナーからの返信が入っていた。

〈――ハイ、ヨウスケ。

ベトナム旅行を楽しんでいるかな？

貴重な情報をありがとう。もしあのジミー・ハワードのジッポーが発見された場所がわかれば、調査は一気に進展するだろう。

実はあのジッポーのインサイドユニットを開けたところ、中から小さなメモが出てきた。そのメモに、手書きの地図のようなものが描かれ、〝×〟印が打たれていた。その〝×〟印の位置を実際の地図で確認したものがあるので、このメールに添付しておく。

あなたが新しく見つけたジッポーも、非常に興味深い。私も、ジミー・ハワードと同じ小隊の仲間のものだった可能性はあると思う。ジッポーに彫られたアル・エバンスという兵士に関しては、こちらで調べてみる。

では、良い旅を。

ジェイソン・ホナー――〉

桑島は、メールに添付されている地図を見た。

画像は、二つあった。

一つは、おそらくベトナム戦争当時の古い地図だ。等高線が入り、右側に〝Khesanh C〟(ケサン・キャンプ)の文字と〝◎〟の印が入っている。左下の隅に〝881H〟(八八一高地)の文字と〝△〟印。そのほぼ中間地点より少し上に、手書きで〝×〟印が入っている。

この〝×〟は、何を意味するのか……。

もう一つは、もっと縮尺の大きなクアンチ省全体の地図だ。これにもケサン・キャンプや〝881H〟の文字が書き込まれているところをみると、古い地図だろう。さらに東側の海岸線のバクボ湾、西のラオスとの国境線も入っているので、全体の位置関係がわかりやすい。

なぜこの地図を記したメモがジッポーの中から出てきたのか事情が呑み込めないが、この〝×〟印のある場所で何かが起きたということなのか……。

桑島は、ジェイソンに返信した。

〈――ひとつ質問がある。

この地図に書き込まれた〝×〟印は、何を意味するのですか？

それがわかれば、こちらで何か調べられるかもしれない――〉

メールを送り、時計を見た。

いま、一一時半……。

アメリカのジョージア州はいま、午後一一時半だ。しばらく返事はないだろう。

桑島はまた、原稿を書きはじめた。

昼食は近くの『フォー24』で軽くすませ、午後も原稿を書いた。思っていた以上に仕事がはかどる。こうしてベトナムのホテルで原稿を書いて東京の出版社に送るという生活も、悪くはないかもしれない。

午後五時を過ぎてしばらくしたころ、タオからメールが入った。

〈――仕事終わりました。いまからホテルに行きます――〉

メールが来てから一五分もしないうちに、ドアをノックする音が聞こえた。

ドアを開けると、濡れた髪のタオが抱きついてきた。

「どうしたんだ？」

桑島が訊いた。

「途中でスコールに遭いました。でも、だいじょうぶ。一昨日、着替えも持ってきたから。シャワー浴びます……」

タオが照れたように笑いながら、バスルームに飛び込んだ。

夜はホテルの近くで安いベトナム料理のレストランを探した。

ベトナム料理は、いくら食べても食べ飽きない。食費を切り詰めれば、それだけ長くベトナムにいることができる。

食事をしながら、桑島はタオに、ジェイソン・ホナーがメールで送ってきた地図を見せた。

「この場所が、わかる？」

「はい、わかります。ケサン・キャンプの近く……。有名な〝ケサンの戦い〟や、〝テト攻勢〟の激戦地です……」

「そうらしい。この地図をメモした紙が、あのジミー・ハワードのジッポーのインサイドユニットの中から出てきたそうなんだ。おそらく、彼が何かを伝えようとしたんだろうね……」

「どういうこと？　私、よくわからない。ジミー・ハワードが、ここで死んだということですか？」

桑島も、最初はその可能性を考えた。

「だとしたら、ジミー・ハワードは自分の死に場所を予知したことになる。それはおかしいよね……」

「そうですね。変です……」

タオも、納得がいかない様子だった。

その時、タオのスマートフォンに電話が入った。

タオが、ディスプレイを見る。

「誰から？」

「昨日の、ファイさんからです。電話に出てきます」

タオがそういって、席を立った。

何か、わかったのだろうか……。

五分ほどして、タオが戻ってきた。

「ファイさんは、何だって？」

桑島が訊いた。

「昨日のこと。あのジミー・ハワードのジッポーをヤンシン市場で売ったバイヤーが、わかりました。来週末に、ファイさんの店に来るそうです」

タオがうれしそうにいった。


次の週末までの数日間が、待ち遠しかった。

日中は一人で原稿を書いたり、街を当てもなくぶらついて過した。

夕方になると仕事を終えたタオがホテルに立ち寄り、一緒に食事をし、二日に一度は泊まっていく。

ベトナムの時間は、日本よりもどこかゆったりと流れていくような錯覚がある。おかげで、仕事ははかどるのだが。

だが、そのベトナムにも新型コロナウイルスの魔の手は確実に忍び寄っていた。

――3月10日、日本政府は新型コロナウイルスの感染拡大を「歴史的緊急事態」に指定。同日、感染の広まるイタリア全土で移動制限が始まる――。

――3月11日、WHOは新型コロナウイルスの流行を初めて「パンデミックといえる」と認めた。同日、イタリアでの感染者が初めて1万人を超えた――。

それでもベトナム人は鷹揚だ。自分たちはコロナウイルスとは無関係とばかりに、悠然と普段の生活を続けている。

ある日、いつものように混み合うレストランで夕食を楽しみながら、桑島はタオに訊いてみた。

「ベトナム人は、なぜ新型コロナウイルスを怖れないんだろう」

するとタオは、こう説明した。

「ベトナム人は、コロナウイルスに感染するのは中国人やイタリア人だけだと思っています。もし感染しても、自分たちは毎日必ず蓮茶を飲んでいるので、死んだりはしないだろうと……」

そういわれると、自分もベトナムにいれば安全だと思えてくるから不思議だ。

三月一四日の土曜日、グエン・ホアという男がファイの店にやってきた。

ベトナムでは五人に二人が〝グエン〟という姓だ。あまり人相の良くない四十代くらいの男で、枯葉剤の影響なのか右足が不自由だった。

ドンコイ広場のベンチに座り、グエンはまずこんなことをいった。

「俺はアメリカ人は嫌いだ。だが、日本人は好きだ。何でも訊いてくれ」

そういった後で、情報提供料を要求された。結局、桑島は二〇ドル札を二枚、その男に支払った。

「ファイさんから聞いている。このジッポーに、見覚えはあるか？」

桑島がアイフォーンに〝ジミー・ハワードのジッポー〟を表示し、タオが通訳した。

グエンが頷き、何かをいった。

「去年の四月に自分がクアンチ省に行った時に、フォンフォア県のある村で仕入れて、ヤンシン市場で売った物だそうです……」

グエンの本業は、ベトナムの少数民族が作る民芸品のバイヤーだ。全国の少数民族の村を回って民芸品を仕入れ、それをホーチミン市の市場や土産物屋に卸す。

このベトナム・ジッポーはクアンチ省フォンフォア県を回っている時に、現地のタオイ族の村で買った。それを、五月にホーチミン市に戻った時に、他のライターと共にヤンシン市場で売ったという。

タオがこれに、説明を加えた。

「フォンフォア県というのは、クアンチ省でも内陸の北部の方です。ベトナム戦争当時は、軍事境界線で分断されていました。米軍のケサン基地も、フォンフォア県の東の方にありました……」

やはり、そうか……。

桑島は、グエンに訊いた。

「そのタオイ族の村人は、このジッポーをどこで見つけたかいっていなかったか」

タオが通訳し、グエンが答えた。

「村の近くの畑で、拾ったそうです。以前にも、同じようなライターを拾ったことがあるそうです……」

「それは、このライター?」

桑島はそういって、ポケットの中から先週ファイから買った〝アル・エバンスのジッポー〟を取り出して見せた。グエンが頷く。

「それも、同じタオイ族の村で買ったものだそうです。自分が買ってきて、ファイさんに売ったといっています……」

「そのタオイ族の村はどこにあるんだ？」

「昔のケサン基地から二五キロほど北西にあります」

まさか……。

「もしかしてそのタオイ族の村というのは、このあたりにあるのかな」

桑島はそういって、アイフォーンにジェイソン・ホナーが送ってきた地図の写真を表示し、それを見せた。

グエンが地図を見て、頷いた。

「そうです。タオイ族の村は、この〝×〟印のところにあるそうです……」

それで〝×〟印の意味がわかった。おそらくジミー・ハワードは、そのタオイ族の村の場所を教えたかったに違いない。

だとしたら、何のために……。

「グエンに訊いてくれ。また、そのタオイ族の村に行くことがあるか、と……」

「わかりました。訊いてみます……」

タオが、通訳した。グエンはなぜか機嫌が良く、何かを饒舌に話している。だが、逆にタオの表情は険しい。

グエンが話し終えるのを待って、タオが説明する。

「そのタオイ族の村には年に二回、四月と一〇月に仕入れに行くそうです。彼は、来月またその村に行きます。車で行くので、二人を連れていってもいいといっています……」

「それはありがたいが……」

桑島がいうと、タオが溜息をついた。

「でも彼は、それにはお金が掛かるといっています」

「幾らだって？」

「一人、八〇〇ドル。二人なら、一五〇〇ドルでいいと。でも、私はやめた方がいいと思います……」

タオがいった。


その日の夜も、タオはホテルの桑島の部屋に泊まっていった。

翌日は仕事が休みだったので、食事の後、最近はすっかり馴染みになったいつものバーで少し飲んだ。

新型コロナウイルスの影響で街に外国人のバックパッカーがほとんどいなくなったせいか、バーは閑古鳥が鳴いたように静かだった。

桑島はいつものスコッチのソーダ割、タオはカクテルを飲みながら、昼間のグエンという男とタオイ族の村の話になった。

「私は、絶対にやめた方がいいと思います……」

タオは何とか桑島がタオイ族の村に行くのを止めようとしている。

「しかし、あのグエンという男のいうのももっともだ。車で現地まで連れていってもらえるのなら、そのくらいの金額は仕方ないだろう」

結局、グエンとは値段交渉して、桑島一人ならば六〇〇ドルでいいということで話がついた。

クアンチ省の奥地のタオイ族の村まで行くのなら、帰りはドンハあたりから鉄道でホーチミンに戻るとしても、三日か四日は掛かる。タオには仕事があるので、無理だ。もっとも、桑島は最初から、一人で行くつもりだったのだが。

「お金の問題だけじゃありません。洋介さん一人だったら、言葉もわからないでしょう。それにクアンチ省のフォンフォア県のあたりは危険です。ラオスとの国境の近くには、いまでも盗賊が出ます……」

「だいじょうぶだよ。何年か前に盗賊が出たという話は聞いたけど、最近はそんなことはないだろう。それに僕は、一人で世界中を旅してきたんだ。言葉が話せなくても、何とかなるさ……」

「だめです。洋介さん一人で行かせられない。もし行くなら、私も行きます」

タオは頑として譲らない。困ったものだ。

「わかった。グエンの電話番号は聞いてある。少し、考えてみるよ……」

結局、この場は桑島の方が折れるしか仕方なかった。

部屋に帰り、タオが眠ってしまっても、桑島はなかなか寝付けなかった。

仕方なくベッドをそっと抜け出し、パソコンを開き、アメリカのジェイソン・ホナーにメールを一本送ることにした。

〈――ハイ、ジェイソン。

そちらは何か動きがあったかい？

こちらは今日、とても興味深い情報を入手した。ついにあのジミー・ハワードのジッポーがヤンシン市場に売られたルートが判明したんだ。

あのジッポーは昨年、２０１９年の４月にグエン・ホアという民芸品のバイヤーの男がクアンチ省フォンフォア県のタオイ族の村で買い取り、５月にホーチミンに戻ってきて、ヤンシン市場で売ったものだった。それを私が、たまたま7月にホーチミン市に行った時に買ったんだ。

そのタオイ族の村の場所もわかったよ。何と、君が送ってくれたあの古い地図の〝×〟印の位置とぴったり一致した！

４月になったら、グエンはまたそのタオイ族の村に民芸品の仕入れに行くといっている。その村に行けば、ジミー・ハワードのジッポーが発見された経緯もわかるかもしれない。

私もグエンと一緒に、タオイ族の村に行こうかと思っている。

君の考えを聞かせてほしい。

ヨウスケ・クワシマ――〉

桑島はパソコンを閉じ、タオの温もりのあるベッドの中に潜り込んだ。

二〇二〇年三月　ジョージア州コロンバス

新型コロナウイルスのパンデミックは、アメリカでも深刻だった。

――2月には日本に帰港したイギリス船籍のクルーズ船内で、大規模なクラスターが発生した――。

――3月8日には、感染の広がるニューヨーク州が非常事態宣言を発令――。

――翌9日には非常事態宣言が各地に拡大。米陸軍、韓国、イタリアとアメリカ本国間の移動禁止――。

――10日、ニューヨーク株式市場が過去最大の1日2000ドル超の下落、一時売買の自動停止――。

――11日、イタリアの感染者が一万人を超える。さらに主都ワシントンで、非常事態宣言を発令――。

――12日、アメリカの研究者が、致死率はインフルエンザより遥かに高いと証言――。

――13日、アメリカはEUからの一時入国停止を発表――。

当初、ニューヨークなどの大都市圏で感染が広がる新型コロナウイルスは、ジョージア州の片田舎の基地の町に住む者にとって、対岸の火事にすぎなかった。

だが、ここ数日は、その脅威が忍び寄るように、足音が聞こえはじめていた。

ジェイソン・ホナーはそのような状況の中で、軍務の合間に少しずつ〝ジミー・ハワードのジッポー〟の調査を進めていた。

まず上院議員のロバート・コリンズ、大物投資家のダン・ムーア、そしてベトナムのハノイに住むイエズス会の宣教師のセサル・ロドリゲスに手紙を送った。クリスマスカード以外で紙の手紙を送るのは、本当に久し振りだった。当然ながら、返事が来ることはまったく期待できないのだが。

それよりも、ベトナムのホーチミン市に行っているヨウスケ・クワシマという日本人の動きの方が楽しみだった。

彼にはまだ、会ったことはない。顔も知らない。だが、いざという時の日本人の無償の行動力は、敬服に価する。

先週、ヨウスケがメールで送ってきたもうひとつのジッポーの写真も、非常に興味深かった。ジッポーに名前を刻んだ〝アル・エバンス〟に関しても、第四七歩兵連隊のエイミー・キャメロンの協力である程度は特定できている。

当時の〝2/47〟でアル・エバンスに該当するのはアルフレッド・エバンス一人だけだった。

〈――アルフレッド・エバンス（ALFRED EVANS）
1949年5月11日、ミシシッピ州リッジランド生まれ。1967年4月、フォート・ベニングで第47歩兵連隊第2大隊に入隊。同年9月に第32中隊第26小隊に配属されてベトナムに派遣。1968年1月22日、作戦行動中に行方不明――〉

ジミー・ハワードとまったく同じだ。行方不明になった日付は、一九六八年一月二二日。詳細は〝作戦行動中に行方不明〟となっているだけで、その他の理由や場所に関しては何も書かれていない。

どうやらジミー・ハワードやこのアル・エバンスが行方不明になった件に関して、何か知られてはまずい事情があるようだ。その事情を闇に葬ろうとした人間がアレックス・ケリー、トム・ベイリー、ライアン・デイビス、そしてアライア・ウィリアムスを殺し、ジェイソンの命も狙った。

おそらく第四七歩兵連隊のサーバーと資料室の中から、第二六小隊のファイルを抜き取ったのもそいつだろう。そのようなことができるとするならば、その男は第四七歩兵連隊にかなり影響力を持つ人間か、内部関係者——かつて内部にいた者——である可能性が高い。いずれにしても、一九六八年当時に第二六小隊にいた生存者は、現在、全員が退役軍人になっている。第四七歩兵連隊には、一人も残っていない。

三月一四日、ホーチミンのヨウスケからまたメールが来た。

メールを読むうちに、ジェイソンは自分の体が震えてくるのがわかった。

何てこった……！！！

ヨウスケは、いまジェイソンの手の中にあるこの〝ジミー・ハワードのジッポー〟が発見された場所をほぼ特定したという。

〈——あのジッポーは昨年、2019年の4月にグエン・ホアという民芸品のバイヤーの男がクアンチ省フォンフォア県のタオイ族の村で買い取り、5月にホーチミンに戻ってき

て、ヤンシン市場で売ったものだった――〉

さらにヨウスケは、こういっている。

〈――そのタオイ族の村の場所もわかったよ。何と、君が送ってくれたあの古い地図の〝×〟印の位置とぴったり一致した！――〉

やっと、一連の事件の突破口が見えてきたような気がした。

しかもヨウスケは、四月になったら自分もそのタオイ族の村に行ってみようかと思っているといっているのだ。

もしそのタオイ族の村に行ったら、何が起こるのだろう。おそらく、劇的な結末が待ち受けているに違いない。

ジェイソンはすぐに、返信のメールを打った。

〈――ハイ、ヨウスケ。

素晴しい情報をありがとう。

何と、あのジミー・ハワードのジッポーの出処《でどころ》が判明するとは！

そのタオイ族の村の場所が、あのジッポーから出てきた地図の〝×〟印の位置と一致するとは！

私はいま、非常に興奮している。

もしあなたがそのタオイ族の村に行くというのなら、感謝したい。しかし、私の個人的な意見としては、一人で行くのは避けた方がいいと思う。

なぜなら、第一に、安全の面で問題がある。かつてのケサン・キャンプ周辺の現状についていま私は詳細な情報を把握していないが、少なくとも言葉のわからない旅行者が一人で立ち入るべき場所ではないことだけは確かだろう。

第二に、もしその場で何か決定的な証拠が出てきた場合に、それを正しく分析し、持ち帰るための専門知識を持つ者の同行が必要になるだろう。私はあなたのことを信用しているが、もしもの時のために、万全を期すべきだと思う。

事情が許せば、私もベトナムのクアンチ省に同行したい。もう少し、結論を出すのを待ってほしい。

ジェイソン・ホナー――〉

ジェイソンはメールを送信した後で、溜息をついた。

事情が許せば自分も同行したいとはいったが、この新型コロナウイルスの世界的なパンデミックの中でどのようにしてベトナムに行けばいいのか。現状では絶望的だ。

だが、ハノイにいるかもしれないセサル・ロドリゲスという宣教師の件もある。もし〝ジミー・ハワードのジッポー〟の一件を解明しようとするなら、一度はベトナムに行かなければならないことは事実なのだが……。

ジェイソンは、パソコンを閉じようとした時に、もう一本メールが入っていることに気がついた。

いま着信したばかりらしい。知らないメールアドレスからだった。

誰だろう……。

メールアドレスを見なおして、腰を抜かすほど驚いた。

何てこった！

ロバート・コリンズ上院議員の事務所からのメールだった。

翌週、ジェイソンはアトランタの議員事務所まで行き、ロバート・コリンズに会った。

コリンズには、前にも一度、フォート・ベニングに第七五レンジャー連隊の視察に来た時に会ったことがある。

いや、正確には、見たことがあるというべきか。ジェイソンは他の大勢の隊員と共に講堂に並び、壇上のコリンズの演説に耳を傾けていただけだ。

その時はまさか、自分がやがてコリンズと一対一で話をすることがあるとは、夢にも思わなかったが。

対面にはコリンズの秘書が一人と、ボディーガードが二人同席する。ジェイソンに与えられた時間は僅か二〇分。だがこの条件は、他の陳情者と比べればけっして悪くない。

ロバート・コリンズは今年七六歳になるとは思えないほど若々しい男だった。立振舞が颯爽としていて、スーツの着こなしにも隙がない。

だが近くで見ると、顔のあちらこちらに整形手術の傷があり、額の生え際には植毛の跡が目立った。自然に歳をとることが許されない上院議員という仕事も、大変だ。

コリンズはまずジェイソンと握手をし、面談用のソファーに座るように勧めた。その上で、いきなりこう切り出した。

「それで、ベトナムの第四七歩兵連隊のことだったね。君のあの手紙を読んだ時には驚いたよ……」

「突然、あのような手紙を出して申し訳ありません。ベトナムで、当時の第三二中隊第二六小隊にいたジミー・ハワード二等軍曹のジッポーが見つかったものですから。これです……」

ジェイソンはそういって、タブレットに入れてある〝ジミー・ハワードのジッポー〟の写真を見せた。

コリンズは写真を一瞥し、こういった。

「なるほど。しかし、ベトナム・ジッポーなど特に珍しくはないだろう。あのころの兵士は、みんなひとつや二つは持っていた。私もだ」

「確かに。しかしこのジッポーは、ここに米軍の223口径で撃たれた傷が付いています。しかも持ち主であるジミー・ハワードは、行方不明になっている。これは、国が調査する必要があるということです」

ベトナム戦争時、アメリカ軍のＭＩＡ（作戦行動中行方不明兵）は約二〇〇〇名。その大半は、二一世紀になったいまも発見されていない。アメリカのＭＩＡの捜索は、永遠の懸案でもある。

「なるほど……。つまりそのベトナム・ジッポーを通じて、ＭＩＡの発見に繋がる可能性があるということかね」

コリンズが穏やかに訊いた。元軍人の上院議員であるコリンズがＭＩＡの発見に寄与したとなれば、次の選挙で恰好のセールスポイントとなることだろう。

「その可能性はあると思います。すでにこのジッポーが発見された場所も、ほぼ特定されています。上院議員は、ジミー・ハワードを覚えていらっしゃいますか？」

ジェイソンが訊くと、コリンズの目が落ち着きなく動いた。

「二六小隊にジミー・ハワードという兵士がいたことは、何となく覚えているよ。しかし、すでに五〇年以上も前の話だ。小隊のメンバーの名前はほとんど忘れてしまったし、いまは顔も思い出せない……」

コリンズの言葉が、揺らいでいる。

「それなら、一九六七年から六八年に掛けて、第二六小隊がクアンチ省のケサン基地にいたことは？」

「手紙でも読んだが、それは覚えているよ。小隊の機密作戦行動だったが、もう話してもかまわんだろう」

やはり、第二六小隊がケサン基地にいたことは〝機密〟だったのか。

「ジミー・ハワードは一九六八年の一月二二日に作戦行動中に行方不明になっています。上院議員は、その日のことを、覚えていませんか？」

「先程もいったが、当時のことは覚えていない。あのころは、何人もの兵士が戦死し、行方不明になったんだ。残念だが。他に、私が力になれることは？」

もう二〇分のタイムリミットが近付いている。

「最後に、ひとつだけ。私はこのジミー・ハワードというＭＩＡを捜索するために、ベトナムに行こうかと考えています。できれば、四月に。しかしこのコロナ禍では、民間のルートでベトナムに入ることは難しいでしょう。何か方法があれば、協力していただけませんか」

ジェイソンがいうと、コリンズは少し考えた。だが、意外なことに、こういった。

「わかった。国務省を通じて、ベトナム政府と交渉してみよう」

二〇分の時間を使い切り、ジェイソンは最後にまたコリンズと握手をし、事務所を出た。

自分の車まで歩く間に、大切なことを思い出した。

しまった！

アライア・ウィリアムスが殺されたあの日、コリンズが本当にライアン・デイビスと一緒だったのかどうかを訊くのを忘れた……。


エイミー・キャメロンは驚いていた。

ジェイソンが「コリンズ上院議員に会ってきた……」と話すと、笑ったままその表情が固まった。

「嘘でしょ……???」

二人は、いつものフォート・ベニングのバーでビールを飲んでいた。話があるといって呼び出したのは、ジェイソンだ。

「本当さ。今日、アトランタの彼の事務所に行って、いま帰ってきたところだ」

ジェイソンがいうと、エイミーは笑いながら、なかば呆れたように天井をあおいだ。

「信じられない。あなたがコリンズ上院議員と会うなら、私も行けばよかった。私、彼のファンなの。それで、彼はジミー・ハワードのことを何といっていた？」

ロバート・コリンズが整形手術と植毛の跡だらけだったということは、エイミーにはいわないでおくことにした。

「ジミー・ハワードのことは、何となく覚えているそうだ。しかし記憶が曖昧で、顔と名前が一致しないらしい。それに、ジミー・ハワードが行方不明になった一九六八年一月二二日のことも、あまりよくは覚えていないらしい……」

「そう……。半世紀以上も前のことなんだから、仕方ないわね。人間の記憶なんて、あてにならないものだから……」

確かに人間の記憶など、あてにならないものだ。

だが、逆にいえば、複数の仲間が行方不明になったような〝特別な日〟に関しては、忘れようと思っても忘れられないものなのだが……。

「しかしコリンズは、第二六小隊がケサン基地にいたことは認めたよ。当時は機密だったらしいが、もう話してもかまわないだろうといってね」

つまり、第二六小隊のメンバーが戦後になっても何人も不審死を遂げたことは、彼らがクアンチ省に派遣されていたことが理由ではないということになる。

「アルフレッド・エバンスやライアン・デイビスのことは？」

アル・エバンスの件を調べたのは、エイミーだ。

「コリンズ上院議員は、忙しい人だ。たった二〇分の時間の中で、すべてを訊くのは無理だよ……」

「そうね。それはわかるわ……」

「しかし、こんなことを約束してくれた。俺がＭＩＡの捜索を理由にベトナムに行くなら、国務省を通じて協力するとね……」

ジェイソンは、これまでの経過をエイミーに説明した。

ベトナムに行っている日本人小説家のヨウスケ・クワシマが、〝ジミー・ハワードのジッポー〟がホーチミン市のヤンシン市場で売られるまでのルートを解明したこと。そのジッポーを扱ったグエン・ホアというベトナム人のバイヤーが、クアンチ省フォンフォア県の奥地にあるタオイ族の村で買ってきたこと。そのタオイ族の村の場所が、〝ジミー・ハワードのジッポー〟の中から出てきた地図の〝×〟印の位置と一致したこと――。

「つまり、そういうことなんだ。そのタオイ族の村に行けば、決定的な何かが出てくるかもしれない。できれば来月、そこに行きたいと彼に話したんだ。そうしたらコリンズ上院議員は、全面的にバックアップするといってくれた……」

エイミーは驚いたように、ジェイソンの話に聞き入っていた。

「素晴しいわ。本当なら、私も行きたいけれども……」

「いや、君はやめた方がいい。君には子供もいるし、現地が安全かどうかもわからない。もし実現するなら、俺とヨウスケの二人で行ってくるよ」

ヨウスケ・クワシマは日本人、しかも民間人だ。本来ならばＭＩＡの捜索に同行させるべきではないのかもしれないが。

だが、アメリカ政府が介入したのであなたは行くなといっても、ヨウスケは納得しないだろう。

「わかったわ。私はあなたが行けるようになることを祈っている。そして、今回のことが解決することも。それしかできないけれど、今日はせめてビールを一杯、奢らせて」

「わかった。ありがたくご馳走になるよ」

エイミーが席を立ってカウンターに行き、バドワイザーを二本買って戻ってきた。

「ジミー・ハワードに」

「そして、アライア・ウィリアムスに」

二人はそういって、ボトルを合わせた。

二〇二〇年四月　ベトナム

話はとんとん拍子で進んだ。

ジェイソンがロバート・コリンズ上院議員と会った四日後には彼の秘書から「国務省と調整が付いた……」と連絡があった。

航空機や政府公用ビザは、すべて国務省が準備する。ベトナムでは、在ホーチミン総領事館が窓口になり、専門のスタッフが補助に付き、現地まで同行する。

問題が、ひとつ。行方不明になっているジミー・ハワードは第四七歩兵連隊の兵士なので、同じ連隊のオブザーバーが必要になるとのこと。

ジェイソンは当初、これをエイミー・キャメロンに頼もうかと考えた。彼女とはこの件を通じて気心が知れているし、現地で総領事館のスタッフが付くなら安全は保障されるだろう。

話を持ち掛けてみたが、やはり彼女は断わった。エイミーには子供が二人いるし、一週間以上も家を空けることは無理だ。それにベトナムでの安全が保障されても、新型コロナウイルスの脅威がなくなるわけではないからだ。

そのかわりにエイミーは、第四七歩兵連隊の総務部室長、マシュー・トンプソン大佐に話を繋いでくれた。トンプソンは亡くなったアライア・ウィリアムスから〝ジミー・ハワードのジッポー〟の件についてすでに話を聞いているし、連隊内のＭＩＡに関しても直接の担当責任者に当る。

ジェイソンはエイミーに紹介され、連隊の総務部でトンプソンに会った。トンプソンは一日か二日時間がほしいが、前向きに考えるといってくれた。なぜなら、国務省の方からも、すでにこの件に関して問い合わせが来ているらしい。

翌日、トンプソン大佐からジェイソンに返事があった。自分も、ベトナムに同行するという。

ただしトンプソンが行くのは、ホーチミン市の総領事館までだ。現地でベトナムのスタッフに引き継ぎをして、自分は他のＭＩＡの情報収集を行うという。

ベトナムまで行って現場に立ち会わないというのも奇妙な話だが、ジェイソンとしてはそれでかまわなかった。現地では、できるだけ自由に行動できた方がやりやすい。

いずれにしても今回は、第一次の予備調査が目的だ。もし現地で決定的な〝何か〟が発見されれば、アメリカ政府は改めてベトナム側と交渉し、本格的な調査団を送り込むことになるだろう。

四月二日、ジェイソン・ホナーはマシュー・トンプソンと共に軍用機でカリフォルニア州のエドワーズ空軍基地に向かい、その日の夜にフィリピンのクラーク空軍基地に向かう便に乗り換えた。三日の深夜フィリピンに着き、マニラに移動。翌朝のフィリピン航空の便で、ホーチミンに飛んだ。

丸二日、一緒にいただけで、ジェイソンはトンプソン大佐とすっかり打ち解けていた。歳は一〇歳近く離れているし、軍の階級もかなり上だが、トンプソンはあまり偉ぶったところのない男だった。

飛行機での移動中に、ジェイソンはこれまでの経緯について詳しく説明した。〝ジミー・ハワードのジッポー〟に付いていた223口径の銃弾の痕や、中から出てきたメモのことを話すと、トンプソンは驚きを隠さなかった。

四月四日の午後、二人は予定どおりホーチミンのタンソンニャット空港に着いた。空港は閑散として、ほとんど人影もない。

すでに新型コロナウイルスのパンデミックは、一カ月前とは比較にならないほど深刻化していた。

――4月1日、COVID―19の感染者が、世界で75万人を超えた。イタリアでは、死者が1万2000人超。アメリカでも大都市圏を中心に日ごとに感染が広がり、トランプ大統領は「非常に厳しい二週間になる……」と危機感を表明――。

――2日にはテニスのウィンブルドン選手権の中止が決定。ロシアがアメリカに対し医療支援物資を発送。そのアメリカでは、感染者の数がついに二〇万人を超えた――。

――4月3日には米海軍の乗組員が感染した空母の艦長が解任。ニューヨーク州知事が「人工呼吸器があと6日分しかない」と公表した――。

それでもベトナムへの入国は、特に手間取ることはなかった。

ジェイソンとトンプソンは政府の公用ビザを持っていたし、空港のイミグレーションには総領事館の担当官が待機してくれていた。通常のベトナムへの入国と違いがあるとするならば、最近の健康状態の問診票を提出させられたことと、体温を測られたこと。その他には室内や公共施設内でのマスク着用を求められたことくらいだった。

総領事館の担当官は、パトリック・モンゴメリという若い男だった。

背はあまり高くないが、髪を短く刈り込み、ポロシャツの下の筋肉はかなり鍛え上げられている。何らかの戦闘訓練は受けていそうだが、軍隊ではない。おそらく、〝カンパニー〟（ＣＩＡ）の人間だろう。

アメリカの国務省が各国の大使館、領事館にカンパニーのエージェントを置いていることは、もはや世界の暗黙の常識だ。特にＭＩＡの捜索というようなデリケートな問題には、間違いなく〝カンパニー〟が絡んでくるものと考えていた方がいい。

だが、ジェイソンにとってみれば、パトリック・モンゴメリが数日間一緒に過す相手として不愉快な人間でさえなければ、それで十分だった。

ジェイソンはトンプソンと共に迎えの車に乗り込み、やっと窮屈なマスクを外した。

そしてポケットからアイフォーンを出し、ヨウスケ・クワシマに電話を入れた。

桑島洋介は、アメリカの第七五レンジャー連隊のジェイソン・ホナーから、「四月四日の午後にホーチミンに着く……」という連絡を受けていた。

最初は、信じられなかった。

今回の一件はアメリカの国務省の協力を得て、ジェイソンの他に第四七歩兵連隊の大佐と、ホーチミンのアメリカ総領事館の担当官も合流することになるという。

今回の遠征はあくまでも予備調査だと聞かされているが、それでも桑島は、自分が気紛れで買ったベトナム・ジッポーの一件がこれほどの大騒ぎになったことが驚きだった。それはある意味で、光栄でもあった。

もしあの〝ジミー・ハワードのジッポー〟のために半世紀以上も前のベトナム戦争の行方不明者の問題が解決するとなれば、小説の題材になるという以上に素晴しいことではないか。

そう思っていたところに、アイフォーンに電話が掛かってきた。

電話を取った。

――ハイ、ヨウスケか?

俺だ。ジェイソン・ホナーだ――。

初めて電話で聞くジェイソンの声は低く、ゆったりとしていて、力強かった。

「ハイ、ジェイソン。ヨウスケだ。やっと話せたね。ベトナムに着いたのか?」

桑島が訊いた。

――本当に、やっと君の声を聞くことができた。いま、ホーチミンだ。車の中から電話を掛けている。第四七歩兵連隊のマシュー・トンプソン大佐も一緒だ。実はこれから、アメリカ総領事館でミーティングをやろうと思っている。君も参加できないか。もしできるなら、車でそこに迎えに行く――。

「もちろん、だいじょうぶだ」

桑島はそういって、自分のいるホテルの名前を告げた。そして、付け加えた。

「実はそのミーティングに、もう一人参加したいといっている者がいる。今回の件でベトナム側のコーディネーターを務めてくれたミス・ホアン・タオだ」

タオの存在は、ジェイソンにはすでにメールで伝えてある。

――もちろん歓迎だ。では、一五分後にホテルのロビーで――。

電話が切れた。

桑島はアイフォーンを置き、目の前にいるタオにいった。

「ジェイソン・ホナーがベトナムに着いた。これから、ミーティングだ。さあ、我々も出掛ける準備をしよう」

タオが、満足そうに頷いた。

アメリカ総領事館は、ホーチミンの中心部のベンタイン区（一区）にある。一九世紀に建てられたサイゴン聖母大聖堂や、中央郵便局に近い一画だ。

午後六時——。

総領事館の応接室でミーティングが開かれた。

出席者はアメリカ側が第七五レンジャー連隊のジェイソン・ホナー、第四七歩兵連隊のマシュー・トンプソン大佐、総領事館員のパトリック・モンゴメリの三人。これに桑島洋介とホアン・タオの二人を加えて計五人——。

まず最初に、簡単な自己紹介が行なわれた。

ジェイソン・ホナーはいかにも特殊部隊の隊員という風貌の男だった。身長は桑島と変わらない——おそらく一八〇センチくらい——だが、鍛え上げられたすばらしい筋肉を持っている。顔つきはいわゆる二枚目で、いまはTシャツにジーンズという軽装だが、スーツを着てもさぞ似合うことだろう。

マシュー・トンプソンも、別の意味で軍人らしい男だった。年齢は四十代の半ばくらいだろうか。背はあまり高くないが、広い肩幅と厚い胸板をしていた。顔つきは穏やかで常に笑顔を絶やさないが、米軍の迷彩服を着させたらさぞ様になることだろう。

もう一人のパトリック・モンゴメリという男は、何を考えているのかわからない男だった。やはり鍛え上げられた体をしているが、どちらかというとスポーツマン的な雰囲気を持っている。だが、外見とは逆に、口数は少なく、一切笑ったりはしない。

桑島とタオも、英語で自己紹介をした。三人は、桑島とタオに、素直に感謝の意を表わした。

まず最初に、今回の〝ジミー・ハワードのジッポー〟の一件について、ジェイソン・ホナーがひと通り説明した。ベトナムでの経緯については、タオが補足する。英語は桑島よりもタオの方が上手いので、その方がアメリカ側の三人もわかりやすいだろう。

事実確認が終わり、今後の日程に関する打ち合わせに移った。

「その案内人のベトナム人のバイヤーは、いつホーチミンを発つといっているんだ？」

ジェイソンが訊いた。これに、タオが答える。

「グエンですね。彼は、明後日の六日にホーチミンを発つといっています。昨日、電話で話しましたが、我々を現地まで案内することには同意しています。ただし、条件がひとつ……」

「条件とは？」

「彼は、アメリカ人を案内するなら三〇〇〇ドル払うようにといっています……」

三人が顔を見合わせた。そして、頷く。

「三〇〇〇ドル払うことはかまわない」トンプソンがいった。「だが、そのグエンという男は信用できるのかね。そもそも、その男がクアンチ省のタオイ族の村でジッポーを買ったという話自体もだ……」

「その男が信用できるかどうか、私にはわかりません。しかし、あのジミー・ハワードのジッポーをタオイ族の村で買ったというのは本当だと思います……」

タオがいった。それに、桑島が付け加えた。

「私も、本当だと思う。グエンには、嘘をつく理由はない。それに彼は、金を欲しがっている。前金に一〇〇〇ドル払い、現地に着いた時点で残りを払うといえば、騙されることはないだろう」

三人が頷いた。

「ともかく、現地まで行ってみなくてはどうにもならない。それで、日程は？」

ジェイソンが訊いた。

「はい……」

タオがスマートフォンのメモを見て説明する。

「明後日の早朝に車でホーチミンを発って、クイニョンで一泊。翌日の七日にクイニョンを発って、フェで一泊。現地のタオイ族の村に入るのは、早くても八日の午後になるそうです……」

三人がまた、顔を見合わせた。

「ずい分、時間が掛かるんだな……」

ジェイソンがいった。

「いや、仕方ない。ホーチミンからフェまでは、一〇〇〇キロ以上あるんだ。それにベトナムは、アメリカと違って道路事情がよくない」

モンゴメリが、初めて意見をいった。

「いっそのこと、我々だけでも飛行機でフェまで移動したらどうだ。向こうでレンタカーを借りればいい」

「いや、それは無理だ。最近のコロナ禍の影響で、我々外国人がベトナムの国内線に乗るのは難しくなっている。それにこの国のレンタカーのクオリティーは、まったく信用できない……」

モンゴメリがいった。

「仕方ない。我々も車でホーチミンを出てそのグエンという男の日程に合わせてついて行くしかないわけか……」

ジェイソンが溜息をついた。

「そういうことだ」

「まあ、私は現地には同行しないので行き方はどうでもかまわないが。それでもやはり、そのグエンという男と二台の車で目的地まで行った方が確実だと思うね……」

トンプソンがいった。

この時、桑島は、トンプソンが現地に行かないことを初めて知った。

「わかった。面倒だが全行程、車で行動しよう。車は、総領事館の方で用意する。それでいいかな」

「ＯＫだ。他の物資、着替えや飲み物、緊急時の食料などは明日中に車に積み込んでおく。ホテルも明後日のクイニョンとその翌日のフェはこちらで手配する。もちろん、ミスター・クワシマの分もだ。他には？」

モンゴメリが周囲を見渡した。

「銃はどうする。持っていけるのか？」

ジェイソンが訊いた。

「それは無理だ。ベトナムでは外交官は銃を持ち歩けない。特にアメリカ人はね」

当然だろう。

あのベトナム戦争以降、両国は国交を断絶していた。アメリカのクリントン大統領がベトナムに対する経済制裁の全面解除を発表したのは、戦争終結から一九年後の一九九四年二月三日。国交正常化に至ったのはさらに一年半後の一九九五年七月一一日だった。

以後、アメリカとベトナムは表向き友好国として両国関係を発展させているが、内面的には中国をはさみ、ぎくしゃくしていることに変わりはない。

「もう戦争が終わって五〇年以上が経っているんだ。いまのベトナムは、平和だよ。油断すれば身の回りの物が消えてしまったり飯代をボラれたりすることはあるかもしれないが、その程度だ」

トンプソンが笑いながらいった。

「わかった。銃はいらない。缶詰を開けるためにマルチツールくらいは持っていくが、そのくらいは許されるだろう？」

ジェイソンがいうと、トンプソンが笑った。

「他には、何かあるか？」

モンゴメリがいった。

「私からひとつ、いいですか？」

タオがいった。

「どうぞ」

「私も同行したいのですが……。私はこれまでも情報の収集にいろいろ貢献してきました。今回の案内人のグエン・ホアを見つけてきたのも、交渉しているのも私です。それに現地に行ったら、正確なベトナム語を話せる通訳が必要になると思います。私を連れていってくれたら、絶対に役に立ちます。約束します……」

桑島は、驚いた。

タオはこのミーティングに同席するだけで、現地には行かないということで納得していると思っていたのだが……。

「私は歓迎するよ。タオには行く権利がある。パット、どう思う?」

ジェイソンがそういって、モンゴメリに意見を求めた。

「まあ、君がそういうなら……。私も一応はベトナム語を話せるが、確かにベトナム人の通訳がいた方がいい……」

「よし、これで話は決まった。明後日、午前七時にこの総領事館に集合しよう。グエンにもそう伝えてくれ。以上だ」

ジェイソンがいった。


四月六日——。

桑島とタオは、ホテルから総領事館に向かった。

歩いてもせいぜい二〇分くらいの距離だ。七時少し前に、総領事館に着いた。パットはすでに路上に車を駐め、ジェイソンと二人で待っていた。

車は、白いサバーバン4WDだった。大型のSUVだ。車内は、リムジンのように広い。桑島とタオは、その荷台に自分たちの手荷物を積んだ。中にはペットボトルの水の入った巨大なアイスボックス、奇妙な機械、キャンプ用具、段ボール箱に入った着替えや日用品が大量に積まれていた。広いサバーバンの荷台は、それでもまだ十分に余裕があった。

運転はパットとジェイソンが交代で行なう。桑島とタオはよくエアコンの効いた車内の広い革張りのリアシートで、ゆったりと寛いでいればいい。快適な旅になりそうだった。

すべては、順調だった。たったひとつの問題を除いては……。

グエンが、現われない。タオが、朝七時に集合すると伝えていたのだが。電話をしても、つながらない。

グエンが来たのは、八時近くになってからだった。ベトナムでは、よくあることだ。グエンはポンコツのトラックの運転席から降りてくると悪びれもせずに前金の一〇〇〇ドルを要求し、それを受け取るとまたトラックに乗った。そして、ついてこいとばかりにクラクションを鳴らし、走り出した。

パットが運転するサバーバンもトンプソン大佐に見送られ、その後に続いた。

車は無数のバイクで渋滞するホーチミン市内を抜け、間もなく南北高速道路――CT・01――に入った。

CT・01は北端の首都ハノイから、中央部のドンハ、フエ、ダナンを経由し、ホーチミン市の南西のカントーまで全一九四一キロを縦断する高速道路だ。だが、二〇二〇年現在、完成しているのはその一五パーセントにすぎない。

片側三車線の近代的な高速道路は最初の五〇キロほどだけで、間もなく国道一号線――QL・1A――に合流する。後はこの昔ながらの国道を、フェまでひたすら北上するだけだ。

道が広い所でも片側二車線、ほとんどは片側一車線で、そこに地元の車や路線バス、中国製やロシア製の古い大型トラック、無数のバイクが無秩序に走っている。周囲には店や市場があり、その前に車が停まって道を塞いでいる。

路面は一応は舗装されているが、穴だらけだ。時には舗装を外れ、路肩の土の上を走ることもある。そんな時には、サバーバンが大きく揺れる。

荒れた道を、時速五〇キロほどの流れに乗って延々と走り続ける。前に遅い車がいて、やっとそれを抜いても、また遅い車に前を塞がれる。そんなことの繰り返しだ。

実のところ、一行を最も苛立たせているのは、前を走るグエンのポンコツトラックだった。おそらく三〇年以上は経っているロシア製のトラックだが、白い排気ガスを吹きながら走るその後ろ姿が目障りなことこの上ない。

しかもグエンは店があれば停まって甘いお茶を買ったり、タバコを吸ったり、ガソリンスタンドに寄ってエンジンオイルを補給したりするので、旅は遅々として進まない。

「この分じゃクイニョンに着くのは何時になるかわからないな……」

助手席のジェイソンが、あくびをした。

「だからいったろう。ベトナムは道路事情が悪い。いつも、こんなものだ」

運転席のパットは、黙々と大型のサバーバンを走らせている。

「飲み物は勝手に取って飲んでくれ。荷台のアイスボックスに手が届くだろう」

ジェイソンが振り返り、いった。

「ありがとう。もらうよ」

桑島は荷台に手を伸ばしてアイスボックスを開け、ミネラルウォーターのペットボトルを二本出し、一本をタオに渡した。

水を飲みながら、時計を見た。もう、ホーチミンを出てから二時間以上になる。だが、今日の行程の一〇分の一くらいしか進んでいない。

これでは本当に、クイニョンに何時に着けるかわからない。

快適なドライブを期待したが、どうやら見当外れだったようだ。


ムイネーの町を過ぎた後で、道は少し交通量が減り、距離を稼げた。

昼食は走る車の中で総領事館が用意してくれたサンドイッチとコーラですませた。どちらも、いただけない代物だった。

クイニョンに着いたのは、午後九時を回ったころだった。

ホテルにチェックインをすませ、近所で開いている食堂を探して夕食を摂った。その時にグエンを交えて軽い打ち合わせをした。

一日中、車に揺られていたので、体は泥のように疲れていた。あとはホテルに戻り、シャワーを浴びて一日の汗を流し、ベッドでひたすらに眠った。

二日目――。

朝六時に起きてホテルで朝食をすませ、すぐに出発した。

グエンとパットによると、今日の行程は昨日よりは楽だという。本当かどうかはわからないが。

道路は確かに、昨日よりは空いていた。道路の周辺には人家や店も少なく、時折見かける小さな村や町以外は延々とジャングルが続いている。時には右手に、海や漁村が見えることもあった。

「このあたりの森は、ベトナム戦争の時にみんな枯葉剤でなくなりました。いまも村人たちは、病気で苦しんでいます……」

桑島の横で、タオが小さな声でいった。

この日は時間に余裕があったので、途中の村に立ち寄り、食堂で昼食を食べた。その後も淡々と国道一号線を走り続け、夕方の五時にはフェに着くことができた。

フェはベトナム中部の内陸に位置する古都である。

一九世紀から二〇世紀にかけて栄えたベトナム王朝、阮《げん》朝の主都で、フランスの植民地時代にはスェウナ、シネアなどと呼ばれていた。街の中央を流れるフォン川を境に旧市街地と新市街地に分かれ、点在する歴史的建造物がユネスコの世界遺産に登録されている。またベトナム戦争時の激戦地としても知られ、旧市街地の建造物にはいまも無数の銃弾や砲弾の痕が残っている。

「一九六八年のテト攻勢の時に、フェは一月三一日から二月二四日までアメリカ軍と南ベトナム解放民族戦線……ベトコンが、戦闘を繰り広げました……。その時にベトコンが、二八〇〇人もの役人、警官、教師、学生を殺した……。それが有名なフェ虐殺です……」

車の中で、タオが説明してくれた。日本語なので、運転席と助手席の二人にはわからない。

ゆっくりとした速度で、車は市街地の中心部に入っていく。間もなく目の前に、阮朝時代の壮大な皇宮が見えてきた。

ホテルは新市街地にあるいわゆるコロニアル・ホテルだった。建物は古いが、優雅で、美しい。

桑島にとってフェは、一度は来てみたかった憧憬の地でもあった。

こんな旅ではなく、タオと二人で観光で訪れたとしたら、きっとすばらしい思い出になったことだろう。

時間に余裕があったので、この日は少し上等な店で夕食を楽しむことができた。

現地では有名なレストランを予約し、ここで四人でバインベオやバインボーロック（かつての王宮料理）、ネムルイ（豚肉のつくね）、ブンボーフェ（牛肉麺）などのフェの名物料理をワインと共に味わった。

だが、アメリカ人の二人は、フェの料理があまり好みではないようだった。特にジェイソンは、街にピザハットもマックダーナルズもないことをしきりにぼやいていた。グエンも誘ったのだが、夜は皆とは別に過したかったようだ。もしかしたら、フェに愛人でもいるのかもしれない。少し洒落たシャツを着込み、一人で街に消えた。

食事を終えて部屋に戻ると、しばらくして内線の電話が鳴った。

桑島は、受話器を取った。ジェイソンからだった。

――ハイ、ヨウスケ。調子はどうだい――。

「ああ、上々だよ。何か、用か？」

――実は、ちょっと飲み足りない。これからホテルのバーで、一杯やらないか――。

「皆で？」

桑島が訊いた。

――いや、できれば俺と、君の二人で。少し、話がしたい――。
考えてみればこの旅が始まるまでに、二人だけで話したことは一度もなかった。
「わかった。行くよ」
――それじゃあ、ホテルのバーで待っている――。
電話を切った。
タオは、シャワーを浴びている。桑島はデスクの上のメモ用紙に、メモを書いた。

〈――ジェイソンと二人で話がある。
このホテルのバーにいる。先に寝ててくれ。
洋介――〉

メモをベッドの上に残し、部屋を出た。

ジェイソン・ホナーは、バーカウンターのスツールに座っていた。

他に、客はいない。完全に、貸し切りだった。それ以前に、このホテルに入ってから、自分たち以外に客の姿を一人も見ていなかった。

静かで、素晴しいバーだ。チーク材でできたカウンターや装飾、壁に飾られた絵画、天井に貼られた蔦柄のクロスの染みひとつに至るまで、コロニアル時代からの生霊の気配が宿っていた。

いったい、このバーは、いままでにどれだけの客が酒を飲み、哲学に浸り、時には友情や恋、戦争を語りながら酔いつぶれる姿を見てきたのだろう。小なくともアメリカでは、このような素晴しいバーで一度も飲んだことはなかった。ベトナム戦争時代、古都フェは市街戦の激戦場になったと聞くが、その時にこのホテルのバーは何を見つめていたのだろう。

「ムッシュー、お飲み物は何になさいますか？」

ベトナム人のバーテンダーに声を掛けられ、我に返った。〝ムッシュー〟と呼ばれたのは、生まれて初めてだった。

「何か、ウイスキーが飲みたい。おすすめのスコッチを、ソーダ割で……」

普段、ジェイソンはバーボンを飲む。スコッチ・ウイスキーのことはよくわからない。だが、今夜はなぜか、スコッチが飲みたい気分だった。

「わかりました。香りは強い方がお好みですか？」

バーテンダーが訊いた。

「ああ、そうしてくれ……」

カウンターに置かれたウイスキーは、立ち昇るソーダの泡が光る銀河の流れのように見える長いグラスに入っていた。

口を付けた。いままで嗅いだことのないスモーキーな香りがつんと鼻を突き、芳潤な味が口の中に広がった。

「いかがですか？」

バーテンダーが少し首を傾げ、頰笑んだ。

「最高だ」

ジェイソンが親指を立てた。

バーのドアが開く音がした。振り返った。ヨウスケだった。

ヨウスケは軽く手を上げ、カウンターに歩み寄り、隣の席に座った。

「待たせたな。何を飲んでるんだ？」

ヨウスケが訊いた。

「スコッチ・アンド・ソーダだ」

ジェイソンが答えた。

「私にも彼と同じものを」

ヨウスケがバーテンダーに注文した。

目の前にグラスが置かれた。二人でグラスを合わせた。

「改めて、よき出会いに」

二人でウイスキーを味わった。

「それで、話というのは？」

ヨウスケが訊いた。

「別に、これといって話さなければならないことはない。ただ、いろいろなことがあり、やっと会えたんだ。俺は君のことをもっと知りたいし、君にも俺のことをもっと理解してほしい。そう思っただけさ」

「なるほど。よい考えだ……」

ヨウスケがウイスキーのグラスを片手に、頷いた。

「それじゃあまず、俺から話そう……」

ジェイソンはウイスキーを口に含み、話しはじめた。


桑島洋介は、ウイスキーのグラスを片手にジェイソン・ホナーの話に耳を傾けた。

話を聞いているうちに、これまでのメールのやりとりではわからなかったことを、いろいろと知ることができた。

彼が一九八〇年生まれの四〇歳であること。ハイスクールを出た後にフォート・ベニングで第七五レンジャー連隊に入隊し、二〇〇三年のイラク戦争以来、二〇一一年に米軍の駐留が終わるまで、大半を中東に派遣されて過したこと。イラクでは仲間を何人か失い、自分も人を殺したこと――。

帰国してからは現場での作戦行動から離れ、いまはRASPの指導に当っていること。

その自分が、なぜ今回の〝ジミー・ハワードのジッポー〟の一件に係《かかわ》ることになったのか。

その理由に関して――。

桑島が最初にこの件で第四七歩兵連隊に連絡を取った時、たまたまそのメールを見たO

B会事務局担当のアライア・ウィリアムスは、ジェイソンの恋人だった。そのアライアから、調査についていろいろと相談を受けていた。だから、アライアが死んだ後も、ジェイソンが成行きでこの件を引き継ぐことになった――。

アライア・ウィリアムスは、轢き逃げ事故に見せかけて殺された。その後、ジェイソンも銃撃を受けて命を狙われた。さらに、ジェイソンが二つの事件の犯人だと思っていた男も殺された――。

一連の事件の真犯人は、いまもわかっていない。ただひとつだけ確かなのは、すべての〝ジミー・ハワードのジッポー〟が原因だということだ――。

その中で、これまでにいろいろなことがわかってきた。

確認されている第二六小隊の隊員は、ジミー・ハワードの他に現在七名。そのほとんどが、ベトナムで作戦行動中に行方不明になっているか、もしくは除隊後に不慮の死を遂げている――。

他にも、奇妙なことがひとつ。その隊員の中に、除隊後に上院議員や大物投資家、マフィアのボス、大手自動車ディーラーの社長といった大物になった者が四人もいることだ。これは、ベトナム・ベテランとしては意外な確率だ。今回のベトナムでの予備調査に協力してくれたのも、その中の一人、元第二六小隊の小隊長だったロバート・コリンズ上院議員だった――。

そして最後に、ジェイソンはあの〝ジミー・ハワードのジッポー〟のインサイドユニットを開けた時に中から出てきた不思議なメモについて話した。メモに書かれていたのは、あの〝×〟印が入ったケサン基地周辺の地図だけではなかった。メモには、こう書かれていた。

〈――もし明日、俺が死んだら、セサル・ロドリゲスに事情を聞いてくれ。奴だけは俺の味方だ――〉

そのセサル・ロドリゲスという男も第二六小隊の隊員で、もしかしたらいまも、ベトナムのハノイで、宣教師として生きているかもしれないのだ――。

ジェイソンの話は興味深く、桑島の小説家としての感性を刺激した。あの半世紀以上も前のジッポーのライターたったひとつのために、多くの人が運命を惑わされ、ある者は不審死を遂げた。そしてその謎を解くために、自分たちはこれからベトナムの奥地に向かおうとしているのだ。

「俺は今回のクアンチ省の調査が終わったら、一人でハノイに行こうかと考えている。もしそのロドリゲスという男を見つけることができたら、今回の一件はすべて解明されると思っている……」

　ジェイソンが、ウイスキーを飲みながらいった。

「つまり、ジミー・ハワードは、自分が殺されるかもしれないことを予期していたということか……」

「そういうことになる。そして予期したとおりに殺された……」

「問題は、誰が殺したのか……」

「わからない。だが、あのジッポーに付いていた傷は、米軍の223口径のライフル弾のものだった。つまり、ジミー・ハワードは、第二六小隊の仲間に殺されたことは確かだろう……」

　そして公式には〝行方不明〟として処理された。

「ジェイソン、君は明日と明後日の現地調査で、何が見つかると期待している？」

　桑島が訊いた。

「もし、ジミー・ハワードが埋められている場所がわかれば。そしてもうひとつのジッポーの持ち主、アル・エバンスもだ。そのために、金属探知機も用意してきた。もし見つかれば、死んだアライアへ花をたむけることができる……」

「そうだな……」

本当に、そうなればいいが。

二人はグラスのウイスキーを飲み干し、もう一杯ずつ同じものを注文した。

「ヨウスケ、今度は君のことを話してくれ……」

ジェイソンがいった。

「私の人生なんて、つまらないものだよ。日本で大学を出て、会社に就職した。でも仕事が嫌になって会社を辞め、何もやることがなくて小説を書くようになった。そのまま何も変化なく過してきて、もうすぐ五〇歳になるいまもこうしている……」

「いや、小説家として生きていけるのは、それだけで素晴しい才能だよ。日本でも、アメリカでも……」

二杯目のウイスキーが、カウンターに置かれた。

二人はもう一度、グラスを合わせた。

翌朝、桑島は雨の音で目を覚ました。

カーテンを開けると、昨日はフォー川の向こうで西日に輝いていた王宮が、深い靄の中に霞んでいた。

「今日は、雨なの……？」

ベッドの中で、タオが体を伸ばした。二日間の強行軍で、タオも疲れているらしい。

「ああ、雨だ。しかも、かなり降っている……」

窓の外を眺める桑島の横に、ガウンを羽織ったタオが立った。

「すごい雨……。今日、タオイ族の村に行けるのかしら……」

タオが不安そうにいった。

一階のレストランに下りて行くと、窓際のテーブルでもうジェイソンとパットが食事をしていた。奥のテーブルには、グエンが一人で座っている。

桑島とタオは皿にベトナム料理の朝食や果物を取り、ジェイソンとパットがいるテーブルに座った。二人の皿には、フライドエッグやベーコンなどのアメリカン・ブレックファーストが盛られていた。

「実は、困ったことになった……」

朝の挨拶の後で、ジェイソンが切り出した。

「何があったんだ?」

「俺が説明しよう……」パットが手にしていたフォークを皿の上に置いた。「先程、グエンと少し話した。彼は、この雨ではケサン基地の先には行けないといっている……」

「なぜだ?」

桑島が訊いた。

「非武装地帯には、小さな川が多い。特にタオイ族の村の周辺は、道が悪い。だから雨が降ると、車が走れないといっている……」

「どうするんだ?」

ジェイソンが答える。

「我々は、行きたい。時間が、今日と明日しかないんだ。足止めを食えば、それだけ貴重な時間を失うことになる……」

「わかりました。私が、交渉してきます」

タオが椅子から立ち、グエンのいる席に向かった。

「だいじょうぶなのか……？」

パットが訊いた。

「タオにまかせよう。元々、グエンと交渉したのは彼女だ。それにベトナム人のことは、同じベトナム人のタオの方が理解しやすい」

しばらくすると、タオがこちらのテーブルに戻ってきた。

「グエンは、何といっている？」

ジェイソンが訊いた。

「やはり、ケサン基地の先には行けないといっています。グエンのトラックはタイヤが良くないので、道がぬかるむと先に進めなくなると……」

「どうしても行くといったら？」

パットの言葉に、タオが頷いた。

「そういってみました。そうしたら、あと五〇〇ドル欲しいと。払ってくれたら、行けるところまで行くといっています」

ジェイソンとパットが、呆れたように溜息をついた。

「わかった。あと五〇〇ドル払うといってくれ。ただし、その先に進むか引き返すかは我々が判断する」

パットがいった。

「わかりました。そういってきます」

タオがまた席を立った。


結局、天候の様子を見ながら、九時近くになってホテルを発った。

グエンのトラックとサバーバンは大雨の中でチャンティエン橋を渡り、フォン川の北の旧市街地に入った。

川は、昨日とは比べものにならないほど増水していた。この分だと、確かにグエンのいうとおり、今日中に目的地に入るのは難しいかもしれない。

「出る前に天気図を調べてきたが、ケサンから北は昼ごろには雨が上がる。水が引けば、先に進める……」

パットが運転席で、独り言のように呟いた。

グエンが運転するトラックはフースアン橋でもう一度フォン川を渡って渋滞を回避し、国道四九号線――QL・49――に出て内陸へと向かった。しばらくしてもう一度フォン川を渡り、さらに国道一六号線――DT・16――に分岐してこれを北上する。

フェから中継地点のケサン基地まではおよそ一〇〇キロ。通常、順調にいけば約二時間の行程だ。だがこの荒天の中を、増水した川を避けながら向かうのだから、どのくらい時間が掛かるかわからない。

途中、道路がおよそ一〇〇メートルにわたり冠水している場所があった。かなり深い。まるで川のようだ。

車の流れが止まり、渋滞になった。意を決して渡る者もいるし、ターンして引き返す車もいる。

前にいた大型トラックが水没した道路を渡り切り、グエンのトラックの番になった。彼はここで引き返すというかと思ったが、クラクションを一回鳴らし、水の中に入っていった。タイヤが見えなくなるほど車体が沈み、まるで船のように航跡を残しながら、見事に対岸に渡り切った。

「さて、我々も行くか……」

パットがサバーバンのギアをローレンジに入れた。アクセルを踏み、ゆっくりと水の中に進んでいく。

窓の外の水の高さが、視界に迫ってくる。ボンネットまで水を被り、両側に流れ落ちていく。まるで車ごと水の中に沈んでいくような、奇妙な感覚だった。

それでも四人を乗せたサバーバンは、水の中で止まることはなかった。V8エンジンのトルクにまかせて水を押し切り、潜水艦が浮上するように対岸に上陸した。

「やったぜ！」

誰からともなく、声が上がった。

雨の中の旅は続いた。

正午――。

国道の前方に、かつてのケサン基地が見えてきた。ケサン基地まで、あと五キロ。DMZまで、あとおよそ三〇キロ――。

北の空の雲が割れ、前方に虹の架橋が広がった。

DMZとは、一九五四年七月二一日のジュネーブ協定により発効した、南北ベトナムを分ける境界線である。

ベトナム中央部のクアンチ省ヴィンリン県、ゾーリン県、フォンフォア県に中立地帯として暫定的に設定され、主にベンハイ川を基準として境界線が引かれた。川の両岸には各二キロずつの幅で非武装地帯が設けられていた。この境界線が北緯一七度線に沿って東西に引かれていることから、朝鮮半島の軍事境界線の三八度線に対して〝一七度線〟と呼ばれることもある。

ケサン基地は、ベトナム戦争時にアメリカが南ベトナムの最北端に設営した戦闘基地である。事実上の南ベトナム軍（アメリカ軍）の支配地域である国道九号線よりも北側に位置し、DMZから僅か二五キロしか離れていなかった。

だが、当時のDMZは名ばかりで、実質的には北ベトナム軍の支配地域だった。そのためにケサン基地は絶えず周囲を北ベトナム軍に取り囲まれて陸路を絶たれ、物資補給は一一八七メートルあった滑走路と輸送機による空輸にのみ頼っていた。正に、陸の孤島だった。

ジミー・ハワードを含む第二六小隊の兵士たちは、M113装甲兵員輸送車と共にそんな場所に送り込まれたのだ。

しかも、北ベトナム軍によるテト攻勢を控えた最悪の時季に……。

いつの間にか雨が止み、熱い熱帯の太陽が濡れたアスファルトの路面に照り返していた。

前を走るグエンのトラックが速度を落とし、道路脇の食堂の前で停まった。ここが、ケサン基地だ。

グエンがトラックを降り、こちらに歩いてきた。運転手のパットが窓を開けると、グエンがベトナム語で何かをいった。

「何といっている？」

ジェイソンが訊いた。

「食堂はここだけで、この先は何もないそうです。昼食にしようといっています……」

タオが通訳した。

「時間がないから昼食は抜きだといってもきかないんだろうな。仕方ない。我々も腹が減ったし、昼飯にするか……」

パットがエンジンを切り、四人で車を降りた。

現在のケサン基地跡は、ある意味で観光施設だ。小さな戦争博物館が併設され、一般にも開放されている。基地の中には戦車や墜落した戦闘機の残骸が放置され、当時の米軍から鹵獲したヘリコプターや輸送機が展示されている。

普段は、一日に数人から数十人の外国人観光客が、フェからツアーや車をチャーターして訪れるという。だが、最近のコロナ禍と朝からの大雨で、ケサン基地周辺に観光客らしき姿はない。この近くで一軒だけという沿道の食堂にも、桑島たちの一行以外には誰も客はいなかった。

桑島とタオ、グエンはフォーと蓮茶を、ジェイソンとパットはバインミーとコークを注文した。

ジェイソンは食事をしながら、グエンと少し話した。

「タオ、村まではここからどのくらいあるのかグエンに訊いてくれないか」

タオがそれをベトナム語でグエンに訊き、それを英語に訳した。

「あと三〇キロくらいだそうです。非武装地帯に入ってから、四キロか五キロほどです……」

「時間は、どのくらい掛かる？」

それをまた、タオが通訳した。

「普通ならば、一時間も掛からないそうです。でも、今日は道に水が出ているので、わからないと……」

パットが腕のG—SHOCKを見た。

「いま、〇時二〇分か。すると食事を終えて、その後も順調にいったとしても、村に着くのは一四時ごろか……」

調査は日没までに撤収し、夜はまたフェのホテルに戻らなくてはならない。明日、また村に行くとしても、効率が悪い。

「まあ、何とかなるさ。一応、キャンプ道具と予備の食料くらいは持ってきているからな」

ジェイソンがいった。

五人が食事をしているテーブルに、物売りの少年がやってきた。

「安いよ……。買ってよ……。全部、〝本物〟だよ……」

少年が片言の英語でいった。

見ると、胸に吊るした浅い木箱の中に、土や錆で汚れた金属片のようなものがいくつも並んでいた。

北ベトナム軍の金星紅旗のバッヂや星形の階級章、メダル、南ベトナム軍のバッヂ、米軍のドグタグが三個。大きさの違うライフルや機関銃の弾が五発に、空薬莢が数発。阮朝のころの物なのか穴の開いた古銭が十数枚に、小さな仏像。〝本物〟のジッポーのライターもひとつ入っていた。

「このドグタグはいくらだ？」

ジェイソンが三個のドグタグを手に取った。

「ひとつ二万二〇〇〇ドン……。ドルなら一ドル……」

少年が答えた。

「もらおう……。帰国したら、誰のものか調べてみよう……」

ジェイソンがポケットからドル札を三枚出し、それを少年に渡した。

桑島は、ジッポーを手に取った。確かに〝本物〟のベトナム・ジッポーだった。海兵隊員のもので、地球儀に鷲のマークが刻まれているが、名前は入っていない。

「これは、いくら？」

桑島が英語で訊いた。

「一二万ドン……。ドルなら五ドルでいいよ……」

安かった。日本円なら、五〇〇円ほどだ。桑島は財布から一二万ドンを出し、ジッポーと引替えにそれを少年に渡した。

「そのジッポーを見せてくれ」

グエンが、ベトナム語でいった。

桑島が手渡すと、しばらくジッポーを手の中で玩《もてあそ》び、何かをいって返した。

「やはり〝本物〟だそうです。一二万ドンなら、良い買い物をしたと。ホーチミンに持っていけば、三倍以上で売れるそうです……」

タオが通訳した。

「例のジミー・ハワードのジッポーもこうやって仕入れたのかと訊いてくれ」

タオが、それを訳してグエンに訊いた。

「そうです。あのジッポーは傷があったので、タオイ族の村で一〇万ドンで買った。この少年から買ったこともあるそうです……」

そういうことか。だんだん、ベトナム・ジッポーが戦争から半世紀以上が経ったいまもホーチミンの市場に流通する仕組が、わかってきた。

午後一時にケサン基地を出発した。

しばらく、国道を走る。道路の西側にはゴルフボールのディンプルのように無数の池があり、そこで蓮が育てられていた。

「あの池はすべて、米軍が投下した爆弾の跡です。テト攻勢以来、アメリカはケサン基地の周囲の北ベトナム軍を殲滅するために一一万トン以上の爆弾をばら撒きました。その穴を利用してベトナム人は蓮を育てています……」

タオが窓の外を流れる景色を眺めながら、説明してくれた。

雨も上がり、二台の車は順調に走り続けた。だが、非武装地帯まであと二キロほどまできたところで、グエンのトラックが速度を落とし、道を右に逸れた。そこで、二台の車が停まった。

グエンがトラックを降り、こちらに歩いてくる。我々も、サバーバンから降りた。

トラックの前方のジャングルに分け入るように、土を削っただけの細い道が続いている。道は所々水没し、まるで水路のようだ。

「グエンは、自分のトラックではここまでしか行けないといっています。この道を三キロ行くと、ベンハイ川に出ます。それを川沿いに二キロ西に進むと、タオイ族の村があるそうです……」

「わかった。我々だけで行こう……」

パットがベストのポケットの中からドル札の束を出し、残金の二〇〇〇ドルと、追加金の五〇〇ドルを支払った。

「村に着いたら、誰にジッポーのことを訊けばいい？」

ジェイソンが訊いた。

「村長のコン・ホー・ヴォーという男に訊けばわかるといっています。その男から、あのジッポーを買ったそうです……」

グエンはドル札を数え、それをポケットにねじ込むと、トラックに乗った。道の入口でターンし、国道を元のケサン基地の方向に走り去った。

「さて、我々も行こう。俺はこのような道は訓練で馴れている。運転を替わるよ」

ジェイソンが運転席に座り、パットが助手席に乗った。桑島とタオが後部座席に乗るのを待って、サバーバンはゆっくりと走り出した。

まるでジャングルの中の水路を、モーターボートで進むような感覚だった。波を被り、穴やギャップで車が大きく揺れた。

小高い丘があれば車は陸に浮上し、峠を越えて下ればまた水の中に飛び込む。時には大きく傾き、車が浮き上がるほどの深みにはまり、ドアの下から車内に水が流れ込む。それでも巨大なサバーバンは止まることなく、ジャングルの中を泥水を押しながら進み続けた。

しばらくしてジャングルの向こうに、ベンハイ川が見えた。そのあまりにも広大な、海とも湖ともつかない茫漠とした水辺が〝川〟であるとすればだが……。

ジャングルの切れ目から、道は西の上流に続いていることがわかった。グエンのいったとおりだった。

ジェイソンはサバーバンのアクセルを踏み続ける。もし一度でも車を止めてしまったら、二度と動けないことをわかっているのだ。

前方に、小高い丘が見えた。道は、丘の上に続いている。

サバーバンは泥水の中から浮上し、丘に続く道を上った。頂上に上りきったところで、ジェイソンはサバーバンを停めた。

「どうやら、着いたようだ……」

ジェイソンがいった。

四人が車から降りた。ドアを開けると、車内に溜まっていた泥水が大量に流れ出た。

「あれが、タオイ族の村か……」

丘の向こうのジャングルの中に、茅葺き屋根の小さな家が点々と並ぶ、美しい田園風景が広がった。


丘を下り、車を村に進めた。

遠くから見た時には村人が何人かいたはずなのだが、車が村に入っていくと、いつの間にか誰もいなくなった。

ジェイソンは茅葺き屋根の家が並ぶ広場の真中に車を停めた。

「村人は、どこに行ったんだ……」

ジェイソンがエンジンを切り、周囲を見渡した。

「見馴れない車が来たから警戒しているんだろう。それに、俺たちはアメリカ人だ。しばらくすれば、出てくるだろう……」

パットが、車から降りた。続いてジェイソン、桑島、タオもドアを開け、車の周囲に立った。

「シンチャオ！　誰かいませんか！」

タオが村人に聞こえるように、よく通る声でいった。

一行に、ベトナム人の女性がいることに安心したのだろうか。それとも、桑島もベトナム人に見えたのか。周囲の家から一人、また一人と村人が顔を出した。

タオイ族の村とはいっても、村人が民族服を着ているわけではない。見た目は、ごく普通のベトナムの農民だ。

男はジーンズやポロシャツ、女や子供も短パンにTシャツを身に着けている。皆、警戒しながら、遠巻きにしてこちらを見ている。

「私たちは、ホーチミンから来ました。村長のコン・ホー・ヴォーさんはいませんか？」

タオがベトナム語でいった。

村人たちがこちらの様子を窺いながら、小声で何かを話し合う。

やがて、一人の若者が広場の奥の家に走っていき、農民服姿の小柄な老人を連れて戻ってきた。

「私がコン・ホー・ヴォーだ。村に、何をしにきた」

男の言葉を、タオが英語に訳して伝えた。

ジェイソンとパットが顔を見合わせた。

二人が頷き、パットが答えた。

「私は、アメリカ総領事館の者です。グエン・ホアという商人の紹介でここにきた。一九六八年の一月に、この村の近くで行方不明になった兵士の捜索に協力してほしい。ミスター・コン・ホー・ヴォーにそう伝えてくれ」

タオがそれを伝えた。だが、ヴォーは強い口調でパットとジェイソンに何かをいうと、そのまま踵を返し、家に戻っていってしまった。

「何といってるんだ?」

ジェイソンが訊いた。

「よくわからんが、アメリカ人がここの村人を殺したといっている……」

パットは、ベトナム語が少しわかる。

「そうです……。ヴォーは、こういっていました。一九六八年の一月に、アメリカ兵がこの村の人々を殺した。その時に、自分の母親と祖母、弟も死んだ。ここはアメリカ人の来る所ではない。帰れ、と……」

「そんな〝事件〟があったのか？」

桑島が訊いた。

タオとパット、ジェイソンが顔を見合わせる。

「私は、知りません……」

タオがいった。

「俺も、聞いたことはない。しかし、そのような〝事件〟があったとしても、否定はできないだろうな……」

パットが溜息をついた。

ベトナム戦争当時のアメリカ軍による虐殺事件は、一九六八年三月一六日にクアンガイ省ソンティン県で起きたソンミ村（現ティンケ村）大量虐殺事件がよく知られている。事件を起こしたのは第二三歩兵師団の第一一歩兵旅団、第二〇歩兵連隊第一大隊C中隊と第三歩兵連隊第四大隊などで、非武装のソンミ村を襲撃し、無抵抗の村民五〇四人（ベトナム政府発表）を無差別に殺害した（男一四九人、妊婦を含む女一八二人、乳幼児を含む子供一七三人、生存者三人）。この事件は後に主犯格の米兵一四人が殺人罪などで起訴され、軍事法廷で裁かれたが、部隊を指揮したウィリアム・カリー中尉（事件当時二四歳）が有罪、終身刑の判決を受けただけで、残りの一三人は無罪となった。そのカリーも後に一〇年の懲役刑に減刑され、三年半後の一九七五年九月に仮釈放された。

このようなアメリカ軍などによる非武装の村での虐殺事件は、ベトナム戦争当時、犠牲者が数人から十数人という小規模なものは全土で起きていた。その内の何件かは、アメリカ政府も把握している。

また、大規模なものとしては、韓国軍が一九六八年二月一二日にクアンナム省で起こしたフォンニイ・フォンニャットの虐殺（韓国海兵隊が非武装の村民六九〜七九人を虐殺した事件）――。

一九六八年二月二五日に同省で起きたハミの虐殺（韓国海兵隊が無抵抗の村民一三五人を虐殺した事件）――。

一九六六年二月二六日にビンディン省で起きたゴダイの虐殺（韓国陸軍首都機械化歩兵師団が非武装の民間人三八〇人を一カ所に集めて一人残らず銃殺した事件）――。

同年の二月二三日から二六日にかけて、同歩兵師団がタイヴィン村など一五の集落で一二〇〇人を虐殺したタイヴィン事件――。

などがよく知られている。

「これは、まずいことになったな……」

ジェイソンとパットが腕を組み、首を横に振った。

「何か、方法はないのか」

桑島は、黙って彼らのやり取りを聞いていた。現在のベトナム人のアメリカ人に対する感情に関して、理解しきれない部分がある。

「こうしたらどうでしょう……。私が一人であの家に行き、あのジッポーの件も含めてヴォーさんに事情を説明してきます。その上で、もし一九六八年の一月にこの村で村民が殺されるような事件が起きたのなら、そのことについても聞き取りをしたいと。そしてそれをアメリカ大使館を通じてベトナム政府とアメリカ政府に報告し、世界で報道されるようにすると……」

タオの職業は、ベトナムの日刊紙『トイ・チェ』の編集部員、つまり新聞記者だ。

「そうしてくれると、ありがたいが……」

ジェイソンがいった。

「タオ、だいじょうぶなのか？」

桑島がいった。

「だいじょうぶです。ヴォーさんとは、ベトナム人同士ですよ。それにあの人は悲しい目をしていたけど、きっと悪い人じゃない。行ってきます……」

タオがそういって、ヴォーの家に向かった。

三人で、車の周囲に立ったまましばらく待った。

その間も、村人たちの目が桑島たちを監視するように見つめていた。

タオがヴォーの家に入ってから、一〇分ほどが過ぎた。入口の簾《すだれ》が上がり、タオが出てきた。

彼女は、笑顔だった。手を振りながら、こちらに来いというように、桑島たちに手招きをした。

「行ってみよう……」

三人で、ヴォーの家に向かった。家の入口で、タオが待っていた。

「ヴォーは、何といっている？」

ジェイソンが訊いた。

「はい、この村で起きたことを、すべて話すそうです。そして、あの〝ジミー・ハワードのジッポー〟のことも……」

「我々は、家に入ってもいいのか？」

パットが訊いた。

「もちろんです。さあ、入りましょう」

タオがそういって、入口の簾を上げた。

入口を入ると広い土間があり、その奥が一段高い縁側のある床板張りの部屋になっていた。

ヴォーは、その縁側に座り、プラスチックのコップでお茶を飲んでいた。

先程の若者がお茶を淹れ、桑島たちにも同じものが振舞われた。砂糖の入った、甘く冷たいお茶だった。

桑島たち四人は、ヴォーと同じ床の上に座った。

「会話を録音してもいいですか？」

タオがいった。彼女は職業柄、いつもＩＣレコーダーを持ち歩いている。

だが、ヴォーは頷いたが、パットは難色を示した。

「それは困る。録音はするな」

パットはアメリカの総領事館員だ。自国のスキャンダルは、あまり公にしたくないということか。

だが、ジェイソンがいった。

「別に、かまわないだろう。彼女は、新聞記者だ。この旅に同行した時点で、記事に書く権利を我々は認めている」

「勝手にすればいい……」

パットが呆れたように溜息をついた。

「それでは、始めます。私が英語とベトナム語に同時通訳しますから、ヴォーさんに何か訊きたいことがあったらいってください……」

タオが、ＩＣレコーダーのスイッチを入れた。

「それではまず、一九六八年の一月にこの村で何が起きたのか、それを聞かせてもらえないか」

ジェイソンの質問をタオが訳し、ヴォーの話が始まった。

この村の名は、コン・ホー村という。

〝コン・ホー〟とは、〝虎〟という意味だ。昔、このあたりに虎が棲んでいたという伝説があり、そう呼ばれるようになった。

だから代々の村長は、コン・ホーという苗字の者が継ぐ。自分、コン・ホー・ヴォーは、わかっているだけで五代目の村長になる。

事件が起きたのはベトナム戦争中の一九六八年一月二二日――。

当時の村長はヴォーの祖父のコン・ホー・ジャオ。まだテト攻勢が始まる直前のころで、三〇キロほど離れたケサンに米軍基地ができたことは知っていたが、時折、遠くの方で散発的に米軍の空爆の音が聞こえること、北ベトナムの兵士が立ち寄って食料を盗んでいくこと以外は村はまだ平和だった。

その日も北ベトナム兵士が何人か立ち寄り、村に荷物を預けた。近くに塹壕やトンネルを掘るので人手が必要だといわれ、男や若い女が駆り出された。当時一〇歳になっていたヴォーも、父親のタンと共に軍のトラックの荷台に乗せられ、トンネル掘りの現場に連れていかれた。

〝事件〟はその留守中に起きた。

村にいて生き残った者の証言によると、アメリカ軍の二〇人ほどの小隊が二台の〝戦車〟に乗って村内に侵攻。その時、村には女や子供、村長のジャオを含む老人など二十数名がいたが、逃げる者を射殺、また塹壕に手榴弾を投げ込むなどして一二人を虐殺した。その中にヴォーの母親のグアムと、祖母のチュン、弟のドウックが含まれていた。もちろん村人は銃を持っていなかったし、無抵抗だった。

トンネル掘りの現場は村から一〇キロ以上離れていたので、銃声は聞こえなかった。夕方、作業を終えて北ベトナム軍と共に村に帰る途中、逃げてきた村人から〝事件〟のことを聞かされた。村から、黒煙が上がっていた。

急いで駆けつけると、アメリカ兵はまだ村に残っていた。北ベトナム軍との間で、壮絶な銃撃戦となった。

その結果、アメリカ兵が数人死亡。ベトナム兵も十数人が死んだ。村の家は大半が焼き払われていた。

生き残ったアメリカ兵は戦車に北ベトナム軍の物資を積み込み、逃げ帰った。その翌日、アメリカ軍のヘリコプターが村に飛んできて、残ったアメリカ兵の死体を回収していった

——。

ジェイソン・ホナーはヴォー老人の話を聞きながら、すでに重大なことに気付いていた。〝事件〟が起きた一九六八年一月二二日は、第二六小隊のジミー・ハワードが作戦行動中に行方不明になった日と同じだ。

つまり、その日にこのコン・ホー村で虐殺を行なったのはアメリカ陸軍第四七歩兵連隊第二大隊第三二中隊の第二六小隊であり、ジミー・ハワードはその当日にこの場所で消息を絶ったということだ——。

ヴォーの話が途切れたところで、ジェイソンがいった。

「ヴォーさんに訊いてほしい。この村を襲撃した米軍の隊がわからないか?」

タオがヴォーに訊いた。

「ヴォーさんは、わかるといっています……」

ヴォーが床から立ち、部屋の奥へ歩いていった。チーク材でできた小さなチェストの前に立つと、引出しを開け、中から何かを出して戻ってきた。二つのドグタグだった。

タオがヴォーから話を聞き、説明した。

「このドグタグは、虐殺の後に村で拾ったものだそうです。ひとつは事件が起きた数日後に。もうひとつは、五年ほど前に村の畑の土手の中から出てきたそうです……」

ジェイソンは、二つのうちの割ときれいな方を手に取った。ドグタグには、こう刻まれていた。

〈――47/2/32/26・ロバート・コリンズ・血液型＋ＡＢ――〉

何ということだ。あのロバート・コリンズ上院議員が、コン・ホー村の虐殺に加わっていた……。

だが、ロバート・コリンズは基地に無事に帰還し、現在も生きている。このドグタグは、事件当日の北ベトナム軍との戦闘の間に落としたのか……。

「そちらのドグタグは、誰のものだ？」

もうひとつのドグタグを見ていたパットが訊いた。

「驚くぜ。見てみろよ」

ジェイソンは、パットとドグタグを交換した。

こちらのドグタグは、ひどく汚れていた。おそらく五年ほど前に土手の中から出てきたというのが、これだろう。

ドグタグには、こう刻まれていた。

〈——47/2/32/26・ジミー・ハワード・血液型＋A——〉

これは、ジミー・ハワードのものだ……。

「ヨウスケ、これを見てみろ」

ジェイソンはドグタグを桑島に渡した。

「これは……」

桑島も、驚いている。そしてドグタグを、タオに回した。

「そうだ。ジミー・ハワードが、この村に〝いる〟んだ……」

「このドグタグを我々が預かってもいいかヴォーに訊いてくれ」

パットがいった。

だが、ヴォーは首を横に振った。

「それはダメだそうです。このドグタグは、米軍がこの村で虐殺をした唯一の証拠なのですから。でも、虐殺の記事がトイ・チェ紙に載ったら考えると……」

ジェイソンとパットが、顔を見合わせた。

「それなら、写真を撮らせてもらえないか……」

ジェイソンの言葉を、タオが通訳した。

「写真ならば、かまわないそうです……」

四人はそれぞれがアイフォーンやタブレットを取り出し、二つのドグタグを接写した。

写真を撮り終え、ジェイソンがいった。

「本題に移ろう。ヴォーさんは、このジッポーのライターに見覚えがあるか？」

ジェイソンが、タブレットに入っている〝ジミー・ハワードのジッポー〟の写真を見せた。

ヴォーはしばらく写真を見つめていたが、やがて頷いた。

「知っているそうです。この村で、昨年の一月に見つかった。その汚れたドグタグと同じ畑の土手から出てきたそうです。それを昨年の四月に、グエンという商人に一〇万ドンで売ったと……」

「このジッポーには銃弾の痕があり、そのドグタググと同じジミー・ハワードという名前が入っている。それなのに、なぜ売ったんだ？」

ジェイソンが訊いた。

この〝ジミー・ハワードのジッポー〟こそ、村で〝事件〟が起きたことを証明する恰好の証拠になったはずだ。

ヴォーがかすかに笑みを浮かべ、その理由を説明した。

「あのジッポーに、銃弾の痕があったから……。もしあのジッポーを売れば、ホーチミンで誰かの目に留まり、良いことが起きると思った……。でも、まさかアメリカの外交官が来るとは思わなかった……。ヴォーさんは、そういっています……」

ジェイソンは、思った。

つまり、自分たちは、このベトナム人の小柄な老人に、見えない糸で操られていたというわけか……。

ジェイソンが訊いた。

「この村で虐殺事件が起きた時に、アメリカの兵士が何人か行方不明になった。このドッグタグのジミー・ハワードも、その一人だ。我々は、彼らの消息を調べている。あなたは、何か手掛りを持っていないか……」

ヴォーはタオが通訳する言葉に耳を傾け、何度か頷いた。そして言葉を選ぶように、何かをいった。

「先程もいったように、アメリカの兵士の遺体はすべて翌日、米軍のヘリコプターが回収していったそうです。それ以来、この村で米兵の遺体を見たことはない。しかし、もし遺体が埋められているとするならば、心当りはあるそうです……」

ジェイソンは、パットと顔を見合わせた。

ヴォーが、話を続けた。

「そのドグタグとジッポーは、同じ畑の土手の中から出てきた。そこで、他のライターやアメリカ軍の銃を見つけたこともある。おそらく、そのあたりだろうと……」

タオが説明している間にヴォーはもう一度、床から立ち、部屋を出ていった。しばらくすると、古い木箱をひとつ持って戻ってきた。床に座り、その木箱を開けた。

「その畑から、この一〇年くらいの間に出てきたものだそうです……」

ヴォーが木箱の中から、いろいろな物を取り出した。

真赤に錆びつき、動かなくなったコルトM1911オートマチック。やはり錆びて穴が開いた、米軍のヘルメット。223口径のライフル弾が数発と、空のマガジン。錆びて刃が折れた銃剣。それに人間のものとも他の動物のものとも判別がつかない、大腿骨のような骨が一本……。

「その畑の土手は昔、ジャングルでした。しかし米軍が撒布した枯葉剤で森が枯れ、雨の度に崩れるようになった。そして一〇年前の大雨で大きく崩れて以来、土の中からいろいろな物が出てくるようになったそうです……」

「その畑に、我々を連れていってくれないか？」

ジェイソンがいった。タオが、それを伝えた。

「いまは、無理だそうです。昨夜から今日にかけて、大雨が降った。だからまた土手が崩れていて、近付けないと……」

「いつになったら、そこに行ける？」

タオが、ヴォーに訊いた。

「今夜、もし雨が降らずに川の水が引けば、明日にも……」

仕方がない。明日まで待つしかない。

「もうひとつだけ、訊きたいことがある。〝事件〟があった一九六八年一月二二日、第二六小隊の兵士が村から持ち帰った北ベトナム軍の〝物資〟というのは、いったい何だったんだ？」

パットが訊いた。

ジェイソンも、それが気になっていた。おかしな話だ。もし武器ならば、その場で燃やすか、爆破する。わざわざ狭い兵員輸送車に積み込んで、基地に持ち帰ったりはしない。

だが、ヴォーは首を横に振った。

「わからないそうです。ヴォーさんも運ぶのを手伝わされたが、武器ではなかった。でも、その荷物を米軍が運び去ったとわかった時、北ベトナム軍の将校はとても慌てていた。きっと、大切なものだったのだろうと……」

ジェイソンはタオの説明を聞きながら、プラスチックのコップのお茶を口に含んだ。

歯を溶かすように甘く、毒々しい味が、渇いた咽《のど》を伝って荒れた胃の中に落ちていった。

その日は村に泊まることになった。

暗くなってからあの川のような道を戻るのは危険だったし、フェに帰ればまた明日の大切な時間を何時間も無駄にすることになる。

それならば、この村に泊まった方が合理的だ。

村の広場でキャンプをさせてほしいとヴォーに頼むと、自分の家を空けてくれた。自分は妻を亡くし、一人暮らしだし、息子の家に泊まる。だから、使ってくれと――。

入口にはドアもなく、窓にはガラスも入っていない家だが、中は意外と快適だった。

パットが用意してきた日本製の蚊取線香を灯しておけば、蚊は入ってこない。そのかわりに窓や入口の簾を通して、涼しい風が入ってくる。村には電気がなく、明かりはホンダの発電機と電球がひとつだけだったが、二つ持ってきたコールマンのLEDランタンがあれば何とか事は足りた。

土間に折り畳みのテーブルを出し、ホーチミンから持ってきた缶詰やビール、クラッカーを囲み、四人で夕食を摂った。このような場所での食事としては、なかなか上等だった。

そう思っていたところに、ヴォーの息子と孫が、野菜の炒め物と川で捕れたナマズのスープ、炊きたての飯を差し入れてくれた。これは、ありがたかった。ジェイソンとパットは村人たちへのお礼に、食べきれない缶詰とビール、コークを差し出した。

時ならぬ、楽しい夕食になった。四人で、いろいろなことを話した。まるで、少年時代の、ボーイスカウトのキャンプのような夜だった。

ジェイソンは食事をしながら、何気なく自分のアイフォーンを確認した。

この村では、携帯電話は通じない。車には Wi-Fi が入っているが、これも役に立たなかった。ところが、メールが一本、入っていた。

「何てこった……。メールが一本、入っている……」

ジェイソンがいった。

「誰からだ？」

「わからない。知らないメールアドレスからだ。この村では携帯は使えないはずなんだが……」

だが、メールが開けない。

「さっき、川の様子を見るために車で丘の上に上ったろう。その時に Wi-Fi が通じて受信したのかもしれないぜ」

そういえばヴォーが、天気の良い日に条件が揃えば、携帯が通じることがあるといっていた。

「そうかもしれない。車のキーを貸してくれないか。ちょっと、丘の上まで行ってくるよ」

「気をつけろよ」

パットがキーを投げてよこした。ジェイソンはそれを受け取り、家を出た。

車まで歩く間に、空を見上げた。雲間の月と、星のきれいな夜だった。

サバーバンに乗り、エンジンを掛け、丘に上がった。ベンハイ川の川面が、月明かりに光っていた。

車を停め、ここでもう一度、アイフォーンを確認した。Wi-Fiが、かすかに通じている。

メールを、開く。しばらくして、本文が表示された。

何てこった……。

メールは、第二六小隊のもう一人の男、セサル・ロドリゲスからだった。

〈——親愛なるジェイソン・ホナー。

まず、最初に、私に手紙をくれたことを感謝したい。その上で、この返信が遅れたこと

をお詫びしたい。なぜなら私がハノイの教会にいたのは7年前までで、いまはダナンの教会で宣教師をしているからだ――〉

セサル・ロドリゲスが生きていた！

しかもいま、ダナンにいるという。それならば、フェからそう遠くない。この調査が終わって帰りにダナンに寄れば、話を聞けるかもしれない。

メールはさらに、こう続いていた。

〈――私が第26小隊にいて、ケサン基地で任務についていたことは確かだ。ジミー・ハワードのこともよく覚えている。彼は、私の親友だった。

そのジミー・ハワードのジッポーがベトナムで発見されたという話に、私は驚いている。しかもそのジッポーのために、アライア・ウィリアムスを含め二人が殺されたとは。

そのジッポーの中にメモが托され、ジミーが、もし自分が死んだら私に事情を聞いてほしいと書いていたのだとしたら、それが神のご意志なのだろう。

私は、あの忌わしい１９６８年1月22日に起きたことを、あなたにすべて話す用意がある。

神のご加護を。

あなたの友人、セサル・ロドリゲス――〉

ジェイソンは急いで返信のメールを打った。

〈――親愛なるセサル・ロドリゲス。

メールをありがとう。感謝したい。

実はいま、私はベトナムにいる。今日は偶然にも、ジミー・ハワードの調査のためにクアンチ省のコン・ホー村に来ている。そう、1968年の1月22日に村人の虐殺があった、あの村だ。

同行者はホーチミンのアメリカ総領事館の担当官を含めて三人。私を入れて四人。他にもう一人、ホーチミンで第47歩兵連隊のマシュー・トンプソン大佐が待機している。

もし会えるなら、明後日にでもフエ、もしくはダナンのあなたの教会で。

連絡を待つ。

ジェイソン・ホナー――〉

ジェイソンは、メールを送信した。どうやら、無事に送れたようだ。

しばらく、丘の上で待った。だが、セサル・ロドリゲスからの返信はなかった。

明日になれば、メールが入っていることだろう……。

ジェイソンはサバーバンをターンさせ、村に戻った。

家に入ると、三人は出た時と同じように食事をしながら話していた。

「どうだった？」

パットが訊いた。

「別に、大した用件じゃなかった。丘の上に行けば、Wi-Fiが使える……」

ジェイソンは、ロドリゲスのことをパットに話していない。

「そうか。それなら俺も、総領事館にメールを入れておこう……」

パットがそういって、家を出ていった。

「何か問題が起きたのか？」

二人の様子を見ていた桑島が、怪訝そうに訊いた。

ジェイソンは少し考え、車のエンジン音が遠ざかるのを確認してから、低い声でいった。

「実は、驚くことが起きた。例のセサル・ロドリゲスが生きていた。いま、ダナンの教会で宣教師をしているとメールが入っていた……」

「何だって……。そんな重要なことを、どうしてパットにいわなかったんだ」

「俺は、パットを信用していない」

「どうして？」

「おそらく彼は、ＣＩＡだからだ……」

ＣＩＡは、国務省の手先だ。

あたり前に考えれば、国の人権スキャンダルや上院議員の犯罪を暴くことを好まない。

むしろ、隠蔽する――。

翌日は、好天だった。

村の周辺の低地からは水が引き、ベンハイ川の水位も前日よりもかなり低くなっていた。

早朝、朝食を終えたころに、ヴォーの孫が四人を迎えにやってきた。今日は、畑に行けるという。

車に戻り、荷台から発掘の道具を降ろした。

スコップが三本に、高精度のハンディ金属探知機が三本。その他、小道具や回収した物を入れる袋などをまとめたリュックが三個。ジェイソンとパットがそれをひと組ずつ使い、残りひと組を桑島とタオが持った。

ヴォーと孫の案内で、問題の畑に向かった。後ろから、何人かの村人もスコップや農具を持ってついてきた。人手は、多い方がいい。

村を出て、ベンハイ川沿いに西に向かった。途中に小さな支流があり、それに架かる橋を渡った。昨日はこの支流の周辺が、水没していたらしい。

畑は村から三〇〇メートルほど離れた、高台にあった。周囲を、ジャングルと土手に囲まれている。

昔、米軍の虐殺事件が起きるまでは、コン・ホー村はこの畑の場所にあったのだとヴォーが教えてくれた。

畦道で、畑を横切る。左手の高台が畑で、右のベンハイ川に下る低い方が田んぼになっていた。途中で畦道を左に折れて、突き当りのジャングルの手前までいったところでヴォーが足を止めた。

「ここです……」

周囲は、低い土手になっていた。ジャングルの中から、地表を削るように泥が流れ出している。

「このあたりで、ドグタグを拾った……。その先の、ここでジッポーとヘルメットを見つけた……」

土手はかなり広範囲に崩れ、泥が流れていた。ジッポーやヘルメットがどうやって押し流されてきたのか、その場所を特定することは難しい。

「よし、俺は金属探知機でこのヘルメットがあった場所の上を調べる。パットは、一〇メートルほど先に行って、こちらに向かって調べてきてくれ。ヨウスケとタオは俺の下。村人たちは、この周辺のここだと思うところを掘ってくれ。何か見つけたら、知らせてくれ……」

ジェイソンが指示し、全員が持ち場に散っていった。

「さて、始めよう」

そのひと言で、発掘作業が始まった。

桑島は、金属探知機で土手の下の方を探った。

このような機械を使うのは初めてだった。だが、操作はそれほど難しくない。グリップを握ってスイッチを押しながら、先端のテニスのラケットのような輪の部分を地表にかざす。土の中の金属を探知すれば、ランプが点滅して信号音が鳴る。

しばらくして、信号音が鳴った。

「ここに、何かあるな……」

タオから熊手のような道具を受け取り、その周辺の土を掻いた。間もなく、何か固い物に当った。

それを、拾い上げた。村人の一人が、水を入れたバケツを持ってきてくれた。

水で、泥を洗い流した。ベトナム戦争当時の、ライフル弾の空薬莢だった。

大きさからすると、米軍の223口径か。底の雷管に叩いた凹みがあるところを見ると、弾頭が自然に落ちたのではなく、実際に射撃されたものだ。この畑で米軍が実戦を行なった〝物証〟になる。

それからも、土手の周辺でいろいろな物が見つかった。

ライフル弾の空薬莢が、十数発。村人は見つける度に、自慢げにジェイソンやパットの許に見せにくる。

桑島は、ステンレスの奇妙な金属片を見つけた。周りに、腐ったゴムのような物が付着していた。ジェイソンに見せると、これは米軍のジャングルブーツの靴底に埋め込まれていたシャンクではないかという。

だが、生きている兵士が、ここにブーツを脱ぎ捨てていくわけがない……。

ジェイソンは、錆びて穴の空いた弾薬箱を掘り出した。中には、未使用の30―06口径の機銃弾がびっしり詰まっていた。やはり、米軍のものだ。

掘り出された物はすべて土手の上の一カ所に集められ、整理されて袋に入れられる。

昼近くになったころだった。

ジェイソンの数メートル上のジャングルで作業をしていた村の男二人が、大声を上げた。

村人が全員、男の方を向いた。

「何ていってるんだ?」

桑島が、タオに訊いた。

「何か、見つけたようです。行ってみましょう……」

発掘作業を中断し、全員が穴の周囲に集まった。

桑島も、ジェイソンやパット、村人たちと共に穴の中を覗き込んだ。それほど深くない穴の底に、泥だらけの、木の枝のようなものが横たわっていた。

ジェイソンが穴の中に降り、その木の枝のようなものを手に取った。朽ち果てた、米軍のM16アサルトライフルの残骸だった。

その周囲にも、木片のようなものが無数に埋まっていた。考えるまでもなかった。人間の、骨だ。

ジェイソンが穴から出て、胸で十字を切った。そして、タオにいった。

「村人たちに、伝えてほしい。この周囲を、もう少し広く掘ってほしいと。できればスコップを使わずに、手を使ってやってもらいたいと……」

タオが、村人たちにそれを伝えた。

村人たちが、無言で頷いた。

二時間後――。

最初にライフルが発見された周囲の土が、あらかた掘り起こされた。

およそ三メートル×五メートルの空間に、三人分の遺体が埋葬されていることがわかった。

土手側の斜面に一番近いところにあった遺骨は崩れてばらばらになっていたが、他の二体はほぼ原形を止めていた。穴の中に仰向けに寝かされ、手を胸の上で組み、頭には朽ちた米軍のヘルメットが被されていた。服はほとんど腐っていたが、ベルトの金具やジャングルブーツの一部、遺体と共に同じ穴に埋められたM16アサルトライフルやコルトM1911オートマチックはそのまま残っていた。

二人分の遺体の胸のあたりから、ドグタグも見つかった。

一人は、〝アルフレッド・エバンス〟だった。

そうだ。桑島がホーチミン市のドンコイ広場のピ・ライターで買った、〝アル・エバンスのジッポー〟の持ち主だ。やはり、彼もこの村で死んでいたのだ……。

もう一人は、〝ケント・ターナー〟になっていた。この名前は、これまでに一度も出てきていない。だが、帰国してこの名前を第四七歩兵連隊で調べれば、おそらく第二六小隊の隊員であったことが明らかになるだろう。

そうなると、最も土手側に埋められた、泥に流されてばらばらになった遺体がジミー・ハワードということになるのだろうか。これも遺骨を本国に持ち帰り、DNA鑑定をすれば確認できるだろう。

三人の遺体を前に、その場にいた全員が黙禱した。

ジェイソンとパットは胸で十字を切り、桑島とタオ、他の村人たちは仏教の習慣に則り手を合わせた。

遺体は土の中にある状態で写真が撮られ、その後、骨の一片に至るまですべてが掘り出された。その遺骨は一人分ずつ遺品と共に袋に納められ、村に運ばれて、サバーバンの荷台に積まれた。

最後に村の中央の広場に集まり、ジェイソン、パット、桑島、タオの四人は村人たちに礼をいい、別れを告げた。その時に、ジェイソンが四人を代表し、村長のヴォーに謝意を伝えた。

「この度は、本当にお世話になりました。ここに改めて感謝の意を表明すると共に、同じアメリカの軍人として、我々がこの村で行なった神をも冒瀆《ぼうとく》する残虐な行為に対し、心より謝罪したい……」

ジェイソンとパットが、深く頭を下げた。

タオがその言葉を、ヴォーと、その他の村人に訳した。

ヴォーは何もいわず、ただ頷き、その頬にひと筋の涙が伝った。

四人がサバーバンに乗った。ジェイソンがエンジンを掛け、村を後にした。

背後では、村人たちが、夕日の中でいつまでも見送っていた。


ベンハイ川沿いの道に出ると、昨日の洪水が嘘のように水が引いていた。

サバーバンの巨体は時にぬかるみにタイヤを滑らせ、穴に落ちて車体を揺らしながらも、順調に国道へと向かった。

「それにしても、本当に遺体が出るとは思わなかったな……」

助手席のパットがいった。

「そうかい。俺は最初から、この展開を予想していたけれどね……」

ステアリングを握るジェイソンが答える。

間もなくサバーバンが、丘の上に上った。前方に、国道が見えた。

この時、また電波の状態が良くなったのか、ジェイソンのポケットの中のアイフォーンがメールを受信した。

ジェイソンは運転しながらそれに気付いたが、車を止めなかった。

ケサン基地まで戻ったら、またあの食堂に寄ろう。

メールはその時に見ればいい……。


ダナンからケサン基地まではおよそ二三〇キロ……。

ケサン基地からコン・ホー村まではおよそ三〇キロ……。

車で飛ばせば、五時間も掛からない距離だ。

そう思った時にセサル・ロドリゲス宣教師はあらゆる可能性を考えて準備を整え、教会の車に飛び乗り、あの忌わしい記憶の残るコン・ホー村を目指していた。

だが、自分はいつかコン・ホー村を訪れなくてはならなかった。今回の出来事は、神が思召されたよい機会だったのかもしれない。自分はそのために、宣教師としてベトナムに来たのだから。

半世紀以上振りに訪れるコン・ホー村は、どんなふうになっているのだろう……。

ダナンを出てからすでに四時間半、ロドリゲス宣教師が運転する車はたったいま、懐かしいケサン基地の前を通過した。

コン・ホー村まで、あと三〇キロ……。

昨夜から今日にかけて、ロドリゲスは何度もジェイソン・ホナーにメールを入れていた。

だが、いまだに返信はない。

おそらく彼は、何も知らないのだ。

間に合えばいいのだが……。

丘の先の川沿いの道も、水は引いていた。

サバーバンは、ぬかるみに足を取られながらも不安なく前進していく。

間もなく、国道に出る……。

ジェイソンがそう思った時に、前方に何かが見えた。

国道の手前に、車が一台、停まっている。その傍らの夕日の中に一人、人影が立って手を上げている。

ジェイソンは車の速度を落とした。

男だ。ベトナム人ではないようだった。

なぜ、あの男がここに……？

ジェイソンは男の前でサバーバンを停め、窓を開けた。

「トンプソン大佐じゃないですか。なぜ、あなたがここに？」

ホーチミン市にいるはずのマシュー・トンプソン大佐が笑顔で窓枠に肘を突き、車の中を覗き込んだ。

「やあ、皆さん、元気そうで何よりだ。ところで、ジミー・ハワードの遺体が〝出た〟ってね。それを聞いて待ちきれなくなって、迎えに来たんだ」

トンプソンがいった。

「わざわざここまで迎えに？　ジミー・ハワードの遺体は荷台に積んでいますよ。明後日にはホーチミンに着くのに……」

「いや、それがまずいんだよ。全員、ここで車から降りてもらおう……」

トンプソンの右手が動いた。その手に、コルトM1911が握られていた。

その時、視界の片隅で、助手席のパットが動いた。グローブボックスを開け、中から銃を抜いた。

数発の銃声！

運転席のジェイソンの目の前を、数発の銃弾が飛び交った。

目を開けると助手席のパットは胸から血を流して倒れ、トンプソンの持つ銃がジェイソンの頭に向けられていた。

「動くな。無駄な抵抗はしない方がいい。私は、本気だ」

トンプソンがいった。

「いったい、どういうことだ……」

ジェイソンが、両手を上げたまま訊いた。

「だから、いっただろう。ジミー・ハワードの遺体が出てはまずいんだよ。そういうことだ。さあ、三人共、車を降りてもらおうか」

トンプソンに銃を突き付けられたまま、ジェイソンが運転席から降りた。後部座席からも、桑島とタオが、手を上げて車の外に出た。パットは死んでいるのか、動かない。

トンプソンがサバーバンの後ろに回り、荷台のゲートを開けた。

「ジミー・ハワードとアルフレッド・エバンス、それにケント・ターナーだったな。三人の遺体はどこに入っている？」

トンプソンが訊いた。

「その大きなコンテナボックスの中だ。三つ、袋が入っている……」

「ジェイソン、クワシマ、タオ、三人ともこちらに来い。コンテナボックスを開けて、中から袋を出せ」

三人は銃を向けられたまま、サバーバンの荷台に向かった。

ジェイソンが、コンテナボックスの蓋を開けた。遺骨の入った袋を三つ出し、それを地面に置いた。

「三人で袋をひとつずつ持つんだ。そして、川に向かって歩け」

三人とも、トンプソンにいわれるままにするしかなかった。

遺骨の入った袋をひとつずつ持ち、ベンハイ川に向かう小径《こみち》を歩かされた。後ろからは、銃を手にしたトンプソンがついてくる。

間もなく、川辺に着いた。

まだ水量の多い川の流れの中に、村人たちが魚の漁にでも使うのか、細い桟橋のようなものが突き出ていた。

「その桟橋の先端まで行け。早くしろ」

トンプソンが命令した。

ジェイソンはすでに、何が起こるのかがわかっていた。桟橋の先端まで行ったところで、一人ずつ撃たれるのだろう。そうすれば三人とも三つの遺骨と共に川に落ち、ベンハイ川の濁流に消える。

この三人が死ねば、証拠は何も残らない。だが、いまは、トンプソンの命令に従うしかない……。

ジェイソンは、桟橋を歩きながらいった。

「ひとつだけ、教えてくれないか……」

「何をだ?」

「前にフォート・ベニングで俺を銃撃したのは、あんただろう。それに、アライア・ウィリアムスと、ライアン・デイビスを殺したのも……」

あの時、ジェイソンが撃たれたのも、ライアン・デイビスが殺されたのもコルトの45口径だった。

トンプソンが笑った。

「お前には関係のないことだ。だが、地獄への土産にこれだけは教えておいてやろう。確かにお前を襲ったのも、アライアやライアンを殺したのも私だ。お前らのやっていることは、あるお方の怒りを買った。そういうことだ……」

やがて三人は、桟橋の先端に着いた。

もう、ここから先はない。足元は、ベンハイ川の濁流だ。

ジェイソンが、振り返った。

自分の額に、コルトM1911の銃口が向けられていた。

神様……。

「さようなら、ジェイソン。そして、クワシマとタオ……」

銃声が轟いた。

次の瞬間、マシュー・トンプソンの体が血飛沫《ちしぶき》と共に吹き飛んだ。桟橋からベンハイ川に落ち、濁流に呑み込まれて消えた。

何が起きたんだ！！！

ジェイソンは銃声が聞こえた方に視線を上げた。

川に通じる小径の入口のあたりに、黒い宣教師服を着た男が、古いカラシニコフを手にして立っていた。


セサル・ロドリゲスは、恰幅が良く、いかにも神父然とした男だった。

だが、さすがに元軍人だけあり、銃の扱いだけでなく、負傷者の応急処置にも手馴れていた。

パットはウインドブレーカーの下に、薄手の防弾シャツを着込んでいた。ＣＩＡの連中が好むタイプだ。どうやらパットは、コン・ホー村に入ってからずっとこいつを着込んでいたらしい。

村人を信用していなかったのか、それともトンプソン大佐が待ち伏せすることを読んでいたのか……。

いずれにしても本当のことはいわないだろう。

防弾シャツを着込んでいたために、パットの傷は浅かった。45口径を至近距離から受けたために助骨は折れているし、ショック状態でまだ意識が朦朧《もうろう》としているようだが、命に別状はないだろう。

ロドリゲス神父はタオに手伝わせてパットの傷に応急処置を施しながら、ジェイソンにいった。

「私からのメールを読まなかったのか？」

そういえば丘の上まで戻った時に、何かメールを着信したのは覚えていた。

「あの村は通信環境が悪いんだ。いま、チェックしてみよう……」

ジェイソンが、アイフォーンを開いた。

「私のメールを読めば、なぜこんなことが起きたのかわかるだろう……」

メールには、こう書いてあった。

〈――ジェイソン、トンプソン大佐に気をつけろ。

マシュー・トンプソンは、ロバート・コリンズ上院議員の娘婿だ。アレックス・ケリーやライアン・デイビスを殺したのは、おそらくその男だ。奴は必ず、君たちを追ってくる――〉

何てこった……！

もしこのメールを読んでいたら、トンプソンに襲撃されるようなドジは踏まなかったのだが……。

「パット、お前は知っていたのか？」

ジェイソンは、まだ起き上がれないパットに訊いた。

「……奴が現地に同行しないといった時から、薄々はわかっていた……。だから、銃を用意してきた……。しかし、まさかいきなり撃たれるとは思わなかった……」

〝カンパニー〟の連中も、たまにはドジを踏むということか。

パットによると、マシュー・トンプソンがロバート・コリンズ上院議員の配下であるという情報は、すでにＣＩＡは把握していたという。

もしベトナム戦争中に非武装の農民の虐殺に荷担――むしろ主導――したことが明るみ

に出れば、ロバート・コリンズ上院議員にとっては致命的なスキャンダルになる。その事実を隠蔽するために、政治力を使って絶好の部署に送り込まれて出世したのが、たまたま第四七歩兵連隊にいた二女の婿のマシュー・トンプソンだったという訳か。いずれにしても、トンプソンの大佐という階級と、第四七歩兵連隊の総務部室長というポジションを利用すれば、第二六小隊やジミー・ハワードのデータをサーバーから削除することは簡単だっただろう。

「それで納得がいったよ。俺がバイクに乗った奴に襲われた時にはヘルメットを被っていて相手の顔はわからなかったが、体格を見てトンプソンだと気付くべきだった。しかし、まだもうひとつ、どうしてもわからないことがある……」

ジェイソンが首を傾げた。

「何がだ……？」

パットが訊いた。

「なぜ第二六小隊の生き残りに、成功者ばかりが顔を揃えているんだ？　上院議員に大物投資家、マイアミの麻薬王に大手自動車ディーラーの社長……。どう考えても、偶然とは思えない……」

ジェイソンの疑問に、ロドリゲス神父が答えた。

「その理由を説明できるのは、いまとなってはもう私だけだろう……。さて、これで彼の傷の応急処置は終わった。間もなく、日も暮れる。まずはここを出発し、フェあたりまで戻ろうではないか。そうすれば、君の疑問に答える時間は、いくらでもある……」

ロドリゲスがメディカルボックスを片付け、カラシニコフを肩に掛けた。

ジェイソンはパットが立ち上がるのに手を貸し、自分の車に向かった。

フェに着いた時には、すでに夜の九時を回っていた。

二日前と同じホテルに、ロドリゲスも一緒にチェックインし、これから食事のできるレストランを探した。

新市街地に深夜までやっているレストランバーを見つけ、二台のタクシーに分乗してそこに向かった。普段は外国人観光客で混み合うという店だったが、このコロナ禍で客はほとんどいなかった。

店の奥に広い席を取り、とにかく手当り次第に料理を注文した。皆、泥のように疲れていた。しばらくはひたすらにビールを飲み、料理を食うことに専念した。

「神父さんもビールを飲んでかまわないのか」

途中でジェイソンがロドリゲス神父をからかった。

「これは聖杯だよ」

ロドリゲスが飲みかけのビールのグラスを掲げ、顔に意味深な笑みを浮かべた。

食事が落ち着いたところで、パットが口を開いた。

「神父さん。そろそろ話してもらえないか……」

ロドリゲスが、桑島とタオの顔を見た。そして、いった。

「彼らの前で話してもかまわないのか？」

ジェイソンとパットが、顔を見合わせた。

パットが、何かをいいかけた。だが、ジェイソンがそれを遮るようにいった。

「かまわない。この件に関して、ヨウスケとタオは我々の仲間だ。彼らにも、知る権利がある」

ロドリゲス神父が頷いた。

「わかった。それならば、すべてを話そう。さて、何から話せばいいか……」

ロドリゲスは時の彼方の記憶を拾い集めるように、訥々《とつとつ》と話しはじめた。


一九六七年――。

セサル・ロドリゲス伍長が所属する第四七歩兵連隊第二大隊第三一中隊の第二六小隊は、ベトナム南部のドンタム・ベースキャンプに駐留していた。

主な任務は、メコンデルタにおける河川作戦とベースキャンプの哨戒、周辺の偵察などだった。

隊員は、二三名。個性豊かな男たちの集まりだった。

小隊長のロバート・コリンズ曹長は隊員の中で唯一の大学出で、頭の切れる男だった。部下に無理をさせることはなく、常に冷静で、周りの者からも慕われていた。

小隊のナンバー2は、ジミー・ハワード二等軍曹だった。ジミーもコリンズ曹長と同等以上に、信頼できる男だった。部下に先に行かせるよりも、まず自分が先頭に立つ。同じ小隊に配属されて以来、ロドリゲスの親友でもあった。

他にコリンズ曹長の信徒のようにいつも付きまとっていたダン・ムーア伍長。彼は小隊内のバカラ賭博の胴元で、隊員たちに金貸しのようなこともやっていた。あの男が投資家になったとするなら、それも頷ける。

ライアン・デイビス一等兵は荒っぽくて扱いにくい男だったが、兵士としては優秀だった。常に危険を怖れずに、まず自分が斥候に志願した。デイビスのために小隊が救われたことも一度や二度ではなかった。

アレックス・ケリーは自動車工場の息子で、メカに強かった。M113A1が故障した時に機嫌をなだめ、何とかベースキャンプまで帰り着けるようにしたのはいつもアレックスだった。

他にもいつも麻薬でラリっていたトム・ベイリー、やんちゃで音楽が好きだったアル・エバンス、気弱でいつも銃を抱えて震えていたケント・ターナーなど、全員がお互いに欠点を補い合う良い仲間だった。チームワークも取れていた。そのために戦績もよく、第四七歩兵連隊から月間の優秀小隊として表彰されたこともある。週に二回は作戦行動を取りながら、ベトナムに派遣されてから半年間に、一人も戦死者を出さなかった。

その第二六小隊の運命に突然の暗雲が垂れ籠めたのは、その年の一〇月に入ったころだった。

第三二中隊の第一四小隊、一八小隊、一九小隊、二三小隊、二六小隊の五小隊に、突然の移動命令が出たのだ。行き先は、クアンチ省のケサン基地だった。

表向きは「優秀な小隊に対する特別な任務……」だった。だが、ケサン基地は、エリート意識の高い海兵隊の基地であり、北ベトナムとその境界線に近い激戦地だ。そんな所に陸軍の五小隊、僅か一〇〇人強の兵士が送り込まれれば、どのような扱いを受けるかは火を見るより明らかだった。

命令は、すみやかに実行に移された。

隊員たちは自分たちの運命を不安に思う間もなく、下命から二日後には輸送機に乗せられ、一〇台のM113装甲兵員輸送車と共にケサン基地に送られた。

ロドリゲス神父は、「基地に着いた翌日か、二日後くらいから作戦行動に投入された……」と記憶している。

それまでいたメコンデルタは確かに〝地獄〟だったが、ケサン基地の周辺はそれ以上に

〝糞のような地獄〟だった。第四七歩兵連隊は海兵隊を守るための盾のように使われ、各小隊から次々と作戦行動中の戦死者、もしくは行方不明者が出た。

第二六小隊も初日の作戦行動中に、一人目の戦死者を出した。死んだのはボビー・ダンカンというまだ二一歳の若者で、北ベトナム軍の女兵士のカラシニコフで蜂の巣にされた。これが小隊として、ベトナムに来て以来、初めての戦死者だった。

その後も作戦行動中の戦死者は絶えなかった。一一月から一二月にかけて計四人。年が明けてすぐにまた二人戦死した。当初、二三人いた第二六小隊は、この時点ですでに一六人に減っていた。だが、その後に作戦行動中に半数以上が戦死した第一八小隊が抹消され、生き残りの隊員五人が第二六小隊に補充になり、また二一人に増えた。

第四七歩兵連隊の隊員が次々と戦死するのは、いわば当然だった。なぜなら海兵隊の上官は、自分たちの隊——部下——を行かせたくない危険な作戦行動に陸軍の隊員を送り込むのだから。いわば第四七歩兵連隊の隊員は、使い捨ての消耗品だった……。

「今日はもう少し酒を飲んでも、神は罪深い私をお許しくださるだろう……」

ロドリゲス神父は話の途中で、自分の気持ちを落ち着かせるためにワインを一杯、注文した。

「もう、昔のことだ……。私の記憶もあやふやなので、日時や、人数や、戦友の名前などが正しいかどうかはわからない。もし間違っていたら、許してほしい……。

とにかくあのころの小隊の中の空気は、殺伐として最悪だった。自分もいつ死ぬかわからない。ほとんどの者が、生きてサイゴンには戻れないと覚悟していただろう……。その恐怖と鬱憤を晴らすために、私を含めて全員がカンボジアン・レッドというマリファナやヘロインのジャンキーだった……」

ケサン基地の周辺でマリファナやヘロインを手に入れることは、簡単だった。

北ベトナム兵は、米兵が立ち回るような場所をよく知っていた。作戦行動中にふと気が付くと、ジャングルの目の前の木に袋がぶら下がっている。袋には〝プレゼント〟と書かれ、中にマリファナや純度の高いヘロインが入っていた。小量だが、基地に持ち帰って楽しむには十分な量でもあった。

時にはケサン基地の周辺に、ベトナム人の売人《バイニン》が売りに来ることもあった。そのようなヘロインも純度が高く、しかも信じられないほど安価だった。

隊員たちは全員がマリファナやヘロインに夢中になった。北ベトナム軍は米兵を麻薬漬けにして、兵士として使い物にならなくしようとしているのだ。わかってはいたが、誰もそれをやめようとはいわなかった。

そんな時だった。

テト攻勢を前にした一月のある日——ロドリゲスはその日を一月一七日だと記憶している——に、ある〝事件〟が起きた。

前日に海兵隊の偵察機がケサン基地から二五キロほどの非武装地帯に村のようなものを発見。第二六小隊は命令を受け、二台のM113装甲兵員輸送車に分乗してその地点に向かった。作戦行動の目的は村の偵察と、北ベトナム軍の排除だった。

現地に着くと、海兵隊の報告どおり小屋が数軒寄り添った集落があった。隊員は兵員輸送車を降り、集落に向かった。

〝事件〟は一瞬の内に起きた。集落の一軒の小屋から数人の村人が逃走。先頭集団にいた隊員の何人かがジャングルに逃げ込もうとする村人を背後から射殺した。さらに小屋に、迫撃砲を撃ち込んだ。

その攻撃で、四人の村人が死んだ。全員、女と子供、それに老人だった……。

「誰が最初に撃ったのかはわからない……。おそらく先頭集団にいた誰かなので、コリンズか、ムーアか、デイビスか……。私の横でジミー・ハワードが〝撃つな〟と叫びました。

しかし、遅かった……」

村は非武装だった。他に数人の男と女、子供や老人もいたが、村からは一切の武器や北ベトナム軍との関係を証明する書類なども見つからなかった。

「ジミー・ハワードは、これに抗議しました。基地に帰って、この〝事件〟を報告するべきだと。しかし小隊長のロバート・コリンズは殺した村人の死体を火炎放射器で焼いて証拠を隠滅するように指示し、基地に帰ってもこれを報告しなかった……」

「それが、ジミー・ハワードが〝殺される〟と思った理由ですか？」

ジェイソンが訊いた。

「そうです。コリンズはこの〝事件〟の秘密を口外しないようにと、小隊の全員に厳命しました。もし明るみに出れば、彼は軍法会議に掛けられます。しかしジミー・ハワードだけは、これに従わなかった。そして、私にいいました。自分は、ロバート・コリンズやダン・ムーア、トム・ベイリーに殺されるかもしれない。もし殺されたら、私に証言してほしいと……」

「それで、あのジッポーの中にメモを残したのか……」

ジェイソンがいった。

「おそらく、そうでしょう。もし殺されても、あのジッポーは遺品として家族の許に返されると思ったのでしょう。ジミーは、私が自分から証言するほど、強い人間ではないことを知っていたのかもしれません……。事実、私はこれまでジミー・ハワードのことを誰にも語らなかった……。あのジッポーからメモが出てきたと知らされなければ、このまま一生、語ることはなかったのかもしれません……」

ロドリゲス神父の表情は、苦渋に満ちていた。

そして、第二の〝事件〟が起きた。

一九六八年一月二二日――。

その日はセサル・ロドリゲスにとって、一生忘れることのできない一日となった。

第二六小隊は〈――北ベトナム軍の補給基地らしき村を発見――〉という海兵隊の報告を受け、いつものように二台のＭ１１３装甲兵員輸送車に分乗してケサン基地より三〇キロ、八八一高地の東南東七・二キロの作戦行動地点に向かった。

報告どおり、それらしき村を発見した。隊員が外に降り、ロドリゲスは兵員輸送車の屋根に備え付けられたブローニングのＭ２重機関銃で村を狙った。

隊員が銃を構えながら村に前進した。小屋の周囲に、〝たこつぼ〟と呼ばれる塹壕が掘ってあった。

その〝たこつぼ〟の中で何かが動いた。誰かが「北ベトナム軍だ！　撃て！」といった瞬間、隊員たちが自動小銃を乱射した。ロドリゲスも、M2重機関銃を撃っていた。ジミー・ハワードが「やめろ！　あれは北ベトナム軍じゃない！」と叫んだ。だが、もう誰にも止められなかった。

誰かが銃弾の中を走り、〝たこつぼ〟に手榴弾を投げ込んだ。

椰子の葉を被せた穴の中で、女や子供の体が吹き飛ぶのが見えた。

「わかっていたんだ……。彼らが、北ベトナム軍ではないことは……。それでも、私は重機関銃を撃つ手を止められなかった……」

ロドリゲス神父の声は、静かだった。だが、ワインを持つ手が震えている。

「何人くらい、殺したんだ？」

パットが訊いた。

「穴の中で六人……。他でも五人か六人は殺した……」

「それにしても、なぜそんなことを……」

ジェイソンが訊くと、ロドリゲスは大きく息を吸った。

「我々は、怖かったんだ……。小隊の全員が、脅えていたんだ……。ケサン基地に移されてから、作戦の度に何人も仲間が死んだ……。撃たなければ、みんな自分が死ぬと思っていた……」

「その日に、ジミー・ハワードも死んだんですね」

ロドリゲスが、頷く。

「そうです。村に入っていったコリンズ小隊長とダン・ムーアが、一軒の小屋の中で奇妙なものを見つけた。それを巡って、隊員の間で撃ち合いが始まった……」

ロドリゲスは、その場にいなかった。

だが、後から聞いた話だと、最初にジミー・ハワードを撃ったのは、ロバート・コリンズだったそうだ。その後、小屋の中にいる者と外にいた数人の間で銃撃戦になり、アル・エバンスとケント・ターナーの二人も流れ弾に当って死んだ。

三人共、米軍のM16の223口径弾が当って死んでいた。もし死体が回収され、撃った者が特定されれば、犯人は軍法会議に掛けられて終身刑になる。

小隊長のロバート・コリンズは、残った小隊の全員に命令して三人の遺体を埋めさせた。

そして小屋で発見した物資を、兵員輸送車に積み込んだ。

だが、ケサン基地に帰ろうとした時だった。そこに、北ベトナム軍の小隊が戻ってきた。敵の数はおよそ三〇名。隊員がいた小屋と二台の兵員輸送車が囲まれ、激しい銃撃戦になった。この戦闘で、小隊の半数以上が戦死した。

「あとは君たちの知っているとおりだ。戦死者の遺体は翌日、海兵隊のヘリが回収した。仲間割れで死んだ三人は〝作戦行動中行方不明〟として処理した。これが、私が神父になった本当の理由です。私は自分の手を汚して罪もないベトナムの農民を殺し、ジミー・ハワードの信頼を裏切り、〝事件〟を告発する勇気さえなかったのです……」

全員、黙ってロドリゲス神父の懺悔を聞いていた。

重苦しい空気だった。タオは、静かに涙を流していた。

話が途切れたところで、ジェイソンがいった。

「神父さん、もうひとつ訊きたいことがある……」

「何だね……」

「ジミー・ハワードが殺された、もうひとつの理由ですよ。兵員輸送車に積んで基地に持ち帰った北ベトナム軍の〝物資〟というのは、何だったんですか……？」

ロドリゲス神父がひとつ、大きく息を吐いた。

「およそ三〇〇キロの、中国製の純度の高いヘロインですよ……」

ロドリゲスはそういって、ワインを口に含んだ。

二〇二一年四月　フォート・ベニング

あれから一年が過ぎた――。

第七五レンジャー連隊のジェイソン・ホナー少尉はフォート・ベニングの官舎の自室でお気に入りのソファーに座り、テレビの画面に見入っていた。

番組では間もなく、ジョージア州選出のロバート・コリンズ上院議員のスピーチと、緊急の記者会見が始まる予定だった。

すでに予定の時刻は過ぎていた。会場には、メディア各社の記者も集まっている。だが、コリンズ上院議員はまだ、壇上に姿を現わしていない……。

この一年でいろいろなことがあった。

まずジェイソンはアメリカに帰国した後、第四七歩兵連隊に、マシュー・トンプソン大佐はベトナムでの任務中に増水したベンハイ川に転落して行方不明になったと報告した。

それが奴らのやり方ならば、こちらも倣うべきだし、トンプソン大佐の名誉のためにもその方が良かっただろう。

パトリック・モンゴメリは三人分の遺骨をアメリカに持ち帰り、ワシントン大学医学部の法医病理学研究室に持ち込んで徹底的に分析を行なった。

その結果、それぞれの家族とのＤＮＡ解析などから遺骨はジミー・ハワード、アルフレッド・エバンス、ケント・ターナー本人の物であることが明らかになった。三人は、〝事件〟から五二年を経て、やっと母国アメリカの土に帰れたことになる。

さらに状態の良かったアルフレッド・エバンス、ケント・ターナーの遺骨に弾痕が残っていたことから、少なくともこの二人が米軍の２２３口径の銃で射殺されたことを確認。パットはセサル・ロドリゲス神父の証言も踏まえ、ロバート・コリンズとダン・ムーアを、司法省を通して〝殺人罪〟で告発した。やはりパットは、〝カンパニー〟のエージェントだったということだろう。

アメリカの連邦法では、殺人罪に時効はない。ロバート・コリンズとダン・ムーアは司法取引に応じ、すべてを話したという。こうした動きはジェイソンにも、パットから逐一報告があった。

それによると三〇〇キロの中国製のヘロインはロバート・コリンズが五〇パーセント、

ダン・ムーアが二〇パーセント、アレックス・ケリー、トム・ベイリー、ライアン・デイビスがそれぞれ一〇パーセントの比率で分配された。他の生き残りの隊員には、それぞれ一パーセント程度の口止め料が支払われた。

ケサン基地に持ち帰られた三〇〇キロのヘロインは第二六小隊の倉庫に隠され、後に五つの死体袋に分けて詰め込み、アメリカ本国に送られた。

二〇二一年現在のヘロインの末端価格はキロあたり約一〇万ドル（一〇〇〇万円）、これが三〇〇キロならば三〇〇〇万ドル（三〇億円）だ。一九六八年当時の価格は現在の五分の一ほどだったが、その一〇パーセントの取り分と計算しても、かなりの金額になる。

五人は軍を除隊してから、ヘロインを売った金を人生のために有効に使った。ロバート・コリンズはそれを選挙資金に使って州議会議員に立候補して当選。数年後に連邦議会に進出した。

ダン・ムーアはその金を投資に回し、巨額の利益を得た。

アレックス・ケリーは中古車ディーラーの店を持って成功し、トム・ベイリーはヘロインをさばいた時の経験を生かしてフロリダの顔役になった。ライアン・デイビスは牧草地付きの大きな家を買って馬の繁殖を始めた。

だが、神は五人の罪を許したわけではなかった。

まず、麻薬王トム・ベイリーが、マフィアの勢力争いに巻き込まれて暗殺された。ライアン・デイビスは馬の繁殖に失敗し、広大な牧草地の大半を手放した。そしてアレックス・ケリーとライアン・デイビスも、不遇の死を遂げることになった。

パットによると、ジミー・ハワードの父親とアレックス・ケリーを殺したのは、ライアン・デイビスだったという。ロバート・コリンズが命令し、投資家のダン・ムーアが金を出した。

近年、アレックス・ケリーは大きくなりすぎた自動車ディーラーのチェーン店の資金繰りに困り、幾度となくコリンズとムーアに金を無心していた。それも、大きな金額だ。これ以上は貸せないというと、最後には「ベトナムの一件を公表する……」と脅迫するようになった。

それでライアン・デイビスに相談し、もっと安い金で解決した。

ジェイソンの恋人のアライア・ウィリアムスは、〝ジミー・ハワードのジッポー〟の一件を調べはじめたために消された。殺ったのはライアン・デイビスと、第四七歩兵連隊のマシュー・トンプソン大佐だった。その後、デイビスが、自分の立場が危うくなったとして、ジェイソンの殺害を条件に報酬のアップを要求してきた。それでデイビスも、トンプソンに消された。

トンプソンは、ロバート・コリンズの娘婿だった。いずれコリンズの後押しで、州議会議員選挙に出馬する計画を持っていた。その時の資金は、ダン・ムーアが出す。だからトンプソンは、二人にとって絶対的に信頼できる相手だった。

だが、そのトンプソン大佐も、ベトナムのベンハイ川でロドリゲス神父に射殺されてしまった……。

なぜ、このような殺人の連鎖が起きたのか。あえてその理由を求めるとするならば、ジミー・ハワード、アルフレッド・エバンス、ケント・ターナーの三人の霊がそうさせたのだと解釈するしかないだろう。だが、三人の遺骨が帰国したいま、半世紀以上も続いた忌わしい〝事件〟も、これでやっと幕を閉じることになる。

テレビの画面の壇上に、やっとロバート・コリンズ上院議員が姿を現わした。

彼は正面を向いて顔を上げ、息を大きく吸った。

幾度となく植毛を受けた髪は整えられ、整形手術を受けた顔は笑みを取繕っていたが、老醜が滲み出ていた。その憔悴した顔に向けて、フラッシュが何度も光った。

会場が静まるのを待って、コリンズは咳払いをひとつした。そして脅えたような目で周囲を見渡し、徐に話しはじめた。

――今日は私のためにお集まりいただき、ありがとうございます……。

さて、もう皆さんはご存じのことと思いますが、私ロバート・コリンズは本日をもちまして上院議員を辞職することといたしました……。

その理由をあえてここで申し上げる必要があるかどうかわかりませんが――。

ジェイソンはビールを飲みながら、ロバート・コリンズの弁にぼんやりと耳を傾けていた。だが、やがてその言葉も頭に入らなくなってきた。

ロバート・コリンズは司法取引によって上院議員を辞職し、ダン・ムーアは莫大な保釈金を支払って釈放された。今後、遺族が訴訟を起こしても、彼らが国内で罪を追及されることはないだろう。

アメリカとは、そういう国だ……。

馬鹿ばかしい茶番劇だ。

ジェイソンは飲み終えたビールの缶を握り潰し、テレビのスイッチを切った。

二〇二一年五月　ホーチミン

ホーチミン市の七区に、フーミーフンと呼ばれる一画がある。

一九九七年からベトナムと台湾の合弁会社ＰＭＨ（フーミーフン・ディベロップメント）がサイゴン川流域の南側に開発した、広大な計画都市だ。

現在では外国人居住者の多い高級住宅街として知られ、川沿いの公園の緑地にヨーロッパ風の瀟洒な建物が並ぶ。周囲には高級コンドミニアムや高層マンション、外国資本の巨大ショッピングセンターの建物が聳えている。ここがホーチミンとは思えないような風景だが、これもまた新しいベトナムの別の一面だ。

桑島洋介はフーミーフンにあるスカイガーデンという家具付きの高級アパートメントの一室で、パソコンのキーボードを叩きながら、長編小説の原稿を書いていた。

七階の部屋のバルコニーの下にはサイゴン川の支流が流れ、窓からは熱帯のベトナムとは思えない心地好い川風が入ってくる。

桑島が生活の拠点をベトナムに移したのは、昨年の八月だった。例の〝ジミー・ハワードのジッポー〟の一件が終わった後で一度、日本に帰り、東京での生活を整理してまたベトナムに戻ってきた。

なぜベトナムに住もうと思ったのか……。

その理由はいくつかあった。

まず第一に、桑島の仕事がいわゆる〝小説家〟であるということだ。いまの世の中、パソコンさえあれば小説はどこでも書ける。このコロナ禍で日本でも仕事の大半がテレワークになるのならば、ベトナムにいても何も変わらない。それに小説を書く環境として、あのごみごみした東京よりも、このホーチミン市のフーミーフンの方が遥かに優れていることは明らかだった。

この高級アパートメントは2ベッドルームで広さが九五平米あり、同じ敷地内にテニスコートやプール、トレーニングジム、ショッピングセンターも付いている。歩いて行ける距離に病院や日本人学校、美味しいベトナム料理のレストランが何軒もある。

この日本では実現できない最上級の環境を手に入れても、家賃を含めた生活のコストは東京の三分の一でしかない。そんな夢のような現実を知ってしまったら、誰だってベトナムで生活したくなるというものだ。

桑島はデスクに向かい、パソコンのキーボードを叩き続ける。

もう、夕刻だ。窓の外に見える川の流れや対岸のコンドミニアムの建物が、夕日に赤く色付きはじめている。

桑島はキーボードを叩く手を休め、濃厚なベトナムコーヒーを味わいながら、しばらくその美しい風景に見とれた。

もしあのジミー・ハワードやアルフレッド・エバンス、ケント・ターナーが生き返り、このフーミーフンの高級住宅街の風景を眺めたとしたら。

ここがベトナムのかつてのメコンデルタだといっても、信じるだろうか……。

〝ジミー・ハワードのジッポー〟の一件に関する後日談は、アメリカのジェイソン・ホナーから聞かされた。

あれから三人の遺骨はDNA解析によって本人であることが確認され、あのジッポーのライターやドグタグなどの遺品と共に遺族の許に返された。いまは三人とも、フォート・ベニングの戦死者墓地に眠っている。

〝事件〟の主犯格のロバート・コリンズは司法取引で有罪は免れたが、先月、四月二六日付で正式に上院議員を辞職した。今年で七八歳になるコリンズは、これで完全に政治生命を絶たれたことになる。

共犯者とされたダン・ムーアも司法取引に応じ、遺族に莫大な慰謝料を支払って収監は免れた。だが、ムーアは心臓病が悪化し、余命いくばくもないという。結局、あの〝事件〟の犯人たちには、何らかの形で天罰が下ったということだ。

これで〝ジミー・ハワードのジッポー〟の一件は、すべて終わった。

いや、もうひとつ……。

自分にとっての物語に幕を引くには、まだほんの少し、時間が必要だ。

桑島はコーヒーを飲み、キーボードを叩く。

あと、数行……。

そして、あと一行……。

最後のひと言で締めて「。」を打つ。これで長編小説『ジミー・ハワードのジッポー』は完結した。

桑島はパソコンの電源を切り、体を伸ばして椅子から立った。

空になったコーヒーカップを手にして部屋を出て、リビングに向かった。

ダイニングに行くと、タオがキッチンに立ち、料理をしていた。

「やっと、終わった。あの〝ジミー・ハワードのジッポー〟の小説を、いま書き終えたんだ……」

桑島が声を掛けると、タオが振り向いた。そして桑島の体を抱き締め、キスをした。

「お疲れさま……」

エプロンの下の、タオの大きくなったお腹に触れる。手の中で、温もりのある新しい命が動いた。

そうだ。桑島がベトナムで暮らしはじめた理由が、もうひとつあった。

コン・ホー村に行ったことで、あれほど結婚はしないといっていたタオの心が揺らぎはじめたのかもしれない。半世紀前にあれだけ米軍の枯葉剤に焼かれた村の中でも、子供たちは元気に走り回っていた。

そのうちに、タオのお腹の中に桑島との子供ができた。

桑島がプロポーズをすると、タオはそれを喜んで受け入れた。

子供ができるなら、将来に希望の持てないいまの日本よりも、夢のあるベトナムで育てたかった。それが桑島がベトナムに拠点を移した、最も大きな理由だった。

「いま、僕の手を蹴ったよ。それに、大きくなった……」

あれほどタオは自分は子供が産めないと信じていたのに、いまは本当に嬉しそうだ。

胎児のエコー検査でも、タオのお腹の子供はむしろ健康に育っている。

「大きいのは当然だわ。私のお腹の中には、男の子と女の子が一人ずつ入っているんだから……」

タオがそういって、穏やかに頬笑む。

主要参考文献

【出典】

7　　　「地獄の責苦……」
「地獄の夜」ランボオ(『地獄の季節』岩波文庫　小林秀雄訳)

78　　「第47歩兵連隊……」
"Battalion History," 2nd Battalion, 47th Infantry Regiment Information Page, http://www.2-47.us/battalion-history/ (site discontinued), accessed September 10, 2021, from *Internet Archive*, https://web.archive.org/web/20130224053529/http://www.2-47.us/battalion-history/.

79–80　「第47歩兵連隊……」
"47th Infantry Regiment," *Wikipedia*, last modified April 12, 2021, https://en.wikipedia.org/wiki/47th_Infantry_Regiment_(United_States). Licensed under the Creative Commons Attribution-ShareAlike 3.0 Unported License (https://creativecommons.org/licenses/by-sa/3.0/).

上記を含む英文のHP情報に関しては、「Google翻訳」による機械翻訳機能を使用し、
著者が補正を加えています。

【書籍】

『わかりやすいベトナム戦争』三野正洋　光人社
『ベトナム戦争』松岡完　中公新書
『動くものはすべて殺せ――アメリカ兵はベトナムで何をしたか』ニック・タース　みすず書房
『図解ベトナム戦争』上田信　新紀元社
『ベトナム戦争と私』石川文洋　朝日新聞出版
『輝ける闇』開高健　新潮文庫
『ベトナム戦記』開高健　朝日文庫
『生物としての静物』開高健　集英社文庫
「モノ・マガジン」NO.801 ワールドフォトプレス

その他、ベトナム戦争当時の朝日新聞、読売新聞、アサヒグラフ、*Wikipedia*などを
参照しました。

柴田哲孝（しばた・てつたか）

1957年、東京都出身。日本大学芸術学部写真学科中退。フリーのカメラマンから作家に転身し、現在はフィクションとノンフィクションの両分野で広く活躍する。パリ〜ダカールラリーにプライベートで2回出場し、1990年にはドライバーとして完走。1991年『KAPPA』で小説家デビュー。2006年、『下山事件　最後の証言』で第59回「日本推理作家協会賞・評論その他の部門」と第24回日本冒険小説協会大賞（実録賞）をダブル受賞。2007年、『TENGU』で第9回大藪春彦賞を受賞し、ベストセラー作家となった。他の著書に『DANCER』『GEQ』『デッドエンド』『WOLF』『下山事件　暗殺者たちの夏』『クズリ』『野守虫』『五十六　ISOROKU異聞・真珠湾攻撃』『ミッドナイト』『幕末紀』など、多数ある。

ジミー・ハワードのジッポー

2021年11月30日　第1刷発行
2021年11月30日　第2刷発行

著　者　柴田哲孝《しばたてつたか》

発行者　マイケル・ステイリー

発行所　株式会社U-NEXT
〒141-0021　東京都品川区上大崎3-1-1　目黒セントラルスクエア
電話　03-6741-4422
048-487-9878（受注専用）

営業窓口　サンクチュアリ出版
〒113-0023　東京都文京区向丘2-14-9
電話　03-5834-2507
FAX　03-5834-2508（受注専用）

印刷所　豊国印刷株式会社
製本所　大口製本印刷株式会社

ISBN 978-4-910207-17-9　C0093